L'ÉVEIL
DE
MADEMOISELLE PRIM

NATALIA SANMARTIN FENOLLERA

L'ÉVEIL DE MADEMOISELLE PRIM

roman

Traduit de l'espagnol par
NELLY ET ALEX LHERMILLIER

BERNARD GRASSET
PARIS

L'édition originale de cet ouvrage a été publiée par Editorial Planeta, S.A., Barcelone, en avril 2013, sous le titre :

EL DESPERTAR DE LA SEÑORITA PRIM

Photo de la jaquette : © Image Source/Getty Images

ISBN 978-2-246-80688-2

À mes parents, Miguel et Cuca,
avec mon amour, ma gratitude et mon admiration.

They think that they regret the past,
when they are but longing after the future.

Ils croient regretter le passé,
quand ils ne font que soupirer après le futur.
John Henry NEWMAN

L'ARRIVÉE

À Saint-Irénée d'Arnois, tout le monde commenta l'arrivée de Mlle Prim. L'après-midi où ils la virent traverser le village, elle n'était qu'une postulante qui se rendait à un entretien, mais les habitants du lieu se connaissaient assez pour savoir qu'un emploi vacant, chez eux, était un bien éphémère. Beaucoup se souvenaient encore de ce qu'il s'était passé quelques années plus tôt avec la maîtresse d'école. À l'époque, au moins huit candidates s'étaient présentées, mais seules trois d'entre elles avaient pu s'exprimer. Cela ne révélait pas un désintérêt pour l'éducation – à Saint-Irénée d'Arnois, les enfants recevaient une éducation excellente –, mais ses habitants estimaient que la chance de tomber sur la bonne personne ne dépendait pas du nombre de candidatures. La propriétaire de la papeterie, une femme capable de passer tout un après-midi à décorer une simple feuille de papier, trouvait extravagante l'idée de consacrer plus d'une matinée à la sélection d'une institutrice. Ils étaient tous d'accord. Dans cette communauté, c'étaient les familles, chacune en fonction de ses compétences, de son ambition et de ses possibilités, qui se chargeaient de former intellectuellement leurs enfants.

Une bonne partie des parents, mais pas tous, considéraient que l'école était un mal nécessaire. Dès lors, il était inutile de lui consacrer trop de temps.

Aux yeux des visiteurs, Saint-Irénée d'Arnois était un lieu ancré dans le passé. Entourées de jardins couverts de roses, les vieilles maisons en pierre se dressaient fièrement le long d'une poignée de rues qui débouchaient sur une place animée où prospéraient des petites manufactures et des commerces. Aux alentours du village, de minuscules fermes et ateliers approvisionnaient les magasins. C'était une société réduite. Dans cette bourgade s'était établi un groupe d'agriculteurs, d'artisans, de commerçants et de professionnels, quelques universitaires assez particuliers, ainsi que la communauté monacale de l'abbaye de Saint-Irénée. Ces vies entrelacées formaient tout un univers. C'étaient les engrenages d'une association de petits propriétaires qui se flattaient de vivre en autosubsistance à travers le commerce, la production artisanale de biens et de services, le charme de la courtoisie de voisinage. Probablement avaient-ils raison, ceux qui voyaient ce lieu comme enraciné dans le passé. Et pourtant, à peine quelques années en arrière, personne n'aurait pu soupçonner que ce lieu deviendrait le marché vivant et joyeux qui accueillait à présent les visiteurs.

Que s'était-il passé dans l'intervalle ? Si Mlle Prim en chemin vers son nouvel emploi avait interrogé la propriétaire de la papeterie, celle-ci lui aurait expliqué que le mystère de cette prospérité était le fruit de la ténacité d'un jeune homme et de la sagesse d'un vieux moine. Mais comme Mlle Prim était pressée de se rendre à son rendez-vous, elle ne prêta aucune attention à ce bel établissement, et sa propriétaire ne put lui révéler avec fierté que Saint-Irénée d'Arnois était en réalité une florissante colonie d'exilés du monde moderne à la recherche d'une vie simple et rurale.

I

L'homme du fauteuil

1

Exactement au moment où, se réveillant de sa sieste, le petit Septimus s'étirait, glissait ses deux pieds de onze ans dans des chaussons destinés à des pieds de quatorze et s'approchait de la fenêtre de sa chambre, Mlle Prim franchissait la grille rouillée du jardin. L'enfant la regarda avec curiosité. À première vue, elle ne semblait pas nerveuse, ni même un peu effrayée. Elle n'avait pas non plus cet aspect menaçant de l'employé précédent, cet air de savoir parfaitement quelle sorte de livre allait choisir celui qui oserait en demander un.

— Peut-être qu'elle nous plaira, se dit-il en se frottant les yeux à deux mains. Puis il s'éloigna de la fenêtre, boutonna sa veste en hâte et descendit l'escalier pour ouvrir la porte.

Mlle Prim, qui à cet instant avançait tranquillement entre des massifs d'hortensias bleus, avait commencé sa journée persuadée que c'était le jour qu'elle avait attendu toute sa vie. Depuis des années, elle avait rêvé d'une opportunité comme celle-ci. Elle l'avait dessinée, en avait imaginé chacun des détails. Et pourtant, ce matin-là, tandis qu'elle avançait à travers le jardin, Prudence Prim dut reconnaître qu'elle ne ressentait pas la moindre palpitation, indiquant que le grand jour était arrivé.

On allait comme d'habitude l'observer avec curiosité ou même hostilité, elle le savait. Elle était consciente qu'elle était différente des autres. Tout le monde ne pouvait pas assumer d'avoir été victime d'une fatale erreur historique, se disait-elle avec orgueil. Vivre, comme elle, avec l'impression permanente d'être née à une époque et dans un milieu qui ne lui convenaient pas, et avoir conscience que tout ce qui valait la peine d'être admiré, tout ce qui était beau, tout ce qui était sublime, disparaissait peu à peu en ne laissant pratiquement aucune trace. Le monde, se plaignait Prudence, avait perdu le goût de l'harmonie, de l'équilibre et de la beauté. Personne ne voulait voir cette vérité, et personne ne prenait cette ferme résolution de résister.

C'était ce qui avait incité Mlle Prim, trois jours avant de traverser l'allée d'hortensias, à répondre à une brève annonce lue dans le journal :

Cherche esprit féminin détaché du monde. Capable d'exercer fonction de bibliothécaire pour un gentleman et ses livres. Pouvant cohabiter avec chiens et enfants. De préférence sans expérience professionnelle. Titulaires diplômes d'enseignement supérieur et doctorats s'abstenir.

Mlle Prim ne répondait qu'en partie à ce profil. Le monde tel qu'il était ne l'attirait pas, c'était clair, et ses connaissances lui permettaient d'exercer la fonction de bibliothécaire pour un gentleman et ses livres, c'était indéniable. Mais elle n'avait aucune expérience des enfants et des chiens, et encore moins d'une cohabitation avec eux. Cependant, ce qui la préoccupait le plus, par rapport à son profil, c'était : « Titulaires diplômes d'enseignement supérieur et doctorats s'abstenir. »

Mlle Prim était bardée de diplômes, licenciée en Relations internationales, en Sciences politiques et en Anthropologie, docteur en Sociologie, spécialiste en bibliothéconomie et dans l'art russe médiéval. Les gens qui la connaissaient regardaient, médusés par ce curriculum vitæ exceptionnel, d'autant qu'elle n'était qu'une simple secrétaire sans ambitions notoires. Ils ne comprenaient pas, se disait-elle résignée, l'idée d'excellence. Comment le pourraient-ils, dans un monde où plus rien n'avait de sens ?

— C'est vous *sa* nouvelle bibliothécaire ?

Surprise, la postulante inclina la tête. Là, sous le porche de ce qui paraissait être l'entrée principale de la maison, elle croisa le regard d'un enfant aux cheveux blonds et à la mine boudeuse.

— C'est vous ou c'est pas vous ? insista le garçonnet.

— Je suppose qu'il est encore trop tôt pour le dire, répondit-elle. Je suis ici pour l'annonce que ton père a fait passer dans le journal.

— C'est le père de *personne*, dit seulement l'enfant avant de tourner le dos et de se précipiter en courant à l'intérieur de la maison.

Perplexe, Mlle Prim contempla le seuil de la porte. Elle était certaine d'avoir lu dans l'annonce une mention faisant référence à un gentleman et des enfants. Bien sûr, un gentleman n'était pas obligé d'avoir des enfants ; au cours de sa vie, elle en avait connu qui n'en avaient pas, mais lorsqu'on lisait dans la même phrase le mot *gentleman* et *enfants*, c'était la première chose qui venait à l'esprit.

Elle leva les yeux et, pour la première fois, remarqua la maison. Elle était si absorbée par ses pensées qu'en traversant le jardin elle n'y avait même pas fait attention. C'était une vieille bâtisse à la façade rouge décolorée, trouée de fenêtres et de portes-fenêtres qui ouvraient sur le jardin. Une lourde construction écaillée, aux murs couverts de rosiers grimpants qui semblaient n'avoir jamais connu de jardinier, lézardée et fissurée de toutes parts. Le porche de devant, constitué de quatre colonnes sur lesquelles était accrochée une énorme glycine, offrait un aspect imposant, mais désolé.

— Elle doit être glaciale en hiver, murmura-t-elle.

Alors elle regarda sa montre : on était presque en milieu d'après-midi. Toutes les fenêtres étaient grandes ouvertes et le vent frais de septembre faisait capricieusement onduler les rideaux blancs et légers, telles des voiles. « On dirait un bateau, pensa-t-elle, un vieux navire échoué. » Et, faisant un détour, elle s'approcha de la première porte-fenêtre, espérant rencontrer un amphitryon qui eût au moins sa majorité.

Mlle Prim découvrit une vaste pièce où régnait un grand désordre, pleine de livres et d'enfants. Il y avait plus de livres que d'enfants, beaucoup plus, mais pour une raison indéterminée la répartition des forces donnait l'impression d'être équilibrée. La postulante compta trente bras, trente jambes et quinze têtes, dont les propriétaires étaient éparpillés sur le tapis, affalés sur de vieux canapés, blottis dans des fauteuils en cuir délabrés. Elle vit également deux énormes chiens couchés de chaque côté d'un fauteuil placé face à la cheminée, dos à la fenêtre. L'enfant qui l'avait reçue sous le porche était là, sur le tapis, consciencieusement penché sur un cahier. Les autres levaient la tête de temps en temps pour répondre à un interlocuteur dont la voix semblait jaillir directement du fauteuil devant la cheminée.

— Nous allons commencer, dit l'homme du fauteuil.

— On a le droit de demander des indices ? demanda l'un des gamins.

Pour toute réponse, la voix masculine se contenta de réciter :

Ultima Cumaei venit iam carminis aetas ;
magnus ab integro saeclorum nascitur ordo ;
iam redit et Virgo, redeunt Saturnia regna ;
iam nova progenies caelo demittitur alto.

— Eh bien ? demanda-t-il en terminant.

Les enfants gardèrent le silence.

— Ça pourrait être Horace ? questionna timidement l'un d'eux.

— Ce pourrait être Horace, répondit l'homme, mais ça ne l'est pas. Allons, essayez encore. Qui se risque à le traduire ?

Mlle Prim contemplait la scène cachée derrière les épais rideaux qui encadraient les vitres, et se dit qu'il abusait. Ces enfants étaient bien trop jeunes pour reconnaître une œuvre à partir d'une seule citation, surtout une citation en latin. Bien qu'ayant lu Virgile avec plaisir, Mlle Prim n'approuvait pas ce jeu, mais alors pas du tout.

— Je vais un peu vous aider, poursuivit la voix depuis le fauteuil. Ces vers ont été dédiés à un homme politique romain du début de l'Empire. Un homme politique devenu l'ami de grands poètes que nous avons déjà étudiés, comme Horace. L'un de ces amis lui a dédié ces lignes parce qu'il était intervenu dans la paix de Brindisi qui, vous le savez ou devriez le savoir, a mis fin à un affrontement entre Antoine et Octave.

L'homme se tut et regarda les enfants – c'est du moins ce qu'imagina Mlle Prim – sans obtenir de réponse. Seul l'un des chiens, comme s'il voulait témoigner de son intérêt pour cet événement historique, se leva et, dolent, s'approcha de la cheminée, avant de s'avachir sur le tapis.

— Nous avons étudié tout cela, absolument tout, le printemps dernier, se désola le professeur.

Les enfants, sans lever la tête, mordillaient leurs stylos à bille, ils balançaient les pieds, appuyaient leurs joues dans leurs mains.

— Bande de bêtes ignorantes, insista la voix avec irritation, qu'est-ce que vous avez aujourd'hui ?

Mlle Prim sentit une vague de chaleur lui monter au visage. Elle n'avait sans doute aucune habitude des enfants, mais elle était un maître dans l'art qu'on appelle délicatesse. Mlle Prim croyait que la délicatesse était la force qui animait l'univers. En son absence, elle le savait d'expérience, le monde s'obscurcissait et devenait ténébreux. Indignée par la scène et un peu engourdie, elle essaya de bouger avec précaution dans sa cachette, mais le grognement inattendu de l'un des chiens lui fit renoncer à cette tentative.

— C'est bien. (Le ton de l'homme s'adoucit.) Essayons avec une autre citation beaucoup plus facile.

— Du même auteur ? demanda une fillette.

— Exactement du même auteur. Vous êtes prêts ? Je ne vais citer qu'une demi-ligne.

… facilis descensus Averno…

Une vague inespérée de bras levés et de bruyantes exclamations de triomphe manifesta qu'à l'évidence, cette fois, les élèves connaissaient la réponse.

— Virgile ! crièrent-ils en un chœur strident. C'est l'*Énéide* !

— C'est ça, c'est ça, dit l'homme en riant, satisfait. Et ce que je vous citais auparavant, c'étaient les Églogues, la *Quatrième Églogue*. L'homme d'État romain qui fut l'ami de Virgile et d'Horace est donc…

Avant qu'aucun des enfants pût répondre, la voix claire et musicale de Mlle Prim émergea des rideaux et emplit la pièce.

— Asinius Pollion, bien sûr !

Quinze têtes enfantines se tournèrent à l'unisson vers la fenêtre. Surprise de sa propre audace, elle recula instinctivement d'un pas. Seules la conscience de sa propre dignité et l'importance du motif de sa présence l'empêchèrent de s'enfuir en courant.

— Je regrette d'être entrée de cette façon, dit-elle en s'avançant jusqu'au centre de la pièce. Je sais que j'aurais dû frapper, mais l'enfant qui m'a ouvert la porte m'a laissée seule sous le porche. J'ai donc eu l'idée de m'approcher de la fenêtre et c'est alors que je vous ai entendu parler de Virgile et de Pollion. Je suis désolée, je regrette, monsieur.

— C'est vous qui sollicitez le poste de bibliothécaire ?

L'homme se leva et posa la question avec douceur, comme s'il ne s'était pas rendu compte qu'une inconnue venait de faire irruption dans son salon en passant par la porte-fenêtre. « C'est un gentleman, pensa Mlle Prim avec admiration, un vrai gentleman. » Peut-être l'avait-elle jugé avec précipitation, sans doute avait-elle été trop cavalière.

— Oui, monsieur. J'ai appelé ce matin. Je suis venue en réponse à l'annonce.

L'homme du fauteuil la dévisagea quelques secondes, juste ce qu'il fallait pour se rendre compte que la personne qu'il avait devant lui était trop jeune pour le poste.

— Avez-vous apporté votre curriculum vitæ, mademoiselle… ?

— Prim, Mlle Prudence Prim, répondit-elle.

Et aussitôt elle ajouta en manière d'excuse :

— Je sais que ce n'est pas un nom courant.

— Je dirais que c'est un nom qui a du caractère. Mais si vous n'y voyez pas d'inconvénient, voyons tout de suite votre curriculum vitæ. Vous l'avez avec vous ?

— Dans l'annonce, il était dit que la candidate ne devait pas avoir de diplômes, j'ai donc pensé qu'on ne me le demanderait pas.

— Dans ce cas, je comprends que vous n'avez pas de diplômes de l'enseignement supérieur. Je veux dire aucun diplôme hormis certaines notions de bibliothéconomie, n'est-ce pas ?

Mlle Prim garda le silence. Pour une raison quelconque, une raison qu'elle ignorait, la conversation n'empruntait pas les chemins qu'elle avait imaginés.

— En fait, j'ai quelques diplômes, dit-elle après une pause. Quelques-uns… trop, peut-être.

— Trop ? (L'homme du fauteuil durcit légèrement le ton de sa voix.) Mademoiselle Prim, il me semble que l'annonce était parfaitement claire.

— Oui elle l'était, dit-elle rapidement. Mais permettez-moi de vous expliquer que je ne suis pas une personne ordinaire d'un point de vue académique. Je n'ai jamais prétendu tirer un parti professionnel de mes diplômes, je ne les utilise pas, je n'en parle jamais, et naturellement (elle fit une pause pour respirer) vous pouvez être assuré qu'ils n'auront aucune incidence sur mon travail.

Lorsqu'elle eut terminé de parler, la bibliothécaire s'aperçut que les enfants et les chiens la regardaient en silence depuis un bon moment. Elle se souvint alors de ce que le gamin du porche avait dit à propos de l'homme à qui elle s'adressait à l'instant. Était-il possible que parmi toute cette troupe d'enfants il n'y en eût aucun qui fût le sien ?

— Dites-moi, insista-t-il, de quels diplômes parlons-nous ? Plus exactement : de combien ?

La postulante avala sa salive en réfléchissant à quelle pouvait être la meilleure façon d'affronter cette question épineuse.

— Si vous me donnez une feuille de papier, monsieur, je peux vous faire un bref résumé.

— Me faire un bref résumé ? s'exclama-t-il avec stupeur. Mais avez-vous perdu la tête ? Pourquoi une personne dont les diplômes ont besoin d'être exposés en un bref résumé se présente-t-elle à un poste qui exclut les diplômes ?

Mlle Prim hésita un instant avant de répondre. Naturellement, elle voulait dire la vérité, elle devait dire la vérité, elle le désirait de toute urgence, mais elle savait que si elle le faisait elle n'obtiendrait pas le poste. Elle ne pouvait dire qu'elle avait eu un pressentiment en lisant l'annonce. Elle ne pouvait expliquer que son pouls s'était accéléré, que sa vue s'était brouillée, que dans ces quelques lignes elle avait eu la soudaine vision d'une aube. D'ailleurs, mentir était hors de question. Même si elle l'avait voulu, et elle ne le voulait certainement pas, il y avait cette pénible affaire du rougeoiement de son nez. Mlle Prim avait un nez doté d'une extrême sensibilité morale. Il ne rougissait pas devant les compliments, pas plus qu'il ne le faisait devant les cris ; elle n'avait jamais reculé devant une effronterie, ni même devant une insulte. Mais devant le mensonge, eh bien devant le mensonge il n'y avait rien à faire. Une involontaire inexactitude, une seule exagération, une innocente tromperie et son nez rougeoyait, aussi resplendissant qu'une flamme.

— Eh bien ? lui demanda l'homme du fauteuil.

— Je cherchais un refuge, dit-elle brusquement.

— Un refuge ? Voulez-vous dire un endroit où vivre ? (L'homme regarda ses chaussures, l'air inquiet.) Mademoiselle Prim, je vous prie à l'avance de me pardonner ce que je vais dire. La question que je vais vous poser est délicate et il m'est difficile de la formuler, mais j'ai le devoir de la poser. Peut-être traversez-vous des difficultés ? Un malentendu ? Un incident malheureux ? Une petite irrégularité juridique ?

La bibliothécaire, qui venait d'une famille vigoureusement instruite dans la grandeur de la vertu civile, réagit avec ardeur et véhémence à cette accusation.

— Mais pas du tout, monsieur, absolument pas ! Je suis une personne honorable, je paie mes impôts, je règle mes contraventions, je fais des petits dons à des œuvres de bienfaisance. Je n'ai jamais commis un acte délictueux, ni une faute. Mon casier judiciaire n'est entaché d'aucune infraction, pas plus que celui de ma famille. Si vous voulez vérifier…

— Ce n'est pas nécessaire, mademoiselle Prim, répondit-il, déconcerté. Veuillez accepter mes excuses, il est évident que j'ai mal interprété vos paroles.

La postulante, parfaitement calme quelques minutes plus tôt, semblait maintenant profondément altérée. Les enfants l'observaient sans souffler mot.

— Je ne comprends pas comment vous avez pu penser une chose pareille, déplora-t-elle.

— Pardonnez-moi, je vous en prie, insista l'homme une nouvelle fois. Comment puis-je vous dédommager de cette grossièreté ?

— *On peut* l'embaucher (la voix de l'enfant hirsute du porche surgit inopinément des profondeurs du tapis). Tu dis *toujours* qu'il faut faire ce qui est juste. Tu le dis *toujours*.

Pendant un instant, l'homme du fauteuil parut décontenancé. Puis il sourit au garçonnet, acquiesça doucement d'une grimace et s'approcha de la candidate d'un air contrit.

— Mademoiselle Prim, je crois qu'une femme qui supporte une grossièreté comme celle que je viens de commettre sans tourner les talons et s'en aller a toute ma confiance, quelle que soit la tâche qui lui sera confiée. Me feriez-vous la faveur d'accepter cet emploi ?

La postulante ouvrit la bouche pour dire non, mais aussitôt elle eut une vision fugace. Elle revit les longues et sombres journées de travail à son bureau, entendit les ennuyeuses conversations sportives, se souvint des sourires moqueurs et des regards médisants, se remémora les obscénités prononcées à mi-voix. Puis elle revint à elle et prit une décision. En définitive, il *était* un gentleman. Et qui ne voudrait travailler pour un gentleman ?

— Quand commençons-nous, monsieur ?

Et sans attendre de réponse, elle fit demi-tour et sortit par la porte-fenêtre pour récupérer ses valises.

2

Dès qu'elle entra dans ce qui allait être sa chambre au cours des prochains mois, elle s'assit sur le lit et contempla les grandes baies ouvertes sur la terrasse. Il n'y avait que peu de meubles, mais ils étaient parfaits. Une ottomane tapissée d'un vieux damas bleu, un immense miroir vénitien, une cheminée géorgienne en fer, une armoire peinte couleur aigue-marine ainsi que deux antiques tapis de Wilton. « Luxueux », pensa-t-elle. Mais en réalité, *luxueux* n'était pas le mot exact. Tout ce qui se trouvait là paraissait être à sa place. Tout avait été vécu, usé, réparé. « Voilà ce qu'au siècle dernier on considérait être le confort », soupira Mlle Prim en commençant à défaire ses valises.

Un grincement dans le bois lui fit lever les yeux et porter le regard sur une petite peinture posée sur la cheminée. C'était une planchette représentant trois silhouettes réalisées par la main d'un enfant. Le trait était sûr, magnifique pour un bambin, pensa-t-elle tandis qu'elle admirait avec plaisir les coups de pinceau du jeune artiste.

— C'est la *Sainte Trinité* de Roublev, dit derrière elle une voix enfantine déjà familière.

— Je sais, merci beaucoup, jeune homme. À propos, ne devriez-vous pas frapper avant d'entrer ? demanda-t-elle lorsqu'elle s'aperçut que le garçonnet était accompagné.

— C'est que la porte était ouverte, pas vrai ? demanda-t-il aux trois autres qui se tenaient derrière lui et s'empressèrent d'acquiescer. Elle, c'est ma sœur Téséris, elle a dix ans. Lui c'est Deka, il en a neuf, et Eksi est la plus petite, elle a *seulement* sept ans et demi. Moi, je m'appelle Septimus. Mais c'est pas nos *vrais* prénoms, précisa-t-il d'un ton confidentiel.

Mlle Prim regarda les quatre frères et sœurs, étonnée de leurs différences. Le jeune Deka avait les cheveux blonds et hirsutes de son grand frère, mais l'expression à la fois espiègle et innocente de son visage n'avait rien à voir avec l'air réfléchi de l'enfant qui l'avait reçue sous le porche. Il n'était pas non plus facile de deviner que les fillettes étaient des sœurs. L'une possédait une beauté sereine et douce, l'autre débordait du charme de sa vivacité.

Téséris chuchota soudain quelque chose à l'oreille de son grand frère, puis demanda d'une voix basse et suave :

— Mademoiselle Prim, vous croyez qu'il est possible de traverser un miroir ?

Déconcertée, la bibliothécaire la regarda, mais elle saisit ce qu'elle voulait dire.

— Je me souviens que mon père me lisait cette histoire avant que je m'endorme, répondit-elle en souriant.

La fillette regarda son frère de côté.

— Je t'avais dit qu'elle *comprendrait* pas, dit le garçon d'un air suffisant.

Au lieu de répliquer, Mlle Prim ouvrit sa deuxième valise et en sortit un kimono en soie naturelle vert jade qu'elle pendit dans l'armoire. C'était donc ça la cohabitation avec des enfants, pensa-t-elle un peu agacée. C'est à cela, pas à autre chose, que l'annonce faisait référence. Il ne s'agissait pas d'espiègleries, de bonbons et de contes de fées ; il s'agissait, qui l'aurait dit ?, de mystères et de devinettes.

— Vous aimez l'icône de Roublev ? demanda l'enfant, maintenant occupé à feuilleter une poignée de livres qui dépassaient d'une valise.

— Beaucoup, répondit-elle avec sérieux en mettant chaque vêtement à sa place. C'est un tableau magnifique.

Entendant cette réponse, la petite Téséris leva la tête.

— Les icônes ne sont pas des tableaux, mademoiselle Prim, les icônes sont des *fenêtres*.

Mlle Prim cessa d'accrocher ses robes et observa la fillette avec appréhension. Décidément, l'homme qui dirigeait cette maison s'était surpassé avec les enfants. À dix ans, il n'y avait pas de raison d'avoir ces notions absurdes sur les icônes et les fenêtres. Ce n'était pas malsain, bien sûr, mais ce n'était pas naturel. Fées et princesses, dragons et chevaliers, rimes de Stevenson, gâteaux aux pommes, voilà ce que, d'après elle, devait connaître un enfant de cet âge.

— Alors c'est toi qui as peint cette *fenêtre* ? demanda-t-elle, feignant l'indifférence.

La petite acquiesça d'un signe de tête.

— Elle l'a peinte de mémoire, ajouta son frère. Elle l'a vue à la galerie Tretriakov il y a deux ans, elle s'est assise devant et elle a plus voulu voir rien d'autre. Quand on est rentrés à la maison, elle s'est mise à la peindre partout. Ces fenêtres, il y en a dans toutes les chambres.

— C'est impossible, répondit Mlle Prim. Personne ne peut peindre de mémoire un tableau comme celui-ci. Et encore moins une fillette de huit ans, l'âge que devait avoir ta sœur à l'époque ; ce n'est pas possible.

— Mais vous étiez pas là ! protesta le jeune Deka avec une brusquerie déroutante. Comment vous pouvez le savoir ?

Au lieu de répondre, Mlle Prim s'approcha de l'image. Elle avait sorti de son sac une règle et un compas. Tout était en place, pas de doute : la division octogonale, les cercles extérieur et intérieur, la forme du calice entre les personnages.

— Comment as-tu fait cela, Téséris ? Il est impossible que tu l'aies fait seule, même si tu avais une image à côté de toi. On a dû t'aider. Dis-moi la vérité, c'est ton père, ou ton oncle, ou qui que soit la personne qui prend soin de vous ?

— Personne m'a aidée, dit la fillette d'une voix basse, mais ferme. Puis elle s'adressa à sa petite sœur : – Hein que c'est vrai, Eksi ?

— Personne l'a aidée. Elle fait *toujours* les choses toute seule, confirma celle-ci avec solennité en s'efforçant de rester en équilibre sur un seul pied.

Perplexe devant cette résistance fraternelle, Mlle Prim n'insista pas. Si ces enfants avaient été des adultes, elle les aurait interrogés à sa façon et aurait aisément résolu le mystère. Mais il y avait une grande différence entre un enfant et un adulte. Un enfant pouvait crier, il pouvait pleurer, il pouvait réagir de façon irrationnelle. Et que se passerait-il alors ? Une employée qui dès son premier jour de travail se met à dos les membres les plus vulnérables de la famille prend un mauvais départ. Surtout – s'émut-elle – après s'être introduite dans la maison par une porte-fenêtre.

— Et que faisaient de si jeunes enfants à la galerie Tretriakov ? Moscou est bien loin.

— On y est allés pour étudier l'art, répondit Septimus.

— Tu veux dire avec l'école ?

Les enfants échangèrent des regards joyeux.

— Oh, non ! dit le petit. Nous, on est *jamais* allés à l'école.

La phrase, dite avec le plus grand naturel, tomba comme un coup de massue sur l'esprit déjà un peu survolté de la bibliothécaire. Des enfants non scolarisés, elle n'en croyait pas ses oreilles. Une troupe d'enfants sans doute à demi sauvages et non scolarisés, mais où avait-elle mis les pieds ? Mlle Prim se souvint de sa première impression sur l'homme qui l'avait recrutée. Un individu étrange, c'était certain. Un extravagant, un anachorète, peut-être même un fou.

— Mademoiselle Prim (la voix basse et polie de l'homme du fauteuil arriva dans la chambre à travers l'escalier), quand vous aurez pris le temps de vous installer j'aimerais vous voir dans la bibliothèque, si vous voulez bien.

La bibliothécaire se targuait de faire ce qu'il fallait au moment voulu et maintenant, réfléchit-elle, il convenait de s'excuser et de quitter cette maison sur-le-champ.

Stimulée par cette idée, elle rangea ses valises, se donna un coup de peigne, jeta un dernier regard à l'icône de Roublev ; elle était prête.

— Bien sûr, répondit-elle à voix haute. Je descends tout de suite.

L'homme du fauteuil la reçut debout, les mains derrière le dos. Pendant que la bibliothécaire défaisait ses bagages, il s'était efforcé de répéter la meilleure façon de lui expliquer la nature de ses attributions. La tâche n'avait rien de facile, car ce n'était pas une bibliothécaire ordinaire dont il avait besoin. Après le départ de l'employé précédent, sa bibliothèque nécessitait un nouveau catalogage et une réorganisation complète. Les titres de romans, d'essais et d'histoire étaient couverts de poussière, ceux de théologie dispersés dans toutes les pièces de la maison. La veille, il avait trouvé les homélies de saint Jean Chrysostome dans le garde-manger, entre les pots de confiture et les paquets de lentilles. Comment étaient-elles arrivées là ? Difficile de le dire. Peut-être étaient-ce les enfants, car ils traitaient les livres comme des cahiers ou des boîtes de crayons ; mais ce pouvait aussi bien être lui. Ce n'était pas la première fois, et ce ne serait probablement pas la dernière. Et il lui fallait reconnaître que, dans le fond, cet état de fait était le résultat de ses propres règles.

Il se souvenait très bien de la façon dont son père avait toujours interdit de sortir les livres de la bibliothèque. Cela avait obligé tous ses frères et sœurs à choisir entre le plein air et la lecture. Ainsi avait-il passé les après-midi de son enfance en compagnie de Jules Verne,

Alexandre Dumas, Stevenson, Homère, Walter Scott. Dehors, sous le soleil, les enfants criaient et s'amusaient, alors qu'il restait enfermé à lire, plongé dans des mondes que les autres soupçonnaient à peine. Quelques années plus tard, lorsqu'il était revenu à la maison après une longue absence, il avait changé ces règles. Il adorait voir les enfants lire au soleil, couchés dans l'herbe du jardin, assis sur les vieilles branches confortables d'un arbre, croquant des pommes, engloutissant des tartines de beurre, laissant les empreintes grasses de leurs doigts sur ces volumes qu'il aimait tant.

— Vous êtes bien installée ? demanda-t-il pour tenter de rompre la glace.

— Parfaitement, je vous remercie, répondit la bibliothécaire. Mais je crains de ne pas pouvoir rester.

— Rester ?

— Je me pose trop de questions. (Mlle Prim leva légèrement le menton.)

— À quel propos ? dit-il aimablement. Si je puis satisfaire votre curiosité, je suis à votre disposition. Je pensais que nous étions parvenus à un accord.

En entendant le mot curiosité, le visage de la bibliothécaire se durcit.

— Ce n'est pas une question de curiosité, mais je ne comprends rien à votre famille. J'ai vu plusieurs enfants non scolarisés. Plusieurs enfants, c'est déjà un défi de taille pour qui que ce soit, mais plusieurs enfants à l'état sauvage, je crois que c'est une témérité.

— Je vois, cette histoire d'école vous a fait tiquer, murmura-t-il en fronçant légèrement les sourcils. Bien, mademoiselle Prim, vous avez raison ; si vous devez travailler ici vous avez le droit de savoir quel genre de foyer est le nôtre, mais je dois vous rappeler que les enfants ne seront pas à votre charge. Ils ne font pas partie de vos attributions.

— Je le sais, monsieur, mais les enfants, comment dire, *ils existent.*

— Ils existent, bien sûr, et vous serez de plus en plus consciente de leur existence au fil des jours.

— Voulez-vous dire par là qu'ils sont mal élevés ?

— Je veux dire par là que les enfants sont ma vie.

Cette réponse la surprit. Malgré sa première impression, il semblait y avoir chez cet homme des étincelles insoupçonnées de délicatesse, beaucoup plus de délicatesse qu'elle n'avait imaginé, une délicatesse étrange, sobre et condensée.

— Ce sont… Les enfants, ce sont les vôtres ? Je veux dire… certains sont à vous ?

— Vous demandez si ce sont mes enfants ? Non, ils ne le sont pas. Quatre des enfants que vous avez vus sont ceux de ma sœur, mais ils sont sous ma responsabilité depuis qu'elle est morte, il y a environ cinq ans. Les autres sont des gosses de Saint-Irénée qui viennent étudier ici deux ou trois fois par semaine.

Mlle Prim baissa les yeux par pudeur : à présent elle comprenait pourquoi ces jeunes enfants étaient instruits chez eux et non à l'école. Elle se trouvait face à un cas patent de ce que la psychologie moderne appelle un syndrome de deuil prolongé. Ils avaient traversé une épreuve terrible, mais ce n'était pas la bonne solution. Être scolarisés dans leur foyer n'était pas bon pour les enfants, et bien qu'il fût difficile et même embarrassant d'en parler, elle savait qu'il était de son devoir de le faire.

— Je suis désolée pour vous, dit-elle du ton qu'elle aurait pu employer pour parler à un animal blessé, mais vous ne devez pas vous enfermer dans votre douleur. Vous devez penser à vos neveux, vous devez penser à eux et à leur avenir. Vous ne pouvez prétendre que votre chagrin les enferme dans cette maison et les prive d'une éducation décente.

Il la fixa un moment, comme s'il ne comprenait pas. Puis il secoua la tête et ébaucha un bref sourire. Mlle Prim, quoique peu encline au romantisme, se surprit à penser combien un sourire inespéré peut éclairer une pièce obscure.

— Une éducation décente ? Vous pensez que je suis un homme triste qui retient ses neveux à la maison et ne les laisse pas aller à l'école pour ne pas se sentir seul, c'est bien ça ?

— N'est-ce pas cela ? répondit-elle prudemment.

— Non.

L'homme se dirigea vers le meuble-bar qui se trouvait près de l'une des fenêtres, où une douzaine de fines coupes en cristal et six gros verres à whisky partageaient l'espace avec une grande variété de vins et de liqueurs.

— Voulez-vous boire quelque chose, mademoiselle Prim ? À cette heure-ci, j'ai l'habitude de prendre un apéritif. Un porto, ça vous dit ?

— Merci, monsieur, mais je ne bois jamais d'alcool.

— Vous permettez que je prenne quelque chose ?

— Mais bien sûr, vous êtes chez vous.

L'homme se retourna et l'observa, essayant de deviner s'il y avait du sarcasme derrière ces paroles. Puis il but une gorgée et posa le verre directement sur la table, ce qui provoqua une moue involontaire, presque imperceptible, de réprobation sur le visage calme de la bibliothécaire.

— La vérité est que mon opinion sur l'éducation actuelle est très particulière. Mais si vous décidez de rester et de travailler ici, il vous suffira de savoir que j'éduque personnellement mes neveux parce que j'ai décidé de leur donner la meilleure instruction possible. Je n'ai pas ces excuses d'ordre psychologique que vous m'attribuez, mademoiselle Prim. Je ne suis pas blessé, je ne me sens pas déprimé, je ne peux même pas dire que je me sente seul. Mon unique intention est que ces enfants puissent un jour devenir tout ce que l'école moderne est incapable de produire.

— Produire ?

— C'est le terme exact, selon moi, répondit-il, une lueur amusée dans les yeux.

La bibliothécaire garda le silence. Cette maison était-elle vraiment l'endroit adéquat pour une femme comme elle ? On ne pouvait dire que cet homme était désagréable. Il n'était ni grossier ni insultant, il ne vous regardait pas avec suspicion, ce qu'elle avait dû supporter pendant des années de la part de son ancien patron, mais il n'y avait ni délicatesse dans la manière dont il parlait aux enfants, ni sensibilité dans ce ton franc, encore que courtois, quand il s'adressait à elle. Mlle Prim dut reconnaître que dans son cœur persistait une certaine inimitié due à l'insinuation maladroite qu'il avait exprimée à son encontre une demi-heure plus tôt. Mais ce n'était pas seulement ça. Il y avait dans ce visage une inquiétante énergie souterraine, quelque chose d'indéfinissable qui évoquait des trophées de chasse, d'antiques gestes et batailles.

— Alors, êtes-vous décidée à vous en aller ? demanda-t-il, la tirant brusquement de ses pensées.

— Non, je ne le suis pas. Je voulais une explication et je l'ai obtenue. Je ne peux pas dire que je partage votre vision sombre du système éducatif, mais je comprends votre crainte que la brutalité du monde moderne n'abîme l'esprit délicat de ces enfants. Cela dit, si vous me permettez de vous parler avec franchise…

— Je vous en prie, faites.

— Je vous trouve un peu extrémiste dans votre façon de penser, même s'il me semble que vous êtes en cela guidé par vos convictions, ce qui est plus que suffisant pour moi.

— Vous croyez donc que j'exagère.

— Oui, je crois que vous exagérez.

L'homme s'approcha de la bibliothèque, du bout des doigts il parcourut plusieurs ouvrages, s'arrêta sur un épais et vieux volume relié de cuir qu'il tira avec précaution de l'étagère.

— Savez-vous ce qu'est ceci ?

— Je crains que non.

— *De Trinitate Libri.*

— Saint Augustin ?

— Je vois que vous faites honneur à votre curriculum vitæ. Ou peut-être avez-vous, disons, certaines inquiétudes spirituelles ?

La bibliothécaire, incommodée par la question, se mit à jouer avec la bague d'améthyste qu'elle portait à la main droite.

— C'est une question délicate, et si ça ne vous ennuie pas je préférerais ne pas y répondre. Je crois être dans mon droit.

— Une question délicate, répéta-t-il à voix basse, les yeux posés sur le livre. Bien sûr, vous avez raison. Je vous prie à nouveau de m'excuser.

Mlle Prim se mordit la lèvre avant d'ajouter :

— J'espère que mes convictions personnelles n'interféreront en rien dans nos relations, parce que si c'était le cas, vous devriez me le dire tout de suite, pour notre bien à tous deux.

— Absolument aucun. Vous n'avez pas été engagée pour donner des cours de théologie.

— Merci.

Il se fit un long silence dans la pièce, uniquement rompu par les voix joyeuses et lointaines des enfants qui arrivaient du jardin.

— Je voudrais encore vous dire que ces prénoms numériques que portent les enfants m'ont beaucoup étonnée, dit enfin la bibliothécaire dans une tentative titanesque d'avancer vers des eaux moins conflictuelles.

— En réalité, ce sont des surnoms, dit-il en riant, parce que je suis incapable de me souvenir des anniversaires. Septimus est né en septembre ; son frère Deka, en octobre ; Téséris, en avril, et Eksi, la benjamine, en juin. J'aime les langues classiques et plus d'une fois cette méthode m'a permis de me tirer d'embarras.

Tandis qu'il parlait, d'un geste il montra le désordre de la pièce. Une incroyable quantité de livres s'entassait sur les tables et les étagères en doubles, triples et même quadruples rangées, au milieu d'énormes liasses de papiers, de vieilles cartes, de fossiles, de minéraux et de coquillages.

— L'état de ma bibliothèque vous dira, j'en ai peur, tout ce que vous devez savoir sur ma capacité d'organisation.

— Ne vous inquiétez pas, le désordre ne m'impressionne pas.

— Tant mieux, mais je parie qu'il vous dérange.

Mlle Prim ne sut quoi répondre et choisit encore une fois de changer de sujet.

— La petite Téséris affirme qu'elle peint des icônes de mémoire.

— Et vous ne la croyez pas, évidemment.

— Je devrais la croire ?

Au lieu de répondre, de nouveau l'homme s'approcha de la bibliothèque et y rangea le gros volume relié de cuir. Puis il se dirigea vers la cheminée, prit un cahier qui se trouvait sur la console et le remit à la bibliothécaire.

— Voici la liste de tous les ouvrages qui se trouvent dans la bibliothèque. Elle est classée par auteurs ; c'est le bibliothécaire précédent qui l'a établie. J'aimerais que ce soir, si vous n'êtes pas trop fatiguée, vous y jetiez un coup d'œil. Ainsi je pourrai mieux vous expliquer demain le travail que j'attends de vous pour ordonner ce vieux chaos poussiéreux. Cela vous convient ?

Mlle Prim aurait voulu poursuivre la conversation, mais elle comprit que pour son nouveau patron la conversation était terminée.

— Cela me semble parfait.

— Excellent. Le dîner est à neuf heures et le petit déjeuner à huit heures.

— Si cela ne vous dérange pas, je préférerais prendre les repas dans ma chambre. Je peux me préparer quelque chose et me le monter moi-même.

— On vous montera les repas de la cuisine, mademoiselle Prim. Nous avons une logistique efficace dans cette maison. J'espère que cette première nuit chez nous sera excellente, dit-il en lui tendant la main.

Elle fut tentée de protester. Elle n'appréciait pas qu'un homme à peu près inconnu s'arrogeât le droit de décider pour elle de quelle façon et à quel moment prendre ses repas, ou ce qu'elle devait manger. Elle n'aimait pas du tout cette façon d'imposer les choses.

— Bonne nuit, monsieur, dit-elle docilement avant de monter.

3

Mlle Prim ne sut pas avec certitude si le coq l'avait réveillée ou si son soubresaut était la conséquence naturelle d'un sommeil agité. Cela faisait près de trois semaines qu'elle vivait dans cette maison et elle se sentait toujours aussi désorientée chaque fois qu'elle se réveillait. Somnolente, elle s'étira paresseusement sous les draps et regarda ensuite le réveil. Elle avait deux heures devant elle avant de commencer son travail. Dans sa chambre, elle était à l'abri, soupira-t-elle avec soulagement. À l'abri d'ordres bizarres dénués de sens, de sourires inopinés qui préludaient à d'autres ordres, de regards embarrassants, de questions dont elle ne parvenait pas à percer le sens ultime. Se moquait-il d'elle ? Il paraissait plutôt l'étudier, ce qui était presque plus irritant.

Encore assoupie, elle jeta un autre coup d'œil au réveil. Elle ne voulait pas se retrouver en bas en même temps que lui et les enfants au moment où ils partaient pour l'abbaye. Mlle Prim s'était toujours considérée comme une personne ouverte, mais elle n'approuvait pas cette coutume d'obliger quatre enfants si jeunes à se rendre chaque jour dans un monastère avant le petit déjeuner. Il est vrai qu'au retour ils semblaient extraordinairement joyeux, malgré la longue marche, la fraîcheur matinale et le jeûne. Mais, naturellement, elle savait qu'il y avait manière et manière d'influencer les enfants.

Lorsqu'une demi-heure plus tard elle sortit de la maison, le soleil commençait à réchauffer l'atmosphère. Elle traversa rapidement le jardin, ouvrit la grille en fer qui grinça bruyamment, longuement. Pourquoi cet homme refusait-il toute réparation ? Mlle Prim aimait la propreté, elle aimait la beauté et, pour cette raison, voir cette vieille grille la dérangeait ; les tableaux non restaurés l'attristaient, trouver des incunables tachés de beurre sur les étagères de la serre l'indignait.

— Cet homme est une calamité, murmura-t-elle, de mauvaise humeur.

Au lieu de suivre la route, elle décida de tourner à droite et de prendre un étroit chemin vicinal qui traversait les champs de labour, passait à travers le bois et arrivait au village. Ce matin-là, elle avait un besoin urgent d'acheter des cahiers et des étiquettes. La veille, elle avait eu un léger différend avec son patron, le cinquième depuis son arrivée dans cette maison. Celui-ci était entré dans la bibliothèque et lui avait dit clairement, d'un ton ferme, qu'il ne voulait pas qu'elle classe ses livres dans des fichiers informatiques.

— Très bien, si c'est ce que vous souhaitez, répondit Mlle Prim résignée malgré elle.

Il ne voulait pas non plus qu'on utilise des machines à écrire, même anciennes.

Elle ne put s'empêcher de rétorquer :

— Peut-être souhaitez-vous que j'écrive à la plume d'oie.

Il avait accueilli cette pointe d'ironie avec un sourire exquis. Mais au bout de trois semaines dans cette maison, Mlle Prim avait pris conscience que cette fascinante politesse masculine n'avait pour but que de l'obliger à faire les choses comme il l'entendait.

— Puisque vous y tenez tellement, je le ferai à la main, mais je vous préviens que j'aurai besoin d'étiquettes. Je ne transigerai pas sur ce point. C'est une question de méthode, et une bibliothécaire qui n'a pas de méthode n'est pas une bibliothécaire.

— Chère mademoiselle Prim, lui avait-il dit alors, vous pouvez utiliser toutes les étiquettes que vous voulez, ça va de soi. Tout ce que je vous demande, c'est de ne pas employer celles qui brillent dans la pénombre. Je n'ai rien contre les étiquettes de couleur, absolument rien, mais je reste convaincu que du vert citron sur les sermons de saint Bonaventure ou du rose fluorescent sur les ouvrages de Virgile n'est pas possible.

Mlle Prim s'était sentie outragée. Le regard enflammé, pointant son nez aristocrate vers le ciel, elle expliqua qu'elle n'avait jamais utilisé d'étiquettes fluorescentes, qu'il n'avait pas besoin de lui dire qu'une bibliothèque comme celle-ci exigeait une certaine sobriété. Et alors il s'était moqué d'elle et lui avait dit une chose encore plus vexante :

— Allons, Prudence, je plaisantais, ne vous mettez pas dans cet état. Vous paraissez l'image vivante de *La Liberté guidant le peuple.*

Échauffée par le souvenir de cette scène, Mlle Prim interrompit ses pensées pour écarter vigoureusement les ronces qui obstruaient le sentier. Elle s'apprêtait à laisser derrière elle le dernier bouquet d'arbres lorsque lui parvint le son de plusieurs voix familières. Au milieu d'un grand terre-plein, assises dans l'herbe, les petites de la maison regardaient avec animation leurs deux frères se battre avec quelque chose qui ressemblait à des rames ou des bâtons. La bibliothécaire s'accroupit derrière les buissons pour observer sans être vue. Les enfants portaient de vieux masques d'escrime, mais cela n'assurait aucune protection s'ils recevaient un coup. Une fois de plus elle se demanda si leur oncle était sain d'esprit. Debout au milieu du pré, il était occupé à donner des instructions précises de stratégie militaire aux deux combattants.

— C'est tout lui, murmura-t-elle avec mépris depuis sa cachette : apprendre aux enfants à combattre, et ensuite les emmener à l'église.

— Il n'est pas fou, si c'est ce que vous pensez. Et ne vous inquiétez pas, jamais il ne mettrait les enfants en danger.

Mlle Prim se retourna d'un bond et se trouva face à un homme d'âge mûr, de haute taille, qui la regardait en souriant.

— Qui êtes-vous ? interrogea-t-elle en se demandant si elle devait sortir des broussailles ou s'il était plus sûr de n'en pas bouger.

— Veuillez m'excuser si je vous ai fait peur. Vous êtes dans la maison pour organiser la bibliothèque, n'est-ce pas ? Mademoiselle Prim, si je ne me trompe pas.

La bibliothécaire acquiesça d'un signe de tête et observa discrètement le visiteur.

— Je suis un vieil ami de la famille. Je les connais tous pratiquement depuis qu'ils sont nés. S'il est pour eux comme un père, moi je suis comme leur grand-père.

— Ravie de vous connaître, monsieur...

— Horace Delàs, Horace pour vous.

Mlle Prim le remercia et montra ensuite les enfants.

— Dites-moi une chose, Horace, que pensez-vous qu'il fait avec eux ? Il les entraîne pour une guerre ?

— Ma chère amie, j'avais entendu dire que vous étiez une personne couverte de diplômes, répondit le nouveau venu sur un ton d'affable ironie. Écoutez bien, il leur explique comment combattaient les anciens chevaliers. La plupart des enfants d'aujourd'hui ne savent pas comment tenir une épée, une lance ou un javelot, ils ignorent même ce qu'est un chevalier. Observez : si je ne fais pas erreur, il doit être en train de leur rappeler les six grandes règles de Geoffroy de Preuilly.

— Geoffroy de Preuilly ?

— Vous n'êtes pas d'ici et vous n'avez pas de raison de le connaître, mais c'est un chevalier mort au milieu du onzième siècle. On lui attribue la paternité des premiers tournois dont il aurait rédigé les règles pour codifier ces compétitions. Il n'y a pas de données historiques très claires à ce sujet, mais ce sont de très beaux et très nobles conseils.

Ils entendirent, soudain :

— Première règle, ne jamais blesser l'adversaire par une frappe d'estoc. Deuxième règle, ne pas combattre en dehors des lignes. Troisième, plusieurs hommes ne doivent jamais s'attaquer à un seul. Quatrième, ne pas blesser le cheval du rival. Cinquième, frapper uniquement à la poitrine et au visage...

— Sixième et dernière règle (le promeneur se tourna vers Mlle Prim et d'un geste triomphant toucha de la main le bord de son chapeau), ne jamais charger quand la visière de l'armure de l'adversaire est levée. C'est ainsi qu'est mort Henri II de France. Vous vous souvenez sans doute que la lance de Gabriel de Montgomery lui a crevé un œil au cours d'un tournoi.

La bibliothécaire acquiesça en souriant, elle tendit la main pour cueillir une mûre tardive et jeta ensuite un coup d'œil à sa montre.

— Pardonnez-moi, Horace, mais je dois m'en aller. J'ai une course à faire au village et je dois être de retour avant midi. Je suppose qu'ils vont arrêter les joutes et se rendre à l'abbaye.

— Vous ne vous joignez donc pas à eux ?

— Je crains de ne pas être assez croyante.

— Ne vous inquiétez pas, je ne le suis pas non plus. Je rentre chez moi après ma promenade du matin ; si vous permettez, je serai ravi de vous accompagner.

Le promeneur lui offrit son bras qu'elle accepta, reconnaissante. Pour la première fois depuis son arrivée dans cette maison, elle se sentait à l'aise et détendue. Elle avait l'impression d'avoir trouvé un allié. Un homme raisonnable, sensé, équilibré, une personne avec laquelle on pouvait parler. « C'est un gentleman », se dit-elle, heureuse, tandis qu'ils marchaient côte à côte sous l'agréable soleil du matin. Et qui n'aurait voulu avoir un gentleman pour allié ?

Trois heures après cette rencontre sympathique, Mlle Prim reprit le chemin de la maison. Elle rentrait un peu tard, mais elle était certaine que l'élégance des étiquettes blanches et des cahiers à couverture bleu marine serait une bonne excuse pour justifier son retard. Votre patron n'est-il pas un homme charmant ? lui avait demandé la propriétaire de la papeterie en apprenant qu'elle travaillait chez lui. Mlle Prim ne le pensait pas. C'était un homme différent. Il avait été très généreux en se consacrant de cette façon à ses neveux et en enseignant les langues classiques à la moitié des enfants de Saint-Irénée, elle l'admettait. Mais il n'était pas charmant, du moins lorsqu'il s'agissait de défendre ses idées. Il n'était pas charmant dans les discussions, pas plus qu'il ne l'était dans les débats ; il s'accrochait à ses certitudes, ne cédait pas un pouce de terrain et n'avait aucune compassion pour ses opposants lorsqu'il découvrait qu'ils n'étaient pas à sa hauteur. Depuis qu'elle vivait dans sa maison, elle avait eu l'occasion de le voir à l'œuvre. Il pouvait être l'homme le plus aimable du monde, mais aussi le plus dur.

— C'est extraordinaire ! s'exclama la propriétaire de la papeterie. Je n'ai jamais entendu aucune autre femme dire une chose pareille de lui. Dur, lui ? Vous devez vous tromper !

Bien sûr, il ne l'était pas avec les enfants, pensa-t-elle en sortant de la boutique ; mais il les éduquait avec discipline – discipline affectueuse, certes, mais néanmoins discipline – et il exigeait beaucoup d'eux comme maître et seigneur de cette école privée particulière.

Mlle Prim avait travaillé plusieurs matinées dans la bibliothèque alors que les enfants suivaient ses cours. Protégée par les énormes piles de livres qu'elle devait classer, elle avait vu la passion avec laquelle il leur expliquait les questions les plus complexes, la clarté avec laquelle il s'exprimait, la manière dont il leur apprenait à penser. Mais elle l'avait également observé lorsqu'il posait des questions. On ne pouvait pas dire que les enfants le craignaient, mais à l'évidence ils attendaient sa reconnaissance avec anxiété et cherchaient à tout prix son approbation. C'était attendrissant de les voir plaisanter et jouer avec lui entre rires et cris, mais ça ne l'était pas autant de les regarder s'approcher tout contrits lorsqu'ils ne savaient pas une conjugaison grecque et voyaient leur mentor, découragé, froncer les sourcils et baisser la tête.

— Vous ne trouvez pas qu'il est trop sévère ? avait demandé la bibliothécaire ce matin-là à son nouvel ami, qui l'avait invitée à prendre un petit déjeuner dans son jardin après leur promenade jusqu'au village.

— S'il est sévère ? Je suis un amoureux de la méthode scolastique, mademoiselle Prim, n'attendez pas de moi que je critique l'exigence académique. Je ne vais pas vous mentir, je n'ai pas une très haute opinion de l'éducation de ces cinquante dernières années.

— Mais il s'agit de quelque chose de plus que d'exigence, Horace. Ses méthodes sont archaïques et extravagantes, comme il l'est lui-même. Je suppose que vous savez que lorsqu'il ne fait pas la classe aux enfants ou qu'il ne joue pas avec eux à des tournois médiévaux il reste claustré pendant des heures. Il lui arrive de s'enfermer presque toute la journée, il n'est pas rare qu'il oublie l'heure du déjeuner ou du dîner. Vous croyez vraiment que tout cela fait partie d'une stratégie pédagogique ?

Son hôte rit de bon cœur tandis qu'il se levait, entrait dans la maison et revenait avec deux livres à la main. Après avoir repris place à table, il se servit une deuxième tasse de café puis ouvrit l'un d'eux.

— Chère mademoiselle Prim, je vais vous expliquer une chose. Vous avez sûrement lu l'histoire de Pantagruel, de Rabelais.

— Naturellement.

— Eh bien ce que je veux que vous compreniez, c'est que notre ami tient beaucoup de Gargantua dans sa façon d'éduquer les enfants.

— À quoi faites-vous référence ?

— Laissez-moi vous expliquer. Dans un passage de *Pantagruel*, Gargantua indique à son fils tout ce qu'il veut lui voir apprendre, vous le connaissez sans doute. Voyons, oui, le voici. Voulez-vous le lire pour voir s'il vous rappelle quelque chose ?

Mlle Prim saisit le livre et se mit à lire à haute voix :

> *J'entends et veux que tu apprennes les langues parfaitement : premièrement le grec, comme le veut Quintilien ; deuxièmement le latin ; puis l'hébreu pour les Saintes Écritures, le chaldéen et l'arabe pour les mêmes raisons.*

— Ne me dites pas qu'il enseigne l'hébreu, l'arabe et le chaldéen aux enfants ? s'interrompit-elle, l'air ébahi.

— Oh non, bien qu'il soit un grand polyglotte, spécialement des langues mortes. Non, il ne leur enseigne pas l'arabe, mais le grec, le latin et un peu d'araméen, cette dernière langue pour des raisons plus sentimentales qu'académiques. Mais poursuivez votre lecture, je vous prie.

Obéissante, Mlle Prim reprit le livre :

Et que tu formes ton style sur celui de Platon pour le grec, sur celui de Cicéron pour le latin. Qu'il n'y ait histoire que tu ne tiennes en mémoire présente, à quoi t'aidera la cosmographie de ceux qui en ont écrit. Des arts libéraux, géométrie, arithmétique et musique, je t'en ai donné quelque goût quand tu étais encore petit, en l'âge de cinq à six ans ; poursuis le reste, et d'astronomie saches-en tous les canons.

— Je ne veux pas vous fatiguer, permettez-moi de vous résumer la suite. Du droit civil, Gargantua exige que son fils apprenne les beaux textes et qu'il les compare à la philosophie. Et quant à la nature, il lui apprend que le monde est une grande école. Il veut qu'il n'y ait mer, rivière ni fontaine dont il ne connaisse les poissons ; que rien ne lui soit inconnu de tous les oiseaux du ciel, de tous les arbres, arbustes et fruitiers, de toutes les herbes de la terre, tous les métaux cachés au ventre des abîmes, toutes les pierres précieuses de l'Orient et du Moyen-Orient.

— C'est impressionnant, murmura la bibliothécaire.

— Oui, ça l'est. Il exige de lui qu'il étudie la médecine et l'homme ; il veut voir en son fils un abîme de science.

— Et c'est ce qu'il veut voir, lui, chez les enfants ? Mais c'est ridicule, ils sont bien trop jeunes !

— Moi, je trouve cela magnifique, je ne vais pas vous raconter d'histoires. C'est une aventure éducative qui m'enthousiasme au plus haut point. Mais laissez-moi vous montrer un autre des textes qui ont inspiré cette école domestique et vous comprendrez mieux de quoi il s'agit. Celui-ci, vous ne le connaissez peut-être pas. C'est la lettre de Jérôme de Stridon à Leta. Jérôme, comme vous devez le savoir, a fait cette traduction grandiose…

— La *Vulgate.*

— C'est ça. Il a vécu de nombreuses années en ermite dans le désert, à étudier les Saintes Écritures, puis il est revenu à Rome et s'est finalement installé à Bethléem. Il ne fait aucun doute que c'était un grand intellectuel, un esprit prodigieux, doté d'un tempérament et d'une volonté de fer. Terriblement strict avec lui-même, très exigeant. Eh bien, lors de son séjour à Bethléem, il reçoit une lettre d'une femme du nom de Leta qui lui demande conseil sur l'éducation de sa petite fille.

— Et il lui a recommandé de la punir à genoux, les bras en croix ? demanda Mlle Prim dans un sourire.

— Pas du tout, répondit vivement son hôte. Selon moi, il lui a donné une série de conseils admirables. Dans sa lettre, il explique à Leta qu'il considère absolument essentiel d'apprendre des langues étrangères, en particulier le latin et le grec, dès la plus tendre enfance. Voici ce qu'il écrit : « Qu'elle s'accoutume dès son enfance à bien prononcer le latin de peur que, prenant des habitudes vicieuses, elle ne s'exprime dans sa langue naturelle avec le mauvais accent des étrangers. » C'est là, ni plus ni moins, l'une des thèses de votre employeur, ma chère. Saint Jérôme recommande, bien sûr, la lecture quotidienne des Écritures.

— Donc, en fait… tout a un but ?

— Un de ces jours nous parlerons de buts. En attendant, profitez de ce que vous voyez… et participez. Je suis sûr que vous pouvez répondre bien mieux que lui aux questions de la petite Eksi sur les défauts de caractère des héroïnes de la littérature anglaise.

De retour à la maison, Mlle Prim ouvrit la grille du jardin et parcourut d'un air distrait la vieille allée d'hortensias aux couleurs automnales. Elle n'avait jamais envisagé la possibilité d'enseigner quoi que ce soit à un enfant, ni à un adulte d'ailleurs. Elle ne savait même pas si elle en serait capable ; en plus, il ne le lui avait pas demandé, et il devait avoir ses raisons. Elle n'avait pas oublié la déception qu'elle avait lue sur son visage le jour de son arrivée, lorsqu'elle s'était sentie obligée de lui révéler ses nombreux diplômes.

— Qu'il aille au diable avec sa maudite supériorité, murmura-t-elle, indignée.

Elle n'allait pas s'inquiéter pour les enfants. Elle avait déjà assez à faire avec son propre travail.

4

Un peu plus d'un mois après cette rencontre, Mlle Prim commença à percevoir les premières interrogations à propos de son célibat. Au début elle n'y attacha que peu d'importance ; finalement, il était flatteur d'être au centre des potins du village. Cette société était, par certains côtés, très traditionnelle et probablement on était curieux de savoir pourquoi une jeune femme aussi bien de sa personne n'était pas mariée ou au moins fiancée. Aussi lorsqu'un matin, Mme Œillet, la propriétaire du principal magasin de fleurs du village, lui demanda avec un clin d'œil où elle avait laissé son alliance, Mlle Prim ne fut-elle pas surprise.

— Je ne suis pas mariée, si c'est ce à quoi vous faites allusion, répondit-elle avec un sourire tandis qu'elle examinait un pot de *Papaver rhoeas,* que le commun des mortels appelait coquelicots.

Mme Œillet acquiesça, en lui disant qu'en général, à Saint-Irénée d'Arnois, les femmes avaient un époux. Ce n'était pas obligatoire, mais c'était mieux. De plus, les femmes comme elle semblaient faites pour le mariage. Un visage gracieux, une jolie silhouette, des manières délicates, une vaste culture ; toutes les qualités requises pour vouer son existence au mariage.

— Vous êtes très aimable, mais je n'ai pas l'intention de me marier, répondit-elle avec fermeté. Je suis contre le mariage, à mes yeux il n'a aucun sens.

La fleuriste sourit avec une merveilleuse douceur, ce qui étonna la bibliothécaire. Elle ne s'attendait pas à un sourire en guise de réponse. Une mine irritée, une exclamation de surprise, une sortie intempestive, telles auraient été les réactions adéquates. Les femmes comme Mme Œillet, qui avaient largement dépassé la maturité et avançaient vers la vieillesse avec l'inébranlable dignité d'un bateau à vapeur, étaient en général scandalisées lorsqu'elles entendaient des déclarations publiques contre le mariage. C'est ce qu'on attendait, c'était une réaction naturelle dans ce genre de situation. Et Mlle Prim, qui avait été éduquée dans une famille convenable et stricte, aimait que les gens réagissent selon les normes.

— Je suis tout à fait d'accord avec vous ! s'exclama la propriétaire du magasin de fleurs après un long soupir. De nos jours, le mariage est devenu un simple accord légal, avec toute cette paperasse, tous ces bureaux et ces registres froids, ces séparations de biens et ces lois qui dénaturent tout. Si j'étais vous et que je devais me marier à notre époque, je ne signerais pas *cela*, sûrement pas.

Mlle Prim, qui concentrait à présent son attention sur une coupe de *Zinnias elegans*, se demanda si son interlocutrice avait toute sa tête. Ne venait-elle pas de lui dire qu'elle devait se marier ? Qu'elle avait une vocation évidente pour la vie conjugale, un visage gracieux, de la culture et de bonnes manières ?

— J'espère ne pas vous offenser, poursuivit la fleuriste avec une politesse exquise, mais je me demande souvent comment on a pu en venir à penser qu'un fonctionnaire a quelque chose à faire au milieu d'un mariage. Cela paraît presque une contradiction ! Un mariage peut être bien des choses, certaines bonnes d'autres mauvaises, mais vous conviendrez avec moi qu'aucune d'elles n'a grand-chose à voir avec la bureaucratie.

Mlle Prim, qui n'arrivait pas non plus à se décider pour les zinnias, convint que bureaucratie et mariage étaient assurément des réalités qui s'excluaient l'une l'autre. Pendant qu'elle réglait le pot de *Papavers rhoeas*, elle réfléchit au fait extraordinaire que Mme Œillet et elle-même étaient exactement du même avis, même si toutes deux abordaient le problème dans des perspectives divergentes. Ni l'une ni l'autre ne pensait la même chose du mariage, c'était évident, mais elles s'accordaient sur ce que n'était pas et ne serait jamais l'union matrimoniale.

La bibliothécaire venait de sortir de chez la fleuriste lorsqu'elle se trouva pratiquement nez à nez avec son employeur. Surprise et contrariée, elle bafouilla quelque chose sur la nécessité de se rendre à la poste pour quelques démarches, ce qui visiblement ne l'intéressait pas.

— Mademoiselle Prim au milieu de coquelicots… ne dirait-on pas le titre d'un tableau ! Permettez-moi de vous aider et de porter cette plante, puis-je vous accompagner ?

— Vous êtes très aimable, répondit-elle avec froideur.

— À ce que je vois, vous avez parlé avec Hortense Œillet. Et naturellement, elle vous aura demandé pourquoi vous n'êtes pas mariée, je me trompe ? dit-il avec un sourire.

— Cette femme a des idées étranges sur le mariage, répondit la bibliothécaire.

— Ce que vous voulez dire par cette phrase énigmatique, c'est qu'elles sont différentes des vôtres, je suppose.

— Bien sûr qu'elles le sont. Je suis absolument opposée au mariage.

— Sérieusement ?

— Je le considère comme une institution inutile et d'arrière-garde.

— Il est intéressant que vous disiez cela, réfléchit-il, parce que j'ai au contraire l'impression qu'aujourd'hui tout le monde veut se marier. Je ne sais pas si vous vous en êtes rendu compte, mais il y a partout des revendications à ce propos, sans parler de tous ceux qui tiennent tant au mariage que, tout au long de leur vie, ils cumulent les noces. Que vous soyez contre, selon moi, démontre une touchante innocence d'esprit.

— Vous êtes pour, bien sûr.

— Je suis un grand défenseur du mariage, c'est pour cela que je refuse que les autorités civiles prennent part à sa célébration. Je suis de l'école d'Hortense, je trouve déplacé de voir un fonctionnaire dans une noce. À moins, évidemment, qu'il s'agisse de l'un des mariés ou d'un invité.

Mlle Prim baissa la tête pour dissimuler un sourire.

— Et tous pensent comme Mme Œillet et vous par ici ?

— Je dirais que tous sont ici parce qu'ils pensent comme Mme Œillet et moi, ce qui est très différent.

La bibliothécaire ne saisit pas le sens de cette réponse, mais elle se retint de répliquer. Elle ne voulait pas amorcer une discussion. Son instinct de conservation lui disait que chaque fois qu'elle entamait un débat avec son patron, elle avait de grandes chances de perdre. Elle, qui s'était toujours considérée comme une polémiste aguerrie que les gens craignaient, avait à présent un adversaire de taille. Quelqu'un d'irritant, qui savait retourner les arguments, les pousser jusqu'à l'extrême et amener les discussions sur des terrains marécageux. Elle perdait son assurance et se sentait ridicule.

— Ligue féministe de Saint-Irénée, lut-elle à voix haute sur un petit écriteau situé près d'une maison à peu près invisible derrière un enchevêtrement de lierre. Je m'étonne qu'il y ait des féministes à Saint-Irénée. C'est bien moderne pour ce village, dit-elle d'un air moqueur.

Au lieu de répondre, son compagnon s'arrêta, baissa la tête pour pouvoir la regarder dans les yeux, puis éclata de rire.

— Vous croyez ? Vous croyez que le féminisme est quelque chose de moderne ? demanda-t-il, joyeux. Prudence, vous êtes adorable.

Mlle Prim s'apprêta à rétorquer qu'une telle réponse était un manque de respect, mais elle y réfléchit à deux fois.

— Cela dépend à quoi on le compare, répondit-elle de mauvaise humeur. Il y a des mouvements plus modernes, mais vous ne nierez pas qu'à ses débuts le féminisme a été libérateur. Et je vous dis cela alors que je n'appartiens pas à ce mouvement.

— Je suis soulagé de l'apprendre.

La bibliothécaire rougit, mais ne dit mot.

— Je dois cependant préciser que je ne partage pas du tout cette idée de l'origine libératrice supposée du mouvement, poursuivit-il. Il est évident que vous n'avez jamais entendu parler de la hache de Carrie Nation.

Mlle Prim se mordit la lèvre. Connaissant cet homme comme elle le connaissait déjà, elle savait parfaitement ce qui allait suivre : l'allusion à cette hache et à sa propriétaire n'était qu'un leurre pour lui permettre d'exposer l'un de ses brillants cours magistraux. Elle ne voulait pas lui donner cette satisfaction, elle désirait de toutes ses forces ne pas la lui donner, elle était entièrement décidée à ne pas le faire. Mais la curiosité finit par l'emporter.

— Carrie Nation et sa hache ?

— Vous ne savez pas qui c'est ?

— Absolument pas. Vous l'inventez ?

— L'inventer, moi ? Comment pouvez-vous penser une chose pareille ? protesta-t-il d'un ton offensé. Pour votre gouverne, Carrie Nation a été la fondatrice du Mouvement de la Tempérance, un groupuscule qui s'est opposé à la consommation d'alcool avant la Prohibition. C'était sûrement une charmante vieille dame, mais avec une bande d'amies elle avait la déplorable habitude de faire irruption dans les bars, une hache à la main, dans la noble intention de briser toutes les bouteilles qu'elle trouvait sur son chemin. Les chroniqueurs de l'époque racontent qu'elle mesurait un mètre quatre-vingts et pesait près de quatre-vingts kilos, vous pouvez donc imaginer ce que la scène avait de libérateur. Il paraît qu'à sa mort ses compagnes ont mis sur sa tombe cette émouvante épitaphe : « Fidèle à la cause de l'abstinence, elle a fait ce qu'elle a pu. »

— Et qu'est-ce que tout cela a à voir avec le féminisme ? demanda Mlle Prim avec brusquerie, après avoir noté intérieurement qu'elle commençait à prendre goût à la conversation.

— Laissez-moi continuer, vous avez la fâcheuse habitude de m'interrompre. Le mouvement de Mme Nation affirmait que l'alcoolisme fomentait la violence au foyer, et c'est pourquoi il a été associé aux premières ligues de défense des droits de la femme. Nombre de ces fanatiques démolisseuses de bars étaient des féministes convaincues, de celles que vous qualifiez de libératrices. Et soyez assurée que je considère Mme Nation comme une courageuse ancêtre du mouvement. La stupidité, évidemment, est venue bien après.

Mlle Prim, indignée, se mordit de nouveau la lèvre.

— Et vous permettez malgré tout qu'il y ait des féministes dans ce charmant village ? demanda-t-elle avec ironie en arrivant à la porte du bureau de poste.

— Aimeriez-vous les connaître ? Je vous avertis, elles ne sont pas exactement le genre de féministes auquel vous vous attendez.

— Et comment savez-vous à quoi je m'attends ? Et si vous n'y voyez pas d'inconvénient, oui, cela me plairait.

Je suis persuadée que ce sera une expérience intéressante, répondit-elle tandis qu'elle se mettait sur la pointe des pieds pour lui reprendre les coquelicots d'un geste résolu.

— À ce propos, dit-il avant de se décider à traverser la rue, je crois que vous avez eu aujourd'hui l'honneur de connaître sa présidente. C'est notre amie commune, l'aimable et souriante Hortense Œillet.

Hortense Œillet ne tarda pas à adresser une invitation formelle à Mlle Prim. Dans sa lettre, elle assurait que la Ligue féministe de Saint-Irénée serait très heureuse de l'accueillir à sa prochaine réunion, qui se tiendrait le mardi suivant. Le matin où arriva l'invitation surprit cependant la bibliothécaire, qui avait un autre sujet de préoccupation. Cela faisait un peu plus de trois décennies, même si personne ne savait vraiment le nombre d'années exact, qu'elle fêtait son anniversaire précisément à cette date. Prudence Prim le célébrait avec solennité, car elle était d'avis que seuls les vivants commémorent leur naissance, et que cet avantage sur les morts devait être fêté dignement. Le jour de son anniversaire, Mlle Prim se levait à sept heures du matin et commençait à préparer son gâteau. Elle nouait un tablier autour de sa taille, rassemblait ses cheveux en un chignon austère, avant de suivre la vieille recette que sa grand-mère avait laissée en héritage à sa mère et que celle-ci, convaincue d'avoir devant elle un avenir d'une longévité extraordinaire, avait choisi de léguer à sa fille de son vivant.

Le gâteau de Mlle Prim était très apprécié dans son petit cercle d'amis, collègues et connaissances. Mais personne n'avait jamais deviné avec quels ingrédients elle obtenait ce savoureux moelleux. C'était une question d'amour, expliquait-elle pour minimiser son importance. Mais tous se disaient que c'était plutôt son habileté à mélanger à la pâte des arômes sylvestres. « Vous devez trouver pour savoir », se justifiait la bibliothécaire lorsque, parfois, elle ressentait un vague remords à garder si jalousement son secret.

— Mademoiselle Prim, saviez-vous qu'Emily Brontë étudiait l'allemand dans sa cuisine tout en surveillant le four ? demanda brusquement ce matin-là la petite Eksi, occupée à donner forme à une minuscule portion prise sur la pâte du gros gâteau.

— Non, chérie, je n'en avais pas la moindre idée, mais ça paraît très intéressant. Je suppose que c'est ton oncle qui te l'a raconté, n'est-ce pas ?

— Non, il ne sait pas grand-chose là-dessus. C'est l'oncle Horace qui me l'a raconté. Il dit qu'elle se promenait dans la cuisine avec son livre d'allemand à la main pendant qu'elle surveillait le pain qui cuisait dans le four. C'est très joli, non ?

Mlle Prim ne pensait pas qu'étudier des langues devant un four à charbon dans une cuisine glacée du dix-neuvième siècle fût très joli, mais elle s'abstint de le dire. Ce matin-là, elle se sentait merveilleusement heureuse. Par un geste de bonté inespérée, l'homme du fauteuil avait donné quartier libre aux enfants pour qu'ils l'aident à préparer le gâteau. À ce moment, les trois aînés se trouvaient dans le jardin en train de cueillir des feuilles de plantes aromatiques pour le décorer, tandis que la benjamine participait à sa manière en élaborant une version réduite du gâteau. La cuisinière aussi s'était affairée pendant plusieurs heures, désireuse de présenter un menu d'anniversaire qui montrerait clairement, à cette intruse, qui gouvernait les fourneaux de la maison.

La bibliothécaire, les bras barbouillés de farine jusqu'aux coudes et les joues rougies par l'effort, contempla avec satisfaction la vieille et belle cuisine, décrépite comme toutes choses dans ce foyer. Cette cuisine lui suggérait une enfance parfaite. Une enfance qui sentait le pain à peine sorti du four, les beignets, le gâteau au chocolat, les galettes et les gimblettes. Le genre d'enfance qu'elle n'avait pas connue, mais qui dans cette maison en désordre, elle devait le reconnaître, était une réalité quotidienne.

— Mademoiselle Prim, vous croyez qu'il existe vraiment quelqu'un comme M. Darcy dans le monde ? demanda cette fois Eksi, qui à sept ans et demi écrivait des romans-feuilletons pour ses frères et sœur.

La bibliothécaire, qui quelques semaines plus tôt aurait été étonnée d'apprendre qu'une si petite fille lisait déjà ce genre de littérature, abandonna le rouleau à pâtisserie, s'essuya les mains sur son tablier et se tourna vers elle.

— Je crois, Eksi, que Jane Austen mérite toute notre admiration pour avoir créé l'homme parfait. Mais comme tu es une petite fille très intelligente, tu sais sans doute qu'il n'existe aucune personne parfaite, c'est-à-dire que…

— … il n'existe personne au monde comme M. Darcy, répondit joyeusement la petite.

— Eh bien je ne dirais pas cela avec autant d'assurance. (L'entrée inopinée de l'homme du fauteuil dans la cuisine surprit Mlle Prim, mais elle le dissimula à la perfection.)

— Alors, il existe quelqu'un comme lui ? demanda la fillette à son oncle, qui la salua affectueusement en lui barbouillant le nez d'un peu de farine.

— Je n'en ai pas la moindre idée, Eks, et je t'avoue que je suis fatigué d'entendre parler de cette histoire. En réalité, ce que je voulais dire, c'est que je doute fort que ce M. Darcy soit un homme parfait. Je doute même que son auteur ait pensé, à un moment ou un autre, que le personnage était quelqu'un de parfait, loin de là.

Mlle Prim, qui avait commencé à étaler la pâte avec frénésie, leva la tête et s'arma de courage pour intervenir.

— Je crains que vous ne fassiez une légère confusion. Il est possible que vous ne puissiez bien comprendre le personnage, étant donné qu'il est de votre sexe, et tout le monde sait que cette circonstance accentue la myopie, mais n'importe quelle femme se rend compte sans difficulté que Darcy est un homme qui dit exactement ce qu'il faut dire à chaque instant.

— Ce qui est parfaitement naturel, répondit-il, si nous tenons compte du fait qu'il s'agit d'un personnage littéraire et que, derrière lui, une main écrit ses dialogues.

— Exactement. Voilà pourquoi je disais à Eksi qu'il n'existe pas, qu'il ne peut exister aucun homme comme lui au monde, s'exclama Mlle Prim, triomphante et le nez plus levé que jamais.

— Ma chère Prudence, n'essayez pas de tricher,

répliqua l'homme du fauteuil en goûtant un morceau de la pâte de la petite, qui s'était assise sur ses genoux. Je ne discute pas le fait qu'il n'existe pas au monde un homme comme Darcy, ce que je récuse, c'est que le personnage de Darcy représente un homme parfait. Le roman, vous vous en souvenez certainement, a pour titre *Orgueil et Préjugés*, parce que M. Darcy est orgueilleux et que Mlle Elisabeth Bennet a des préjugés. Donc, mademoiselle Prim, Darcy n'est pas parfait, car l'orgueil est le plus grave des défauts de caractère et qu'un homme orgueilleux est profondément imparfait.

— Comme vous devez le savoir d'expérience, répondit la bibliothécaire avant de porter la main à sa bouche, horrifiée par ce qu'elle venait de dire.

Dans la cuisine se fit un silence glacial, que même la petite Eksi, qui assistait, fascinée, à ce duel croisé, n'osa rompre.

— Je… ce n'est pas ce que je voulais dire, pardonnez-moi, je vous en prie. Je ne sais pas comment j'ai pu dire une chose pareille, s'excusa la bibliothécaire d'une voix tremblante.

L'homme du fauteuil posa sa nièce par terre avant de lever la tête pour s'adresser à son employée.

— Il est possible que j'aie mérité cette réponse, mademoiselle Prim, dit-il calmement. Et si tel est le cas, veuillez m'en excuser.

— Oh non, je vous en prie ! Ne vous excusez pas, je vous en supplie, rougit la bibliothécaire. Ce n'est pas ce que je voulais dire. Je ne le voulais pas, croyez-moi.

Il la regarda fixement, en silence.

— Oui, je vous crois, dit-il enfin. Ce que vous

vouliez certainement dire, c'est que je suis dominateur, arrogant et têtu, c'est cela ? Et il est possible que vous ayez raison, je ne le nie pas.

Mlle Prim porta la main à son front et avala sa salive avant de reprendre la parole.

— S'il vous plaît, je vous supplie de ne pas continuer. Que puis-je faire pour m'excuser ?

L'homme du fauteuil ne répondit pas. Puis il fit le tour de l'immense table en bois de la cuisine et s'approcha lentement de son employée.

— Allons, Prudence, je sais parfaitement que vous n'avez pas voulu m'offenser ; pas beaucoup, du moins. Il n'y a qu'à voir l'expression d'horreur sur votre visage pour en avoir la certitude. Faisons une chose : oublions cette regrettable discorde et signons une trêve, qu'en pensez-vous ? dit-il en lui tendant la main.

Tête basse, la bibliothécaire essuya la sienne sur son tablier avant de la lui donner.

— Vous êtes très généreux. Mais croyez-vous vraiment pouvoir oublier cela ? Vous avez parfaitement le droit de me renvoyer après un commentaire comme celui-ci.

— J'en ai parfaitement le droit, en effet, mais je n'ai pas l'intention de le faire. Vous êtes trop précieuse pour mes livres. Et quelque chose me dit que ce ne sera pas la dernière fois que je devrai vous pardonner, dit-il, profitant de la confusion du moment pour plonger rapidement une cuillère dans la pâte du gâteau et la porter à sa bouche.

— Je vous félicite, c'est franchement délicieux. Graines de coquelicot ?

Mlle Prim, encore affligée, écarquilla les yeux.

— Comment avez-vous pu deviner ?

Au lieu de répondre, l'homme du fauteuil attrapa une pomme et, après avoir fait un clin d'œil à sa nièce, se dirigea vers la porte de la cuisine.

— Vous devriez être satisfaite que j'aie découvert votre secret, dit-il avant de sortir. Ainsi nous pourrons dire que nous avons vraiment fait la paix.

Lorsque la porte se referma, la bibliothécaire poussa un long et profond soupir. Elle regarda un instant par la fenêtre, replongea ses mains dans la farine et continua à pétrir le gâteau.

— Mademoiselle Prim, demanda la petite Eksi de l'autre côté de la table, vous trouvez pas que notre oncle dit toujours ce qu'il faut dire ?

— C'est possible, ma chérie, c'est possible, murmura celle-ci, écarlate.

Puis elle s'approcha du four, l'ouvrit avec précaution et, avec un certain élan, on pourrait même dire avec une pointe d'euphorie, y enfourna son merveilleux gâteau.

5

On accédait au siège de la Ligue féministe de Saint-Irénée par un petit chemin bordé de massifs de chrysanthèmes. À cinq heures tapantes de l'après-midi du mardi, heure et date de l'invitation, la silhouette gracile de Mlle Prim frappait à la porte, prête à rencontrer enfin le cœur du pouvoir féminin du village. La première chose qui l'étonna fut d'être reçue par une toute petite demoiselle au teint rose, qui portait un tablier amidonné et une coiffe blanche immaculée. Mlle Prim se serait plutôt attendue à ce qu'une réunion féministe se passât de tels formalismes. Elle n'avait certes aucune expérience en la matière, mais l'idée d'un club de féministes servi par des soubrettes en uniforme était étrange. Malgré tout, son sens de la beauté antique apprécia le sourire de bienvenue, la révérence avec laquelle elle fut conduite au premier étage et la manière dont elle se retrouva, presque par magie, au milieu du salon.

— Ma chère amie, quelle joie de vous voir parmi nous !

Hortense Œillet s'approcha d'elle suivie d'un groupe de femmes – la bibliothécaire en compta dix – qui se pressèrent autour d'elle, l'aidèrent à s'installer sur une chaise et déposèrent entre ses mains, avec une rapidité stupéfiante, une tasse de chocolat et deux gâteaux à la crème. Mlle Prim remercia pour l'invitation, mais elle refusa avec habileté l'honneur de prononcer quelques mots avant que la présidente de la ligue ouvrît la session. Alors qu'elle était présentée aux unes et aux autres, elle put constater que la plupart des invitées avaient un métier, ce qu'elle considéra comme très naturel dans une réunion féminine qui plaidait pour la liberté de son sexe. Très vite, pourtant, elle perçut quelque chose de singulier. La bibliothécaire était habituée à l'usage qui veut, lorsqu'une personne demande à une autre quelle est sa profession, que celle-ci fasse une allusion à son titre académique, qu'il s'agisse de médecine, de droit, de finances ou d'enseignement universitaire. Mais dans le salon de la Ligue féministe, lorsque Mlle Prim demandait à une invitée ce qu'elle faisait dans la vie, la réponse la déconcertait.

— Ainsi vous êtes pharmacienne, commenta-t-elle en aparté à l'une des personnes présentes. Où est votre pharmacie ? Il me semble en avoir vu une sur la place.

— Oh ! je suis pharmacienne, oui, mais je n'ai pas de pharmacie. Je dirige une petite académie de peinture. À Saint-Irénée, une pharmacie est suffisante, mais quand je suis arrivée, il n'y avait personne pour enseigner la peinture, vous comprenez ?

Mlle Prim, qui ne comprenait certainement pas, s'adressa ensuite à une femme élégante, ayant été informée que quelques années auparavant elle avait dirigé l'une des cliniques d'amaigrissement les plus chères et les plus chic du pays.

— Dites-moi, s'intéressa-t-elle aimablement, comment se fait-il qu'une professionnelle ayant votre expérience ait décidé de s'établir dans un endroit aussi retiré que celui-ci ?

— Eh bien, c'est très simple, répondit son interlocutrice avec un sourire. Mais je ne crois pas qu'on vous l'ait rapporté avec une totale exactitude. Il y a longtemps que j'ai clos cette période professionnelle. Vous avez sûrement vu ma boulangerie : elle se trouve sur la place, à côté du magasin de fleurs d'Hortense. Oui, je vois que cela vous étonne. J'ai quitté la clinique il y a cinq ans, juste avant de venir ici. J'avais obtenu à peu près tout ce que je désirais, il ne me restait plus grand-chose à faire et j'aspirais alors à un peu de simplicité. Et quoi de plus simple que le pain ? Je dois dire que j'ai eu l'immense chance, ici à Saint-Irénée, qu'on me permette d'être maîtresse de mon temps. Voyez-vous, je fais seulement et exclusivement le pain de l'après-midi, celui du goûter : les brioches, les beignets, les gâteaux, les friandises.

— Je suppose qu'il faut un grand courage pour un changement de vie aussi radical, murmura Mlle Prim sans beaucoup de conviction, avant de décider de retourner s'asseoir près de la cheminée.

Elle venait de s'installer sur son siège lorsqu'elle fut abordée par une femme blonde, grande et corpulente, qui lui serra énergiquement la main.

— Permettez-moi de me présenter. Je m'appelle Clarissa Waste, je suis la propriétaire de *La Gazette de Saint-Irénée*. Vous avez peut-être rencontré mon associée, Hermine.

La bibliothécaire répondit qu'elle n'avait pas encore eu le plaisir de faire la connaissance d'Hermine et elle ajouta que c'était la première fois qu'elle parlait à une journaliste.

— Eh bien je crois qu'il vous faudra attendre encore un peu. Je ne suis pas journaliste, disons plutôt que je suis le chef d'une petite entreprise. Emma Giovanacci, cette femme rondelette qui se trouve près d'Hortense, elle, l'est ; ou plutôt elle l'était avant d'arriver ici. Elle est à présent absorbée par une autre aventure : elle se charge de la mise en place de notre Institut d'Iconographie médiévale et, en plus, elle instruit chez elle une vingtaine d'enfants du village. Ne me demandez pas comment elle y arrive, c'est un mystère.

Mlle Prim convint que la capacité de dédoublement de certaines femmes était une inconnue qui, selon elle, devrait être sérieusement étudiée par la science. Puis elle demanda à l'invitée ce qu'elle faisait avant de s'occuper du commerce éditorial.

— J'étais une mère de famille très occupée. Je le suis toujours, ce n'est pas une chose dont on veuille se défaire, mais je mène cela de pair avec le journal. Avant de venir vivre ici, il aurait été impensable de pouvoir faire ce genre de chose. Oh, mais je vois que vous ne le savez pas ! Notre journal est un quotidien du soir. Nous le faisons chaque matin, pendant que les enfants sont à l'école de Mlle Mott ou à ces merveilleux cours sur Homère et Eschyle que dispense votre employeur. Voyez-vous, ici notre philosophie est que les choses importantes se passent toujours le matin.

— Et s'il se passait quelque chose d'important l'après-midi ? demanda la bibliothécaire, surprise.

— Nous devrions le raconter le lendemain, que faire d'autre ?

Intriguée par ces réponses, Mlle Prim continua à circuler autour du salon. Elle découvrit ainsi que de nombreuses familles de Saint-Irénée consacraient tout leur temps et leur savoir – dans certains cas un savoir raffiné, très pointu – à diriger personnellement l'éducation de leurs enfants et à faire classe à ceux des autres, une activité qui jouissait d'un grand prestige social. La plupart de ces femmes étaient propriétaires de leurs commerces, de petits établissements souvent situés au rez-de-chaussée de leurs maisons pour ne pas trop déranger le rythme de la vie familiale. Les horaires ne semblaient pas être un problème. Tous partageaient l'idée que les femmes, dans une plus grande mesure que les hommes, devaient avoir la possibilité d'organiser librement leur temps. Pour cette raison, personne ne s'étonnait que la librairie ouvre de dix heures à quatorze heures, l'étude du notaire de onze heures à quinze heures ou que la clinique dentaire commence la journée à midi pour la terminer ponctuellement à cinq heures de l'après-midi.

Alors que Mlle Prim achevait de se servir sa troisième tasse de chocolat, la voix d'Hortense Œillet s'imposa au-dessus du joyeux brouhaha.

— Mesdames, mesdames, asseyez-vous ! Nous devons commencer la séance, il est presque cinq heures et demie.

Toutes les invitées – près d'une trentaine – prirent place et se préparèrent à écouter la présidente qui, un papier à la main, se mit à exposer l'ordre du jour.

— Le premier sujet que nous devons aborder est la situation inadmissible de notre chère Amélie et du juge Basett.

Un murmure d'acquiescement parcourut le salon. La femme assise à côté de Mlle Prim lui expliqua à voix basse que la jeune Amélie se trouvait dans une situation de quasi-esclavage chez un magistrat retraité qu'elle aidait depuis six ans à terminer ses Mémoires.

— Figurez-vous que la petite travaille plus de huit heures par jour. C'est anachronique et intolérable.

En entendant ces mots, la bibliothécaire prit conscience que ses journées de travail ne se prolongeaient jamais au-delà de cinq ou six heures quotidiennes. Au début, elle avait attribué cet emploi du temps relâché aux extravagances de son employeur, mais elle commençait maintenant à se rendre compte qu'il s'agissait à Saint-Irénée d'une règle non négociable.

— Notre amie Amélie, disait à ce moment Hortense Œillet, se voit obligée d'accomplir des horaires inacceptables selon les principes que nous défendons à Saint-Irénée. Le juge en a été averti à plusieurs reprises, mais il fait la sourde oreille. Comme vous le savez, la jeune fille va se marier en avril de l'année prochaine (un autre murmure, cette fois de félicitations, parcourut la salle), et elle ne tardera sans doute pas à être mère. Il est donc urgent que nous mettions tout en œuvre pour trouver une solution.

Des applaudissements saluèrent les mots de la présidente. Puis une femme menue, aux grands yeux et au visage extraordinairement expressif, se leva et prit la parole.

— C'est Hermine Treaumont, chuchota sa voisine à Mlle Prim, la directrice de *La Gazette de Saint-Irénée*. Avant de venir vivre ici, elle dirigeait une chaire de poésie élisabéthaine à l'université de Pennsylvanie.

Hermine Treaumont parla d'une voix haute, posée et bien modulée.

— Mes chères amies : je crois que notre présidente a clairement expliqué la situation d'Amélie. Certaines d'entre vous savent que j'ai souvent été sa confidente et que je connais de près les difficultés auxquelles elle se confronte chez le juge, sachant aussi qu'elle l'apprécie beaucoup. Non seulement il lui est impossible de préparer un quelconque événement en étant assujettie à cet emploi du temps, mais voilà des mois qu'elle ne peut consacrer du temps à l'étude et à la lecture, qui sont, comme vous le savez, deux des piliers de notre petite communauté.

L'intervenante fit une pause pour boire une gorgée d'eau avant de continuer.

— Lorsque Amélie est arrivée ici, beaucoup d'entre vous s'en souviennent sûrement, cette jeune fille avait une haute opinion d'elle-même et de son goût pour la littérature. Tout cela a changé lorsque, quelques mois après son arrivée dans ce village, elle a découvert que ce que le *monde* appelait littérature, Saint-Irénée l'appelait perdre son temps. Je me souviens encore du matin où elle est entrée dans mon bureau, les yeux brillants d'émotion et une vieille anthologie des poèmes de John Donne à la main. C'est ici qu'elle a découvert que l'intelligence, ce don merveilleux, croît dans le silence et non dans le bruit. C'est ici aussi qu'elle a appris que le cerveau humain, vraiment humain, se nourrit de temps, de travail et de discipline.

Une autre salve d'applaudissements bruyants secoua le salon.

— Elle est merveilleuse, vous ne trouvez pas ? commenta sa voisine à Mlle Prim dans un murmure. Moi, je ne manque jamais sa chronique du mardi. Lisez-la, elle vous ravira.

— La proposition que la direction présente à la Ligue féministe, continua Hermine Treaumont, est la suivante. Comme vous le savez, Amélie a un goût exceptionnel. Si vous lui donnez un vieux coupon de tissu, une théière, une demi-douzaine de roses et un miroir écaillé, elle en fait une œuvre d'art. C'est pourquoi nous avons pensé que cette association pourrait lancer une collecte afin de l'aider à ouvrir une petite boutique de décoration – il n'y en a pas à Saint-Irénée, je crois donc que nous en bénéficierions tous – et la libérer des obligations de tout salarié. Son futur époux ne semble pas, j'en ai peur, avoir beaucoup de talent pour le jardinage. Ils ne pourront pas vivre avec un seul salaire, pas pour le moment.

— Mais qui va aider le juge à terminer ses Mémoires ? objecta d'un ton préoccupé l'une des personnes présentes.

— Ses Mémoires ? Ses Mémoires ? Au diable ses Mémoires ! répondit l'intervenante avec une énergie surprenante, aussitôt applaudie par toutes.

Une fois le vote effectué, qui soutint à l'unanimité la proposition d'organiser cette collecte, la réunion se poursuivit sans à-coups. La question du jour suivante, présentée par Hortense Œillet, aborda l'opportunité de promouvoir la création d'une compagnie de théâtre afin de compléter l'éducation littéraire des enfants du village. Toute l'assistance exprima son accord. On ne pouvait étudier Shakespeare, Racine ou Molière sans sortir des pages d'un livre, expliqua avec détermination la présidente. On ne pouvait comprendre Eschyle ou Sophocle sans bouger d'un étroit pupitre (à ce moment Mlle Prim, dans son enthousiasme, ne put s'empêcher de murmurer avec passion : *« Qui sait si dans l'Hadès mon action est considérée comme sainte ? »).* Il est inconcevable de pouvoir aimer Corneille ou Schiller, poursuivit énergiquement Hortense Œillet, sans avoir eu l'occasion de voir sur les planches la violente beauté et l'héroïsme de leurs personnages.

— Bravo, bravo ! s'exclama debout la bibliothécaire au milieu d'un tumulte d'applaudissements, de claquements de talons et de coups frénétiques de petites cuillers.

Quelques minutes plus tard – Mlle Prim dégustait alors sa quatrième tasse de chocolat –, une femme grassouillette et souriante, que sa voisine identifia comme Emma Giovanacci, se leva pour présenter le dernier point à l'ordre du jour.

— La troisième et dernière proposition de cette réunion examine la pertinence de trouver un mari pour notre nouvelle résidente à Saint-Irénée, la jeune demoiselle Prim.

La bibliothécaire sursauta violemment. Pâle et tremblante, elle se leva, posa sa tasse sur la table et chercha du regard la présidente de la réunion.

— Pardonnez-moi, Hortense, dit-elle d'un ton de froide colère, mais je ne comprends pas ce que signifie tout cela.

Un épais silence tomba sur la salle.

— Chère Emma, comment peux-tu… ? balbutia la présidente en regardant la femme qui avait lu le dernier point à l'ordre du jour. Ne vois-tu pas que Mlle Prim est *ici*, parmi nous ?

Horrifiée, l'intervenante regarda la feuille qu'elle tenait entre les mains.

— Mais c'était à l'ordre du jour ! gémit-elle après avoir été informée que la demoiselle en question était cette belle jeune femme qui toute la soirée avait occupé un siège près de la cheminée, et qui maintenant cherchait désespérément son sac à main.

Lorsqu'elle eut trouvé ce qu'elle cherchait, la bibliothécaire se dirigea précipitamment vers la porte du salon, prête à quitter cet endroit sans attendre d'être escortée par la demoiselle au teint rose et à la coiffe blanche qui, comme beaucoup d'autres femmes du village, assistait à la réunion. Les excuses d'Emma Giovanacci et les prières douloureuses d'Hortense Œillet furent vaines. De même que les paroles apaisantes de Clarissa Waste, qui expliqua à Mlle Prim que la recherche d'un mari était une occupation habituelle parmi les dames féministes de Saint-Irénée.

— Et vous vous prétendez féministes ? s'exclama, indignée, la bibliothécaire en leur faisant face. Serait-ce qu'à notre époque vous croyez encore qu'une femme doit dépendre d'un homme ?

— Mais ma chère, regardez-vous un instant (la voix claire et douce d'Hermine Treaumont paralysa Mlle Prim). Vous vivez dans la maison d'un homme, vous travaillez toute la journée sous les ordres d'un homme et vous recevez un salaire de ce même homme qui chaque premier jour du mois règle ponctuellement toutes vos dépenses. Aviez-vous vraiment l'illusion de vous être libérée de la dépendance masculine ?

— Ce n'est pas la même chose et vous le savez, répondit la bibliothécaire d'une voix rauque.

— Bien sûr que ce n'est pas la même chose. La plupart des femmes mariées de ce village ne dépendent pas, même de loin, de leurs maris comme vous dépendez de votre patron. En tant que propriétaires de leur commerce, certaines sont la première source de revenus de leur foyer et beaucoup d'autres, leur principale source d'épargne, car elles forment intellectuellement leurs enfants et convertissent en rente disponible le budget que le reste du monde dépense pour des écoles médiocres. Aucune d'elles ne se voit obligée de demander la permission d'effectuer une démarche personnelle comme, j'ose le supposer, vous devez vous y soumettre dans votre emploi. Aucune ne doit garder ses opinions pour elle comme, j'en suis certaine, cela vous arrive souvent dans les conversations avec votre employeur.

Mlle Prim ouvrit la bouche pour protester, mais quelque chose dans le regard de son opposante l'obligea à ne pas le faire.

— À aucune, poursuivit Hermine Treaumont, ne viendrait l'idée d'apporter un certificat médical chaque fois qu'elle est malade, aucune ne voudrait supporter des regards condescendants lorsqu'elle annonce une chose aussi naturelle qu'une naissance. Vous voyez ce petit tableau avec une légende écrite au-dessus de la cheminée ?

À contrecœur, la bibliothécaire tourna le regard vers le mur.

— Elle a été écrite il y a bien longtemps par l'homme à qui je voue le plus de gratitude, après mon directeur d'études et mon propre père. Et je crois malheureusement que c'est la plus grande vérité qu'on ait jamais dite à ce sujet. Lisez-la, lisez-la bien et osez me dire qu'elle n'est pas vraie.

Mlle Prim lut en silence :

Dix mille femmes ont un jour défilé dans les rues de Londres au cri de : « Nous refusons qu'on nous dicte ! » et peu après elles sont devenues dactylos[1].

— Croyez-moi, mesdames, si je voulais vraiment un mari, je le chercherais moi-même, dit la bibliothécaire avant de quitter la pièce en claquant la porte, le nez plus haut que jamais.

— Allons, Prudence, ne vous mettez pas dans cet état, ça n'en vaut vraiment pas la peine.

Horace Delàs servit à Mlle Prim une tasse de tilleul fumant qu'elle refusa avec douceur.

— Vous n'imaginez pas comme cela a été désagréable pour moi, murmura-t-elle, vous n'imaginez pas à quel point je me suis sentie honteuse.

1. G. K. Chesterton (1874-1936).

Après sa sortie intempestive et précipitée de la Ligue féministe, la bibliothécaire s'était rendue chez le seul habitant masculin, en dehors de son propre employeur, qu'elle connaissait dans le village.

— Cet endroit est étrange, rempli de gens bizarres, dit-elle en soupirant.

— J'espère que vous ne me considérez pas de la sorte, n'oubliez pas que je suis l'un d'entre eux, répondit son hôte en lui offrant un verre de cognac qu'elle accepta cette fois avec reconnaissance.

Mlle Prim l'assura qu'elle ne parlait pas de lui. Depuis son arrivée à Saint-Irénée, elle avait tenté de s'intégrer dans le village, mais ses efforts avaient été vains. Beaucoup trop de questions restaient en suspens ; à commencer par celles concernant son patron. Qui était-il ? À quoi passait-il son temps ? Pourquoi se rendait-il toujours à l'abbaye de bon matin ? Pourquoi se plongeait-il des journées entières dans de vieux bouquins, sans seulement s'apercevoir que c'était l'heure du déjeuner ou du dîner ? Était-il un ermite urbain ? Mlle Prim avait entendu parler des ermites urbains. Des fous qui se consacraient à la prière, des mystiques qui vivaient dans les villes, en constante adoration, à la manière des premiers ermites du désert ou des mystérieux *starets* russes. L'homme du fauteuil était-il donc un ermite urbain ?

— Et soyez assuré que je n'ai rien contre les ermites, et encore moins contre les ermites urbains. J'ai toujours respecté toutes les formes de spiritualité, précisa-t-elle.

— Bien sûr, mon amie. Mais croyez-moi, *lui* n'est pas un ermite.

— Mais alors, qu'est-il ? Car vous n'allez pas nier que son zèle religieux dépasse la mesure.

— C'est sûr, il dépasse la mesure. Je ne peux croire que vous soyez si peu perspicace. Ne vous êtes-vous pas rendu compte que vous travailliez aux ordres d'un converti ?

— Un converti ?

— J'étais certain que vous le saviez.

— Pas du tout. Converti de quoi ?

— Du scepticisme, naturellement. De quoi d'autre ? Vous conviendrez que s'il y a un dragon, celui-ci est le seul qu'il vaille la peine de fuir.

Perplexe, la bibliothécaire se demanda si le cognac ne commençait pas à lui tourner la tête.

— Vous aurez au moins remarqué qu'il ne s'agit pas d'un homme ordinaire, insista son hôte.

Mlle Prim convint qu'il n'était pas facile de considérer l'homme du fauteuil comme un homme ordinaire.

— Et à quoi passe-t-il son temps ? demanda-t-elle avant de porter à nouveau le verre à ses lèvres.

— À l'étude.

— Personne ne peut vivre de l'étude.

— Il est également professeur.

— De quinze enfants auxquels il ne demande même pas d'apporter leur goûter.

— Certes, mais c'est l'une de ses occupations. Si vous voulez connaître sa principale source de revenus, je vous dirai qu'il a une grande réputation en tant que spécialiste des langues mortes, qu'il collabore à de nombreuses publications et qu'une ou deux fois par an il donne des cycles de conférences dans plusieurs universités. Outre ces activités, qui rapportent plus de prestige que de deniers, il administre une bonne partie du patrimoine de sa famille. En fait, il n'a pas besoin de beaucoup pour vivre. C'est un homme austère, comme vous l'aurez certainement constaté.

— Des cycles de conférences ? Je ne savais pas que le latin et le grec ouvraient autant de possibilités, ajouta Mlle Prim avec un petit rire.

Horace Delàs la regarda avec un mélange de surprise et de consternation.

— Le latin et le grec, dites-vous ? Ma chère Prudence, vous me laissez de nouveau sans voix. Votre homme du fauteuil domine environ une vingtaine de langues, mortes pour la moitié d'entre elles. Et quand je dis mortes, je ne fais pas simplement référence à l'araméen ou au sanscrit ; je veux parler de l'ougaritique, du syro-chaldéen, du punique carthaginois ou de vieux dialectes coptes, comme le sahidique et le fayoumique. Je vous ai déjà dit que vous êtes au service d'un individu peu ordinaire. Vous le voyez se rendre dans cette abbaye chaque matin parce que c'est un fidèle amoureux de la vieille liturgie romaine. Et il vit retiré dans ce village, occupé à de vulgaires devoirs de voisinage, parce que c'est lui, inspiré par ce vieillard qui sort à peine de l'abbaye, qui a impulsé cette sorte de colonie.

— Colonie ? Que voulez-vous dire par là ?

Pour la deuxième fois, Horace Delàs regarda son invitée avec stupeur.

— Mais, Prudence, vous allez me dire maintenant que vous ignorez que Saint-Irénée est un refuge pour des exilés de la confusion et de l'agitation modernes ?

Mais c'est précisément cela qui attire ici des gens si différents et d'origines si diverses ! Je commence à penser que vous avez accepté cette offre d'emploi complètement à l'aveuglette. Vous n'allez pas me dire que vous n'aviez rien remarqué d'inhabituel jusqu'à présent dans notre mode de vie ?

Animée par les effets du cognac, Mlle Prim avoua qu'elle avait bien remarqué certaines choses. Cela faisait suffisamment de temps qu'elle vivait ici pour s'être fait une idée de l'endroit, un jugement, un portrait, même s'il s'agissait d'un tableau impressionniste. Mais si elle était sincère avec elle-même, elle devait admettre qu'elle était à peine parvenue à ébaucher une esquisse. Elle avait pourtant perçu quelques particularités. Dans cette bourgade isolée venaient s'établir des familles d'origines très diverses. Toutes avaient leur propre maison, un petit commerce ou un terrain cultivé. Les biens élémentaires étaient produits dans le village et donnaient lieu à un commerce local florissant et prospère. Au début, elle n'y avait pas prêté attention, entre autres parce qu'elle n'avait pas eu besoin d'acheter grand-chose. Lorsqu'il lui fallait des bas, des chaussures ou tout autre produit d'usage personnel, elle le notait dans un petit carnet en attendant d'aller en ville où, deux fois par mois, elle aérait son appartement, arrosait ses plantes, parlait à sa mère, prenait le café avec ses amis, faisait des courses et rentrait le soir.

Peu à peu, cependant, elle s'était rendu compte qu'il y avait là quelque chose de caché. Dans les environs de Saint-Irénée d'Arnois ne se trouvait aucune industrie, aucune grande entreprise, aucun bureau. Tous les établissements vendaient des produits de qualité élaborés de façon artisanale dans les minuscules fermes et ateliers du territoire. Les vêtements portaient la signature de trois ou quatre couturières ; les chaussures, celle d'autant de cordonniers ; les articles de la petite papeterie avaient le charme du fait sur-mesure ; les épiceries étaient des boutiques accueillantes qui proposaient des produits frais, des conserves maison, le lait du jour et le pain frais de la boulangerie du coin. Au début, Mlle Prim avait pris cela pour un modèle de ferveur écologiste, mais très vite elle s'était rendu compte de son erreur. Quoi que fût ce qui sustentait cette bourgade, c'était loin d'être de couleur verte. Une tranquille et pacifique communauté de propriétaires, voilà de quoi il s'agissait. À Saint-Irénée, le niveau de vie était très bas et Mlle Prim reconnut, malgré sa présence, qu'il était aussi étonnamment harmonieux.

— Ce sont des distributistes en quelque sorte ?

— En effet, et bien d'autres choses. Vous me surprenez vraiment, Prudence. Je pensais que vous vous étiez renseignée avant de venir ici, insista son hôte.

— Mais il existe encore des gens qui défendent ce mode de vie ? Je pensais que ces idées désuètes de retour à une économie traditionnelle, simple et familiale, avaient disparu depuis longtemps.

— Bien sûr qu'ils existent, et presque tous vivent dans ce pays. Et ils ne sont pas nés ici, ou n'auriez-vous pas non plus remarqué la variété des noms de famille que nous avons ?

— Ce qui me surprend, c'est que vous soyez l'un d'eux. Je n'imaginais pas que vous étiez ami des utopies.

Son hôte but une longue gorgée de cognac, puis il la regarda avec affection.

— L'utopie serait de penser que le monde peut faire marche arrière et se réorganiser dans sa totalité. Mais il n'est pas question d'utopies dans ce village, Prudence, ce que nous avons ici, c'est un énorme privilège. De nos jours, pour vivre de façon simple et paisible, il faut se réfugier dans une petite communauté, dans un bourg, dans un village où ne parviennent pas le fracas et l'hostilité de ces villes disproportionnées ; dans un coin comme celui-ci, où l'on sait qu'à deux cents kilomètres de distance respire, si elle y parvient, dit-il avec un sourire, une mégapole vigoureuse et exubérante.

Songeuse, Mlle Prim posa son verre vide sur la table.

— Ce qui est sûr, c'est que cet endroit paraît très prospère.

— Il l'est, dans tous les sens du terme.

— Je suppose qu'on peut dire que vous avez fui la ville. Vous êtes en quelque sorte des hors-la-loi romantiques, n'est-ce pas ?

— Nous avons fui la ville, sur ce point vous avez raison, mais nous ne l'avons pas tous fait pour les mêmes raisons. Certains, comme le vieux juge Basett et moi, ont pris cette décision après avoir pressé tout le suc de la vie, parce que nous savons bien que trouver un milieu tranquille et cultivé comme celui qui s'est constitué ici est un privilège. D'autres, comme Hermine Treaumont, sont des réformistes, ni plus ni moins. Ils sont arrivés à la conclusion que le mode de vie actuel use les femmes, dénature les familles, pulvérise la capacité de réflexion humaine, et ils désirent essayer d'autres formules. Il y a enfin un troisième groupe, auquel appartient votre homme du fauteuil, dont l'objectif est, littéralement, de fuir le dragon. Ils veulent protéger leurs enfants de l'influence du monde, revenir à la pureté des mœurs, retrouver la splendeur de l'ancienne culture.

Horace Delàs fit une pause pour se servir un autre verre.

— Voyons si vous comprenez ce que j'essaie de vous dire, Prudence : on ne peut se construire un monde sur-mesure, mais ce qu'on peut faire assurément, c'est se construire un village. Ici, nous appartenons tous, pour ainsi dire, à un club de réfugiés. Votre patron est l'un des rares habitants à avoir des racines familiales à Saint-Irénée. Il est revenu ici il y a quelques années et a mis l'idée en route. Je ne sais pas si vous savez que sa famille paternelle vit ici depuis des siècles.

Mlle Prim, qui avait écouté avec beaucoup d'attention l'explication de son ami, soupira avec résignation.

— Dites-moi, Horace… y a-t-il quelque chose d'autre que je devrais savoir sur ce village ?

— Bien sûr que oui, ma chère, répondit-il avec un clin d'œil en se préparant à vider son verre. Mais je ne vais sûrement pas vous le dire.

6

— Eh bien ? Pourquoi avez-vous décidé d'accepter cet emploi ? demanda quelques jours plus tard l'homme du fauteuil à Mlle Prim alors qu'il dévorait nonchalamment une tranche d'ananas.

La bibliothécaire ne répondit pas. Occupée qu'elle était à nettoyer et étiqueter les cinq tomes d'une édition de l'*Histoire ecclésiastique du peuple anglais* de Bède le Vénérable, elle fit comme si elle n'avait pas entendu la question. C'était une journée lumineuse et les rayons de soleil mettaient en relief l'épaisse couche de poussière qui recouvrait les livres et les doux tons couleur miel de sa chevelure.

— Allons, Prudence, vous m'avez parfaitement entendu. Dites-moi, pourquoi une femme dotée de vos qualifications a-t-elle décidé d'accepter un travail aussi obscur que celui-ci ?

Mlle Prim leva la tête, consciente qu'elle n'allait pas pouvoir éluder le dialogue. Elle n'avait pas reparlé à son patron depuis l'incident qui les avait opposés dans la cuisine le jour de son anniversaire, en dehors du strict nécessaire pour mener à bien ses tâches de bibliothécaire. Elle ne voulait pas lui parler, elle n'avait aucune envie de le faire, persuadée qu'il valait mieux ne pas s'y risquer. Pour une raison quelconque, lorsque tous deux se trouvaient ensemble dans une pièce ou se croisaient dans un couloir, elle devenait stupidement nerveuse et était à peine capable de dissimuler son irritation. Elle l'observa à la dérobée tandis qu'il mangeait tranquillement le fruit sous le soleil de novembre. Puis elle baissa les yeux et se décida à répondre à sa question.

— Je crois que c'était pour fuir le bruit.

L'homme du fauteuil ne put dissimuler un sourire.

— Mademoiselle Prim, depuis que je vous connais, aucune de vos réponses ne m'a jamais déçu. C'est merveilleux de vous poser une question, vous avez l'art de relancer la conversation. Ce fut donc le bruit… Vous voulez parler du bruit de la ville ?

La bibliothécaire, tenant toujours l'œuvre de saint Bède entre les mains, le regarda avec compassion.

— Je veux parler du bruit du mental, du fracas.

Il l'observa, intéressé.

— Du fracas ?

— C'est ça.

— Pourriez-vous être assez aimable pour préciser votre pensée ? demanda-t-il en lui proposant une tranche d'ananas.

Mlle Prim dénoua son tablier, posa le volume, le plumeau, et accepta la rondelle de fruit. Entre-temps, il avait approché deux vieux fauteuils de l'une des fenêtres de la bibliothèque et l'invita poliment à s'asseoir.

— Parlez-moi du fracas, mademoiselle Prim. Je n'avais jamais imaginé qu'une tête aussi soignée et délicate que la vôtre puisse abriter une tempête, croyez-moi.

— Vous n'avez jamais ressenti cette espèce de bruit intérieur?

Avant de répondre, il coupa avec précaution un autre morceau d'ananas, le divisa en deux et lui en offrit un.

— Je l'ai entendu presque toute ma vie, pour être sincère.

Surprise, la bibliothécaire cessa de manger.

— Vraiment ? Mais vous ne semblez pas être *ce* genre de personne. Comment avez-vous réussi à l'étouffer ?

Aveuglé par la clarté du soleil, il ferma les yeux et appuya les pieds sur un vieux pot de fleurs.

— Je n'y ai pas réussi.

— Alors vous l'entendez toujours ?

— Je n'ai pas dit cela. J'ai seulement dit que *je* n'y ai pas réussi.

— Mais si vous n'y avez pas réussi, c'est que vous continuez à l'entendre, insista Mlle Prim, déconcertée.

— Disons que j'ai cessé de l'entendre dans une grande mesure, mais que ce n'est pas un exploit que vous puissiez attribuer à mon effort. Une femme aussi instruite que vous devrait saisir la nuance.

— Vous profitez de toutes les occasions qui se présentent pour critiquer ma formation, n'est-ce pas ? répondit-elle avec âpreté. Pour quelle raison ?

Il tourna la tête et la regarda un moment avant de répondre.

— Vous ne devinez pas ? Vous êtes un parfait produit du système éducatif moderne, Prudence, et pour quelqu'un comme moi en guerre permanente contre ce système, c'est une provocation irrésistible. De plus, ajouta-t-il d'un ton moqueur, je vous rappelle que j'ai quelques années de plus que vous.

Mlle Prim prit un autre morceau d'ananas et regarda malicieusement le visage de l'homme qu'elle avait à côté d'elle.

— J'imagine que vous avez au moins l'âge de Bède le Vénérable.

— Disons que j'ai quelques années d'avance sur vous.

— Disons que vous avez cinq ans et six mois de plus que moi, pour être exact.

L'homme du fauteuil ouvrit les yeux juste à temps pour voir la bibliothécaire se lever précipitamment de son fauteuil et se diriger de nouveau vers l'intérieur de la pièce. Il la suivit, un demi-ananas dans une main et le couteau dans l'autre.

— Parlez-moi du bruit, mademoiselle Prim.

— Pourquoi devrais-je le faire ? protesta-t-elle, énervée.

— Parce que je veux vous connaître. Vous êtes ici depuis près de deux mois et je ne sais pratiquement rien de vous.

La bibliothécaire lui tourna le dos, grimpa sur un vieil escabeau en bois et se mit à ranger l'*Histoire ecclésiastique* de Bède le Vénérable sur l'une des étagères.

— Je ne crois pas avoir grand-chose à vous dire.

— Vous pouvez au moins essayer.

— Mais si je le fais, me laisserez-vous continuer à travailler en paix ?

— Vous avez ma parole.

Après un grand soupir, Mlle Prim se retourna et s'assit avec précaution sur la troisième marche de l'escabeau.

— Je vous préviens, je ne sais pas du tout comment vous l'expliquer, commença-t-elle. Disons qu'il y a des jours, mais heureusement ils sont rares, où j'ai l'impression que l'intérieur de ma tête tourne comme une centrifugeuse. Ces jours-là, je ne suis pas d'une compagnie agréable, et je ne dors pas très bien non plus. Je sens comme un trou au centre de ma tête, un trou où il devrait y avoir *quelque chose*, mais où il n'y a *rien*, absolument rien, sauf un bruit assourdissant. (Elle fit une pause, regarda le visage préoccupé de son patron et fit une grimace.) Ne faites pas cette tête, ce n'est rien de grave ; cela arrive à beaucoup de gens, ça passe avec des cachets. Mais si vous dites l'avoir ressenti, vous devriez savoir ce que c'est.

— Pourquoi croyez-vous que cela ne disparaît pas ?

— Je ne sais pas.

— Vous ne savez pas ?

La bibliothécaire rassembla soigneusement ses cheveux sur sa nuque avant de se remettre à parler.

— Il m'est arrivé de penser que cela a un rapport avec une perte.

Arrivée à ce point elle hésita, mais l'expression sérieuse et visiblement intéressée de son patron la décida à continuer.

— Voyons comment je vous l'explique. Dans un certain sens, je me suis toujours considérée comme une femme moderne ; une femme libre, indépendante, bardée de diplômes. Vous le savez, et nous savons tous deux que vous me méprisez pour cette raison. (L'homme du fauteuil ébaucha une moue de protestation polie qui fut ignorée.) Mais je dois reconnaître qu'en même temps je porte toujours un sentiment de nostalgie, comme un poids sur les épaules, accompagné d'un désir d'arrêter le temps, de retrouver des choses perdues. Avec la conscience que tout, absolument tout, est comme un chemin qu'on ne peut rebrousser.

— Pour vous, que signifie *tout* ?

— La même chose que pour vous, j'imagine. La vie entière, la beauté, l'amour, l'amitié, y compris l'enfance ; surtout l'enfance. Autrefois, il n'y a pas si longtemps, je pensais avoir une sensibilité d'un autre siècle, j'étais persuadée être née à la mauvaise époque et que, pour cela, la vulgarité, la laideur, le manque de délicatesse me dérangeaient tellement. Je croyais que cette nostalgie avait quelque chose à voir avec le désir d'une beauté qui n'existe plus, d'une époque qui nous a dit adieu et a disparu.

— Et aujourd'hui ?

— Aujourd'hui je travaille pour quelqu'un qui vit effectivement dans un autre siècle et j'ai pu constater que *ce problème* n'est pas le mien.

L'homme du fauteuil éclata d'un rire joyeux, contagieux, qui fit rougir la bibliothécaire de satisfaction.

— Je devrais vous congédier pour cela. Je savais ce que je disais quand je vous ai prévenue qu'il me faudrait plus d'une fois vous pardonner.

Mlle Prim se leva en souriant et entreprit de nettoyer soigneusement une édition très abîmée du *Monologion* d'Anselme de Cantorbéry.

— À présent, c'est votre tour, dit-elle. Pourquoi entendiez-vous ce tumulte ?

Il tarda un instant à répondre.

— Pour la même raison que tout le monde, je suppose. C'est le bruit d'une guerre.

— Voilà une métaphore très, mais alors très typique de vous, l'interrompit-elle en riant. Mais qu'est-ce qui déclenchait votre guerre ? Vous devez reconnaître qu'il y a toujours un motif. Parfois c'est un caractère indomptable, ou une personnalité instable. Ce peut être la maladie, une fragilité morale, la peur de la mort, le temps qui passe… Quelle est votre excuse ?

— Vous vous trompez, Prudence, ce ne sont pas plusieurs choses, ce n'en est qu'une. En réalité, ce qui déclenche la guerre, c'est l'absence de quelque chose, une pièce qui manque. Et lorsqu'une pièce fait défaut – dans un puzzle, par exemple –, lorsqu'il manque la pièce maîtresse, rien ne marche. Vous aimez les puzzles ?

— Comme tout un chacun devant ce qui lui résiste ; je ne prends aucun plaisir à ce que je ne peux dominer.

— Les gens qui aiment les puzzles, continua-t-il, peuvent passer des nuits entières à essayer de placer une seule pièce. Ma sœur le faisait, on pouvait se réveiller de bon matin et la trouver concentrée sur un puzzle. Il va de soi que je ne fais pas référence à un petit divertissement pour enfants, je parle de ces tableaux grandioses qui comportent des milliers de petites pièces. Vous voyez ce que je veux dire ?

— Bien sûr.

— Eh bien ce que j'essaie d'expliquer, c'est qu'il y a des personnes, Prudence, qui un beau jour prennent conscience qu'il leur manque la pièce principale d'un puzzle qu'elles ne peuvent terminer. Elles sentent juste que quelque chose ne fonctionne pas ou qu'absolument rien ne fonctionne, jusqu'à ce qu'elles découvrent ou, plus exactement, jusqu'à ce qu'on leur permette de découvrir la pièce qui manque.

— Cela m'a tout l'air d'être de l'ésotérisme ou du gnosticisme, murmura la bibliothécaire.

— Absolument pas, il ne s'agit pas d'une connaissance obscure, ce n'est pas un savoir réservé à des initiés. C'est plutôt le genre de découverte qu'Edgar Allan Poe décrit dans *La Lettre volée*. L'avez-vous lue ? Oui, bien sûr que vous l'avez lue. Eh bien, comme dans le conte de Poe, la pièce qui manque ou la lettre volée *est là*, dans la même pièce que nous, *devant nos yeux*, mais on ne la voit pas, on n'a pas conscience de sa présence. Jusqu'à ce qu'un beau jour...

Mlle Prim se déplaça, mal à l'aise, sur la marche de l'escabeau.

— Je dois continuer avec le *Monologion*, dit-elle en retrouvant son ton professionnel, calme et distant.

Il la regarda avec curiosité.

— Comme toujours, Mlle Prim se retire dans sa carapace dès qu'elle sent la menace du surnaturel. Pourquoi vous inquiète-t-il autant de parler de choses auxquelles vous ne croyez pas ? Ce n'est pas très raisonnable.

Occupée à essuyer un nouveau volume, elle garda le silence. Que pouvait-elle dire ? Parler de choses auxquelles elle ne croyait pas ne l'inquiétait pas ; elle était sûre que quelque chose qui n'existait pas ne pouvait avoir d'effet sur elle ; ce n'était pas le surnaturel qu'elle craignait. C'était l'influence que la conversation et la conviction de l'homme du fauteuil pouvait exercer sur elle. Comment lui expliquer que ce qu'elle craignait, c'était de finir par croire à quelque chose qui n'existait pas parce que lui y croyait ?

— Rassurez-vous, Prudence. Aucun homme ne peut se convertir lui-même ou convertir quelqu'un d'autre avec sa seule volonté, ne vous inquiétez pas pour ça. Nous sommes des causes secondes, vous vous souvenez ? Nous aurons beau nous obstiner, l'initiative ne vient pas de nous.

— Je ne suis pas thomiste, répondit sèchement la bibliothécaire, contrariée par la sensation d'avoir laissé deviner ses craintes.

Surpris, il la regarda comme un père regarde une fillette qui est fière de ne pas savoir lire.

— Voilà, mademoiselle Prim, votre grand problème.

7

Les excuses de la Ligue féministe arrivèrent entre les mains de la bibliothécaire quelques jours plus tard, sous la forme de douze roses *comte de Chambord*. Une douzaine de roses aurait suffi en guise d'excuses formelles, mais une douzaine de *comte de Chambord* représentait un peu plus que des excuses : c'était un exquis traité de paix. La bibliothécaire devina aussitôt la main experte d'Hortense Œillet dans le choix des fleurs, de même qu'elle détecta celle d'Hermine Treaumont – qui sinon elle ? – dans les vers élisabéthains en tête de la carte.

Va attraper une étoile filante,
Fais qu'une racine de mandragore enfante,
Dis-moi où sont les jours d'antan passés,
Ou qui fit fourcher des Diables les pieds,
Enseigne-moi à ouïr chanter Sirènes,
Me prémunir des piqûres de la haine,
Et m'apprends
Quel vent
Sert à pousser esprit honnête en avant[1].

---

1. « *Go and catch a falling star / Get with child a mandrake root / Tell me where all past years are / Or who cleft the devil's foot / Teach*

Sous le poème, elle lut :

Très chère Prudence,

Pourrez-vous jamais nous pardonner ? Nous ne vous en voudrions pas si vous ne le pouviez. Désolées, repenties et profondément confuses, nous vous envoyons un peu de beauté ancienne accompagnée de nos plus sincères excuses.

Hortense Œillet

P.S. Hermine a pensé que les vers de John Donne égaieraient votre journée. Ne sont-ils pas merveilleux ?

— Bien sûr que si, murmura la bibliothécaire, satisfaite, en plongeant son nez délicat dans le bouquet.

Depuis le jour de ce malheureux incident, Mlle Prim n'avait pas cessé de penser à la singulière idiosyncrasie du groupe féminin qui l'avait accueillie à Saint-Irénée. Et plus elle y pensait, moins l'offense dont elle avait été l'objet lui paraissait grave. Cela ne signifiait pas qu'elle approuvait ce comportement, mais une petite dose d'indulgence s'était en quelque sorte glissée dans le tableau que ces femmes offraient maintenant à ses yeux. Il est vrai que cela avait été un acte inconsidéré et grossier, vrai également que la délicatesse et le tact avaient brillé par leur absence, mais d'une manière ou d'une autre la bibliothécaire s'était mise à soupçonner que sous ce complot maladroit affleurait une certaine forme d'*amour*.

---

me to hear mermaids singings / Or to keep off envy's stinging / And find / What wind / Serves to advance an honest mind. » *Song*, John Donne (1572-1631). Traduction française de Gilles de Sèze, http://gdeseze.free.fr/anglais_song.php *(N.d.T.)*.

Amour ? La première fois que cette idée lui avait traversé l'esprit, elle n'avait pu s'empêcher de tressaillir. Elle n'était pas une femme sentimentale, mais il était difficile, à vrai dire, de ne pas percevoir un certain amour – un amour bruyant, un amour maladroit et maternel – dans la manière dont ces femmes s'étaient proposé de lui procurer un mari. Pendant que de ses mains expertes elle mettait le bouquet de roses dans un vase en cristal, elle se dit que si les dames de Saint-Irénée considéraient un mari comme le meilleur bien auquel pouvait aspirer une femme, et qu'elles étaient décidées à se donner du mal pour lui en trouver un, qui était-elle pour les juger ? Si elles étaient disposées à perdre leur temps et à consumer leurs insomnies à cette fin, qui était-elle pour recevoir comme une insulte ce qui n'était pas, ce qui en aucune façon ne pouvait être, plus qu'un sincère et chaleureux présent ?

Elle devait d'ailleurs reconnaître que l'idée du mariage ne lui répugnait pas le moins du monde. Certes, elle avait toujours dit le contraire en public, mais comme beaucoup de femmes de son espèce, Mlle Prim dédaignait ce qu'elle redoutait secrètement ne jamais pouvoir obtenir. Une fois de plus elle regarda en arrière et se souvint des visages échauffés d'Hortense Œillet et d'Emma Giovanacci, et du discours serein d'Hermine Treaumont. Si une femme aussi exquise et intelligente qu'Hermine considérait que le mariage était un trésor inestimable pour le bien-être d'une femme, qui était-elle pour le mettre en doute de manière aussi catégorique ? Avait-elle une seule fois étudié à fond le sujet ? S'était-elle assise une fois armée d'une feuille et d'un crayon pour énumérer les *pour* et les *contre* de cet état de vie ? L'avait-elle fait ? Mlle Prim dut reconnaître que non.

En même temps, elle ne pouvait pas dire non plus qu'elle était ouvertement favorable au mariage. L'union conjugale – se dit-elle en s'enveloppant dans une couverture en laine, disposée à jouir du coucher de soleil sur la terrasse de sa chambre – était sans doute destinée à un autre genre de femmes. Des femmes dotées d'une certaine souplesse de caractère, des femmes enclines au conformisme, des femmes à qui il importait peu d'avoir à assumer des concepts tels que *transaction* ou *compromis.* Mlle Prim n'était décidément pas l'une d'entre elles. Elle ne se voyait pas transiger sur quoi que ce soit. Ce n'était pas qu'elle ne le voulait pas – elle avait toujours accordé une valeur positive à ce concept dans l'*abstrait*, mais elle ne se croyait pas capable de le mener à bien de façon *concrète.* Il y avait en elle une certaine résistance – elle l'avait constaté dans des situations diverses au cours de sa vie – à renoncer, même en partie, à ses jugements sur les choses.

Elle trouvait cette résistance lassante, mais, secrètement, elle en était également fière. Pourquoi devrait-elle dire qu'un compositeur est supérieur à un autre – se dit-elle en se souvenant d'une discussion musicale passionnée chez des amis – alors qu'elle ne le pensait pas ? Pourquoi devrait-elle accepter, en guise d'aimable solution de compromis, que c'étaient sans doute des talents difficiles à comparer alors qu'elle les considérait absolument comparables. Pourquoi devrait-elle feindre, par une forme de transaction encore plus servile, que la supériorité de l'un ou l'autre dépendait en grande partie de l'état d'âme de l'auditeur ? Mlle Prim considérait que ce genre de compromis constituait une sorte de malhonnêteté intellectuelle. Et bien qu'elle s'obligeât parfois à les pratiquer elle-même pour le bien de ses relations sociales, ce dont elle était sûre, c'était qu'il lui répugnait de le faire.

Le ciel commençait à se teinter de rose lorsqu'elle entendit frapper à la porte.

— Prudence, entendit-elle appeler l'homme du fauteuil, je dois sortir faire quelques courses au village et il se trouve que c'est aujourd'hui le jour de congé du personnel de service. Auriez-vous l'amabilité de jeter un coup d'œil aux enfants ? Ils jouent dans le jardin. Je suis désolé d'avoir à vous le demander, mais je n'ai pas d'autre solution.

Consciente que son coucher de soleil venait d'être ruiné, la bibliothécaire assura aimablement qu'elle s'occuperait des enfants. Ce n'étaient pas des créatures ordinaires, pensa-t-elle en descendant l'escalier. Ils ne lisaient pas de livres ordinaires, ne jouaient jamais à des jeux ordinaires, et ne disaient même pas des choses ordinaires. Cela ne voulait pas dire qu'ils étaient désagréables ou mal élevés – en fait, elle devait reconnaître qu'ils étaient adorables –, mais ils ne ressemblaient en rien aux enfants qu'elle côtoyait en général chez ses amis, dans la rue ou dans les restaurants. Lorsqu'elle parlait avec eux, elle avait la plupart du temps la sensation étrange d'être interrogée. C'étaient les enfants qui portaient le poids de la conversation. Eux également qui saupoudraient les bavardages d'informations insolites que la bibliothécaire trouvait profondément inadaptées à leur âge.

— Aujourd'hui, mademoiselle Prim, nous avons appris des choses intéressantes sur les archimandrites et les *starets* russes. Vous connaissez l'histoire du *starets* Ambroise et des dindes ? lui avait demandé Téséris un matin dans la cuisine tandis qu'elle se préparait des tartines grillées au fromage fondu.

Mlle Prim avoua très sérieusement qu'elle connaissait un peu les *starets*, mais qu'elle n'avait jamais entendu parler de cet Ambroise et encore moins de dindes. À peine avait-elle terminé cette franche déclaration d'ignorance que la bibliothécaire fut témoin d'une étrange dissertation enfantine sur des thèmes aussi divers que le *starets* Ambroise et le monastère d'Optino, les similitudes entre celui-ci et le *starets* Zosime, ainsi qu'une histoire de dindes qui refusaient catégoriquement de manger.

— Un jour, une paysanne qui gardait des dindes pour un propriétaire terrien est allée voir le *starets*, lui expliqua la fillette. Elle était très triste parce que les dindes mouraient et que leur propriétaire menaçait de la renvoyer. Quand les pèlerins qui séjournaient dans le monastère ont entendu ses plaintes, ils se sont mis à rire et ils lui ont dit de ne pas déranger le moine pour des bêtises sans importance. Mais le *starets* Ambroise s'est approché d'elle, il l'a écoutée avec beaucoup d'attention et, à la fin, il lui a demandé ce qu'elle donnait à manger à ces dindes. Il lui a ensuite conseillé de changer leur nourriture et il l'a bénie. Quand la femme est partie, tous ont demandé au moine pourquoi il perdait son temps avec des dindes. Vous savez ce qu'il leur a dit ?

— Je n'en ai pas la moindre idée, répondit Mlle Prim, accablée.

— Il leur a dit qu'ils étaient tous aveugles, aveugles au point d'être incapables de voir que toute la vie de cette femme était dans ces pauvres dindes. Le *starets* Ambroise ne séparait pas les problèmes entre grands et petits, comme tout le monde le fait. Il disait toujours que les anges sont dans les choses simples, qu'il n'y a jamais d'anges là où les choses sont compliquées. Lui, il pensait que la plus petite chose est importante.

Non, on ne pouvait pas dire que c'étaient des enfants normaux, soupira la bibliothécaire en se dirigeant d'un pas rapide vers le jardin. Après avoir traversé l'allée dépouillée de ses hortensias, elle tourna à droite pour pénétrer sous une tonnelle formée par les cimes de six grands platanes dont les feuilles avaient commencé à tomber. Là, sur deux vieux bancs en fer, se trouvait le quartier général des enfants de la maison. Lorsqu'ils virent Mlle Prim entrer dans leur sanctuaire, les enfants se séparèrent aussitôt.

— Votre oncle m'a demandé de ne pas vous perdre de vue, je suis donc venue voir ce que vous faites, leur dit-elle avec franchise.

— On fait rien, on lisait seulement un livre de quand on était petits, répondit Septimus.

— Ah ! Et que lisiez-vous ? dit la bibliothécaire en observant du coin de l'œil un petit livre de couleur jaune que le garçonnet tenait à la main.

— L'histoire d'un crapaud qui adorait conduire, répondit-il avec l'air de supériorité de celui qui croit avoir un secret impossible à deviner.

Mlle Prim sourit avec bienveillance.

— Un crapaud ami d'une taupe, d'un rat et d'un blaireau ?

Surpris, les enfants acquiescèrent d'un signe de tête.

— Vous le connaissez ? C'est un vieux livre, très vieux. Il existait déjà quand notre grand-mère était petite. Il est très ancien, dit Septimus avec le plus grand sérieux.

La bibliothécaire dissimula un autre sourire.

— Je l'ai lu et je l'ai aussi étudié.

— Étudié ? Pourquoi ? C'est seulement un livre pour les enfants ! s'exclama Téséris en écarquillant les yeux.

Mlle Prim croisa les bras et regarda l'horizon au-dessus de la tête des enfants.

— Parce que c'est quelque chose de plus qu'un livre pour les enfants : c'est de la littérature. Et la littérature, on l'étudie, on l'analyse, on cherche ses influences, on enquête sur ce qu'on a voulu dire à travers elle.

Ils la regardèrent fixement tandis que la douce lumière du soir qui filtrait à travers les feuilles jaunâtres des arbres dessinait sur leurs visages des ombres vacillantes.

— Notre oncle dit que faire ça avec les livres, c'est les abîmer, indiqua enfin Septimus. Il *déteste* toute cette histoire d'analyser les textes, il nous a *jamais* obligés à le faire.

Une vague de froide indignation submergea l'âme de la bibliothécaire.

— Ah oui ? murmura-t-elle d'un ton aigre. C'est donc ce qu'il dit ? Dans ce cas, j'ai du mal à croire qu'il ait obtenu que vous reconnaissiez Virgile à partir d'un seul vers. Est-il possible de faire cela sans étudier ou analyser ? Ne savez-vous donc pas par cœur des parties de l'*Énéide* ? Je crois me souvenir que c'est à cela que j'ai assisté le jour où je suis arrivée ici.

— Nous connaissons beaucoup d'extraits de poèmes et d'histoires par cœur ; c'est la première chose que nous faisons avec tous les livres, dit Téséris d'une voix douce. Mais il dit que c'est ainsi qu'on apprend à aimer les livres, que cela a beaucoup à voir avec la mémoire. Il dit que lorsqu'un homme tombe amoureux d'une femme, il apprend par cœur son visage pour pouvoir s'en souvenir ensuite ; il remarque la couleur de ses yeux, la couleur de ses cheveux, si elle aime la musique, si elle préfère le chocolat ou les biscuits, comment s'appellent ses frères et ses sœurs, si elle écrit un journal, si elle a un chat…

Mlle Prim adoucit un peu son expression. À nouveau cet étrange et obscur concentré de délicatesse, ce mélange d'ego masculin irritant et de fragments inattendus de délicatesse.

— Avec les livres, c'est pareil, poursuivit Téséris. En classe nous apprenons des extraits par cœur et nous les récitons à voix haute. Puis nous lisons les livres, nous en discutons et ensuite nous les relisons.

La bibliothécaire enleva soigneusement sa veste et elle s'assit sur le banc.

— Ainsi votre oncle pense que les livres sont faits pour se divertir, pas pour être analysés.

— Oui, mais il le dit pas seulement des livres. Il le dit aussi de la musique et des tableaux. Vous vous souvenez du jour où vous êtes arrivée ? Vous avez vu l'icône de Roublev et vous l'avez mesurée avec un compas, vous vous rappelez ? demanda Téséris.

Mlle Prim rougit, cette gamine était sur le point de remettre en question sa façon d'approcher l'art.

— Je m'en souviens, dit-elle sèchement.

— Vous ne m'avez pas crue quand je vous ai dit qu'aucune grande personne ne m'avait aidée à peindre l'icône. Les adultes m'auraient dit d'utiliser le compas. Mon oncle m'a dit qu'une icône est une fenêtre entre ce monde et l'autre, que c'est ainsi qu'il l'a appris des vieux *starets*, que c'est aussi ce qu'enseignent les anciens athonites et que c'est comme ça qu'on les a toujours peintes.

Mlle Prim bougea nerveusement sur son banc. Il y avait quelque chose de déroutant chez ces enfants, bien qu'elle ne pût expliquer de quoi il s'agissait au juste. Quelque chose d'inquiétant, qui coexistait avec une lumineuse innocence ensoleillée et cette tendresse avec laquelle ils vénéraient chacune des paroles qui sortaient de la bouche de l'homme du fauteuil.

— Vous l'aimez beaucoup, n'est-ce pas ? Je veux dire votre oncle.

— Oui, dit le jeune Deka, tandis que ses frères et sœurs approuvaient de la tête. Et tout de suite il ajouta : Il dit toujours la vérité.

— C'est donc que les autres personnes mentent ? demanda la bibliothécaire, surprise par cette réponse.

— Les gens mentent aux enfants, dit gravement Septimus. Tout le monde le fait et personne ne pense que c'est mal. Quand notre mère est morte, ils nous ont tous dit qu'elle était devenue un ange.

— Ce n'est pas le cas ? murmura Mlle Prim, émue.

Septimus regarda sa sœur, qui secoua fermement la tête d'un côté et de l'autre.

— Aucun homme ne peut devenir un ange, mademoiselle Prim. Les hommes sont des hommes et les anges sont des anges, ce sont des choses différentes. Voyez les arbres et les cerfs. Croyez-vous qu'un arbre pourrait devenir un cerf ?

La bibliothécaire nia d'une grimace.

— Au mieux, c'est une façon de l'expliquer ou peut-être une légende. Et qu'est-ce que les légendes ont de mal ? Que me dites-vous des contes de fées ? Vous n'aimez pas les contes de fées ? questionna-t-elle en faisant un effort pour changer de sujet.

— Bien sûr que nous les aimons, répondit timidement Eksi, nous les aimons beaucoup.

— Et quel est votre préféré ?

— L'histoire de la Rédemption, répliqua sa sœur aînée avec simplicité.

Sans voix devant cette réponse, Mlle Prim ne sut quoi répondre. Cette étrange affirmation révélait que malgré ses efforts titanesques, malgré son insistance et son arrogance, l'homme du fauteuil n'avait pas réussi à seulement transmettre aux enfants les rudiments les plus élémentaires d'une croyance si importante pour lui. Il n'avait pas réussi à expliquer le fond historique de sa religion. Comment était-ce possible ? Tant de promenades matinales à l'abbaye, tant de lectures théologiques, tant de vieille liturgie en latin, tant de jeux médiévaux, et qu'avait-il obtenu ? Quatre jeunes enfants convaincus que ces textes qu'il aimait tant n'étaient que des contes de fées.

— Mais Tes, ce n'est pas exactement un conte de fées. Les contes de fées sont des histoires pleines de fantaisie et d'aventures, ils sont faits pour divertir. Ils ne sont pas datés à une époque déterminée, pas plus qu'ils ne parlent de personnes et de lieux qui ont existé.

— Oh, mais ça nous le savons ! dit la fillette. Nous savons qu'il ne s'agit pas d'un conte de fées ordinaire. Nous savons que c'est un conte de fées *réel*.

Songeuse, la bibliothécaire s'installa mieux sur le vieux banc en fer.

— Ce que tu veux dire, c'est qu'il ressemble aux contes de fées, c'est ça ? demanda-t-elle, intriguée.

— Non, bien sûr que non. La Rédemption ne ressemble pas du tout aux contes de fées, mademoiselle Prim. Ce sont les contes de fées et les vieilles légendes qui *ressemblent* à la Rédemption. Vous n'avez jamais remarqué ? C'est comme quand on copie un arbre du jardin sur une feuille de papier. L'arbre du jardin ne ressemble pas au dessin, n'est-ce pas ? C'est le dessin qui ressemble un peu, seulement *un tout petit peu*, à l'arbre en vrai.

Mlle Prim, qui avait commencé à ressentir une chaleur fébrile et étouffante, resta assise en silence un long moment.

Le soleil s'était presque couché dans le lointain lorsque enfin elle se leva, autorisa les enfants à aller jouer un moment à l'étang aux carpes, et prit lentement le chemin du retour vers sa chambre.

II

L'hiver dans la steppe russe

1

À la mi-novembre, Mlle Prim eut l'occasion de faire la connaissance de la mère de son patron. Elle arriva sans s'annoncer, coiffée d'un élégant chapeau et suivie d'une femme de chambre chargée de valises. Les enfants lui firent un joyeux accueil, ce qui révéla à la bibliothécaire que sous cet aspect imposant se cachait une grand-mère attentive et dévouée. Un jugement dont elle ne se défit pas même lorsqu'elle eut constaté qu'une grande partie de la joie des petits tenait à l'arrivée du bouledogue qui l'accompagnait et aux nombreux cadeaux qu'elle apportait. La première chose qui frappa Mlle Prim, ce fut son immense beauté. Une femme belle et élégante est une œuvre d'art, disait toujours son père. Si ce principe était vrai, et la bibliothécaire n'en doutait pas, la dame qui venait d'arriver était un Botticelli, un Léonard, et même un Raphaël.

— Où est mon fils ? demanda-t-elle sèchement tandis que sa camériste l'aidait à ôter une magnifique étole en renard de Sibérie.

— Je crains qu'il ne soit à l'abbaye, répondit la bibliothécaire.

— L'abbaye, répéta la vieille dame d'un ton aigre en s'installant dans un vieux fauteuil confortable. S'il s'occupait moins de l'abbaye et davantage des murs de cette maison, tout marcherait beaucoup mieux. Et vous… vous êtes ?

— Veuillez m'excuser, j'aurais dû me présenter. Je m'appelle Prudence Prim ; je suis dans cette maison pour mettre de l'ordre dans la bibliothèque.

La dame la regarda quelques instants sans dire un mot. Elle observa attentivement son visage, examina en détail sa personne, s'attarda sur ses cheveux impeccablement peignés et demanda ensuite à sa femme de chambre de lui apporter une tasse de café.

— Et en lui ? Êtes-vous aussi venue mettre un peu d'ordre en lui ?

La bibliothécaire rougit violemment. La nouvelle venue était certes une belle femme, et Mlle Prim appréciait la beauté, mais elle n'était pas disposée à passer sur certaines insinuations. Et de toutes les insinuations possibles, c'était celle qu'elle avait le moins l'intention de tolérer.

— Je ne sais à quoi vous faites allusion, répondit-elle d'un ton sec.

La dame leva de nouveau les yeux pour la regarder et eut un sourire ironique.

— Avant tout, mademoiselle Prim, je dois vous dire que je n'aime pas devoir étirer le cou pour entretenir une conversation. Je vous prie de vous asseoir. À l'époque de mon père, un bibliothécaire ne se considérait pas exactement comme un employé, c'était un poste de confiance, et il n'était pas coutume de garder cette raideur lorsqu'on s'adressait à eux. Je suis une femme passée de mode, je n'aime pas changer d'habitudes.

Mlle Prim, obéissante, s'assit dans un fauteuil. Elle avait interrompu son travail et était douloureusement consciente que les neuf livres de *L'Enquête* d'Hérodote l'attendaient dans la bibliothèque.

— Je n'ai pas voulu vous offenser, mais vous ne nierez pas que vous avez un patron singulier. Ou peut-être ne vous en êtes-vous pas rendu compte ? Ne craignez pas de parler librement, ma chère, c'est mon fils. S'il y a au monde une femme qui le connaît bien, c'est moi, mademoiselle Print.

La bibliothécaire ouvrit la bouche pour préciser l'orthographe de son nom, mais elle réfléchit et décida de se taire. De toute évidence, cette dame n'était pas venue au monde pour être interrompue, et encore moins réfutée. Probablement n'avait-elle jamais de sa vie vécu la saine expérience d'être contestée.

— C'est un patron agréable et généreux, je n'ai aucun motif de me plaindre. Et en ce qui concerne son caractère, vous comprendrez que je ne considère ni correct ni adéquat de me prononcer à ce sujet.

Sa compagne resta silencieuse, tandis qu'elle retirait ses gants.

— C'est un soulagement de l'entendre, mademoiselle Prim. Je me réjouis de constater que vous êtes exactement ce que l'on dit que vous êtes. Je dois vous faire une confidence : j'ai la mauvaise habitude de mettre les personnes à l'épreuve avant de leur accorder un soupçon de confiance. Vous aurez certainement constaté que dans l'intervalle de trente secondes j'ai fait une insinuation malveillante sur vos intentions dans cette maison, je vous ai invitée à critiquer les défauts de caractère de votre patron et, délibérément, j'ai mal prononcé votre nom. Vous avez cependant répondu avec dignité à mon insinuation, poliment rejeté mon invitation et ignoré mon erreur. Vous êtes aussi parfaite que l'assure mon fils, cela ne fait aucun doute.

En entendant ces paroles, la bibliothécaire se sentit confuse. La perspective d'avoir été mise à l'épreuve par une inconnue n'avait rien de flatteur. Pourtant, elle ne se sentait pas offensée. Non seulement à cause de son évidente victoire à l'examen, mais aussi parce que, en dépit de ses regrettables préjugés envers les personnes très diplômées, son patron l'avait qualifiée de parfaite devant sa propre mère.

— Vous êtes très aimable, balbutia-t-elle.

— Je suis simplement sincère.

Tandis que la vieille dame se disposait à savourer la première gorgée de sa tasse de café, la camériste entra de nouveau dans le salon, elle alluma un feu dans la cheminée et tira les rideaux pour cacher un extérieur gris, languissant.

— Vous aimez l'automne ? demanda inopinément la dame.

— Je trouve cette saison romantique, répondit Mlle Prim, qui de nouveau rougit à la pensée que cette femme pût mal interpréter ses paroles. Je fais référence au romantisme en tant que mouvement artistique, bien entendu, pas au sentiment.

Au lieu de répondre, la mère de l'homme du fauteuil lui offrit une tasse de café fumante.

— Eh bien moi je la déteste. J'ai toujours pensé que ce poète, Eliot, s'est complètement trompé dans ce poème. Ce n'est pas avril le mois le plus cruel, c'est novembre, aucun doute possible. Avril est un mois merveilleux, plein de soleil, de lumière et de glycines en fleur. Connaissez-vous l'Italie ?

Déconcertée par le tour que prenait la conversation, la bibliothécaire répondit qu'en effet elle connaissait l'Italie.

— Voulez-vous dire que vous y avez vécu ?

Mlle Prim précisa qu'elle n'y avait pas vécu.

— Eh bien alors vous devriez le faire. Vous devriez le faire sans attendre, avant qu'il soit trop tard.

— Je ne crois pas que ce soit possible pour le moment, répondit-elle, inquiète à l'idée que cette brusque invitation ne dissimule le désir de se passer de ses services.

Le rire de l'étrangère, joyeux et cristallin, brisa le calme qui régnait dans la pièce.

— Lorsque vous aurez mon âge, vous saurez que tout est possible. Regardez mon fils ! Il y a quelques années il avait devant lui une brillante carrière universitaire, c'était un homme intelligent et charmeur, à l'avenir éblouissant. Et qu'en reste-t-il ? Vous le voyez ici, enterré dans ce modeste village, retranché dans la vieille maison de sa famille paternelle, avec quatre enfants à charge, et faisant obstinément trois kilomètres chaque matin avant de déjeuner pour se rendre dans un vieux monastère. Croyez-moi quand je vous dis que tout est possible, ça l'est indubitablement.

— Mais il semble très heureux ici, osa avancer Mlle Prim.

— Il l'est, bien sûr qu'il l'est. Voilà le plus irritant ! Et je dois reconnaître qu'il a fait du beau travail dans cette localité. Vous n'imaginez pas ce que c'était il y a seulement quelques années.

La bibliothécaire, qui avait oublié depuis un moment la douloureuse image des volumes d'Hérodote sur la table, s'installa dans le fauteuil, prête à satisfaire son insatiable curiosité à propos de ce village et de son chef.

— Comment a-t-il eu l'idée de créer cette colonie ? Tout le monde ne décide pas de s'attaquer à une entreprise aussi extraordinaire.

La vieille dame posa sa tasse sur la table, elle inclina la tête en arrière et ferma à demi les yeux, comme si elle faisait un gros effort pour se souvenir.

— Si seulement je le savais ! En réalité, je ne crois pas qu'il y ait une seule cause. À l'évidence, cela a dû être le résultat de sa rencontre avec ce vieux bénédictin nonagénaire, dont vous avez sans doute entendu parler.

Mlle Prim s'appuya dans le fauteuil et dégusta une autre gorgée du café que la dame lui avait servi.

— Je me souviens qu'il venait de terminer un cycle de conférences, poursuivit-elle, et qu'il a pris un congé afin d'assister à un séminaire à l'université du Kansas. Là, il a découvert quelque chose, ne me demandez pas quoi. Cet été-là il a fait un voyage en Égypte ; puis il a visité le monastère de Simonos Petras, à Athos, et également séjourné à l'abbaye du Barroux, chez les bénédictins. À son retour, il m'a dit qu'il avait décidé de vivre quelques mois à l'abbaye de Saint-Irénée. Dans un monastère de bénédictins traditionalistes figurez-vous, lui qui en vingt ans n'avait pas mis les pieds dans une église. J'ai cru qu'il ne le supporterait pas ; mais un an plus tard il m'a demandé l'autorisation de rouvrir cette maison. Ainsi a débuté cette longue histoire. Mais n'en soyez pas étonnée, la vie est pleine d'imprévus.

La bibliothécaire, songeuse, garda le silence.

— Mais, et les enfants ? demanda-t-elle. Ne craignez-vous pas qu'il influence trop les enfants ?

— Craindre ? s'exclama la vieille dame tout étonnée. Chère mademoiselle Prim, mes petits-enfants sont les seuls que je connaisse qui puissent réciter Dante, Virgile ou Racine, qui lisent des textes classiques dans la langue originale, qui reconnaissent la plupart des grandes œuvres musicales à partir de quelques accords. Non seulement je ne suis pas inquiète, mais j'en suis fière, franchement fière. C'est l'une des rares choses que j'approuve dans cette retraite érémitique que mon fils a choisie et que, je ne vous le cacherai pas, je déteste profondément.

— Je ne faisais pas allusion à la culture, mais à la religion. Cela ne vous inquiète-t-il pas qu'ils soient, disons, trop religieux, précocement religieux ? Vous voyez ce que je veux dire.

La femme regarda de nouveau la bibliothécaire avec incrédulité et, sans répondre, laissa échapper un joyeux éclat de rire.

— Mais, ma chère, je vois que vous ne savez pas grand-chose de la maison dans laquelle vous vivez, dit-elle, les yeux brillants.

Mlle Prim la regarda sans comprendre.

— Que voulez-vous dire ?

La dame la contempla en souriant.

— Ce que je veux dire, c'est que ce n'est pas mon fils qui a inculqué ses croyances à ces enfants. Il avait déjà fait quelques pas lorsqu'il s'est chargé d'eux après la mort de ma fille. Il avait découvert la profondeur de la pensée et de la culture chrétiennes et il appréciait énormément la beauté du culte. Mais il n'avait pas encore fait le pas décisif ; il se trouvait, en quelque sorte, sur le seuil. Ne comprenez-vous pas ce que j'essaie de vous dire ? Ce n'est pas lui qui l'a fait, c'est eux. Ce sont les enfants, *justement* les enfants, qui l'ont guidé là où il est aujourd'hui.

L'arrivée de la mère de l'homme du fauteuil marqua un avant et un après dans l'existence de Mlle Prim. Dès le jour de leur première rencontre, la vie sociale de la bibliothécaire s'enrichit considérablement. La vieille dame l'adopta tout de suite comme une inséparable demoiselle de compagnie, et très vite elle considéra parfaitement naturel de l'emmener avec elle aux rendez-vous qui emplissaient chaque jour son agenda.

— Aujourd'hui nous devons aller rendre visite à cette pauvre demoiselle Mott, dit-elle un après-midi alors que toutes deux approchaient du village. Vous ne la connaissez pas, bien sûr, mais c'est notre maîtresse d'école. J'ai moi-même participé à son recrutement, il y a déjà plusieurs années, et je me sens une certaine responsabilité à son égard, c'est pourquoi je lui rends visite chaque fois que je viens à Saint-Irénée. Nous voici arrivées. Naturellement, au printemps c'est beaucoup plus beau que maintenant, mais dites-moi : n'est-ce pas un endroit ravissant ?

Mlle Prim reconnut qu'elle n'avait jamais vu une école semblable à celle-ci. Située au centre du village, juste sur la place principale, l'école d'Eugénie Mott était entourée d'une palissade en bois littéralement effondrée sous le poids d'une grande quantité de rosiers dont l'automne avait déjà réussi à dompter la frondaison. Des deux côtés de la bâtisse, deux énormes platanes encadraient la porte d'entrée. Sur le linteau était accroché un panneau dont la vieille maxime latine défiait fièrement les jeunes élèves : *SAPERE AUDE*.

Il était cinq heures de l'après-midi. Cela faisait déjà un moment que les enfants avaient terminé la classe et Mlle Mott était occupée à faire briller la vieille plaque en laiton que l'école conservait en souvenir d'époques glorieuses. C'était une femme d'âge mûr, d'une soixantaine d'années, grassouillette et au sourire affable. Les joues roses et les mains enduites de produit à nettoyer les métaux, elle accueillit les deux visiteuses et aussitôt, avec empressement, les conduisit à l'intérieur de l'école. Mlle Prim aimait-elle l'école ? demanda-t-elle tandis qu'elle introduisait les deux femmes dans la vaste salle de classe. Comme c'était aimable de leur part ! Le mérite ne lui en revenait pas, bien sûr ; l'école existait depuis de nombreuses années. Mais maintenant que Mlle Prim l'évoquait, elle devait reconnaître que tout le monde lui demandait comment elle obtenait ces roses parfaites dans un jardin plein d'enfants bruyants.

Naturellement, elle avait recours à une ruse ; une maîtresse d'école ne pouvait réussir dans la vie sans une ruse. La sienne consistait, à la rentrée scolaire, à assigner à chaque enfant un rosier. Cette petite distinction stimulait la fierté de l'écolier, elle le faisait se sentir important et le poussait à développer son sens de la responsabilité. Elle *n'avait* les enfants que pendant trois ans ; elle leur apprenait à peine plus qu'à lire et écrire, un peu de géométrie, un peu d'arithmétique et peut-être même quelques notions de rhétorique.

Tandis que la tirade de Mlle Mott emplissait le silence de l'école et étourdissait la délicate sensibilité de la bibliothécaire, la mère de l'homme du fauteuil restait silencieuse. Apparemment plongée dans ses pensées, elle parcourait la salle à pas lents avant de s'arrêter devant le vieux portemanteau en bois sur lequel s'entassaient des tabliers couverts de taches d'aquarelle. Puis elle fit demi-tour et leva ses beaux yeux pleins d'expérience vers le visage de l'institutrice.

— Vous êtes heureuse ici, Eugénie ?

La question prit de court Mlle Mott, qui rougit légèrement et dut se racler la gorge avant de répondre.

— Quelle question singulière ! Je dirais que oui, sûrement. Pourquoi ne le serais-je pas ?

La mère de l'homme du fauteuil s'assit à l'un des pupitres et observa avec intérêt une brève inscription gravée dans le bois.

— Ce qui est singulier, selon moi, ce n'est pas ma question, mais plutôt votre réponse. Et pourquoi ne le seriez-vous pas ? Je pourrais vous donner bien des raisons. En premier lieu, parce que l'état naturel de l'être humain n'est pas le bonheur. Peut-être parce qu'éduquer tant d'enfants année après année peut épuiser n'importe qui. Ou même (la dame baissa presque imperceptiblement le ton de sa voix) parce que, finalement, il n'est pas revenu.

La bibliothécaire se sentit subitement mal à l'aise. Le commentaire de la mère de son chef semblait faire référence à une certaine forme de manque affectif. Mlle Prim désapprouvait le manque affectif tout autant que ses conséquences. Elle n'aimait pas ce qu'il faisait des personnes, il ne lui plaisait pas de contempler ses ravages, la vision de ses victoires ne l'amusait pas. Pour cette raison, et avant que l'institutrice ne se décide à répondre, elle s'empressa de manifester son désir de sortir se promener au milieu des chrysanthèmes et des lauriers.

— Quelle délicatesse, Prudence ! Mais ne vous inquiétez pas, c'est une vieille histoire et cela ne me gêne pas du tout d'en parler. En réalité, je dois reconnaître que j'ai appris à vivre avec et à être raisonnablement heureuse. Non, mon mari n'est pas revenu, c'est sûr ; mais je ne l'attends plus. Je ne pourrais pas vivre si je continuais à l'attendre.

— Je me réjouis d'entendre cela, assura rudement la vieille dame. Il y a quelque chose de sinistre dans l'idée d'attendre. Moi, je n'ai jamais attendu personne. Mon fils considère pourtant cela comme une vertu.

— Il considère que l'attente est une vertu ? demanda Mlle Prim avec intérêt. Dans quel sens ?

— Oh ! Il fait référence à autre chose, s'exclama l'institutrice avec tristesse, pas à quelque chose d'aussi bête et sentimental que l'amour d'une femme abandonnée.

— Je ne sais s'il fait référence à autre chose, mais ce

que je sais, c'est que *vous* faites bien de ne plus attendre, l'interrompit sévèrement la mère de l'homme du fauteuil. Et maintenant, dites-moi, Eugénie, connaissez-vous l'Italie ?

La bibliothécaire sursauta en entendant ces mots. Cette femme, impossible de ne pas s'en rendre compte, semblait obsédée par l'idée que tout le monde connaisse l'Italie. Mlle Prim n'avait rien contre l'Italie, un pays merveilleux sous tous rapports, mais pourquoi cette idée fixe ? Selon elle, il y avait quelque chose de presque impoli dans le projet d'envoyer continuellement les gens à travers l'Europe.

— Comme je l'ai dit à Prudence le jour où je l'ai connue, je considère que l'éducation d'une femme n'est pas achevée tant qu'elle n'a pas séjourné quelque temps en Italie. Il y a une certaine rusticité dans l'esprit des femmes qui n'ont pas vécu cette expérience. C'est quelque chose de vital pour la formation intellectuelle féminine.

— Seulement féminine ? Et que me dites-vous des hommes ? demanda la bibliothécaire.

La vieille dame la regarda avec une expression railleuse.

— Les hommes ? Laissons les hommes s'occuper d'eux-mêmes. Nous avons déjà assez à faire en ce qui nous concerne, vous ne croyez pas ? Vous êtes très jeune et très inexpérimentée, Prudence, mais je vais vous dire quelque chose. Le jour où une grande partie des dîners entre hommes et femmes cessera d'être divisée en deux ghettos – l'un masculin dans lequel on parle de politique et d'économie, l'autre féminin où triomphent les plaisanteries et les médisances –, ce jour-là nous aurons l'autorité de donner notre avis sur l'éducation des hommes. Ce que je vais vous dire à présent va sans doute vous scandaliser, mais je vais tout de même le dire : la plupart des femmes n'ont pas de conversation. Et elles n'en ont pas, c'est là le plus grave, non parce qu'elles en sont incapables, mais parce qu'elles ne prennent pas la peine d'essayer d'en avoir.

La bibliothécaire échangea un regard d'intelligence résignée avec Mlle Mott, qui s'empressa de changer de sujet pour expliquer que, selon elle, les classiques gréco-romains étaient la pierre angulaire de toute éducation, masculine ou féminine.

— Permettez-moi de vous poser une question sur votre fils. Où a-t-il fait ses études ? interrogea Mlle Prim.

— J'aime à penser que mon fils s'est éduqué lui-même. Bien sûr, nous lui avons donné tous les outils, des outils de première qualité : de grandes écoles, de bons professeurs. Mais les avoir utilisés comme il l'a fait relève de son seul mérite.

— C'est un homme brillant, dit Mlle Mott.

— C'est un homme brillant qui a gâché son talent, condamna la vieille dame d'un ton amer, tandis qu'elle se levait pour prendre congé de l'institutrice, qui raccompagna les deux femmes jusqu'à la porte du jardin et les salua d'un sourire.

La dame et la bibliothécaire marchèrent un bon moment l'une à côté de l'autre, plongées dans leurs pensées. Mlle Prim brûlait du désir de continuer à poser des questions sur la façon dont son chef avait été éduqué, mais elle n'osa pas interrompre le mutisme de sa compagne. C'est cette dernière qui renoua la conversation en expliquant que le mari d'Eugénie Mott l'avait abandonnée un matin, sans dire un mot, trois mois avant qu'elle vienne s'installer à Saint-Irénée. Puis elle demanda à la bibliothécaire ce qu'elle pensait de l'institutrice.

— Elle donne l'impression d'être une femme bonne et simple, mais elle ne me paraît pas excessivement brillante. Je suis surprise que vous l'ayez choisie comme professeur ; je pensais que les résidents de Saint-Irénée attachaient une grande importance à l'éducation.

— Vous voulez dire que vous la trouvez banale ?

Consternée, la bibliothécaire regarda la vieille dame. Comment était-il possible qu'une femme aussi élégante s'adressât à ses semblables avec un tel manque de respect et de délicatesse ? Elle avait beau tourner et retourner cette énigme dans sa tête, elle n'arrivait pas à l'élucider. Elle ne parvenait pas à s'habituer à la froideur de ses commentaires, à sa sincérité cassante, à son habitude de parler, regarder et même écouter avec ce halo d'indiscutable autorité.

— Ce que je veux dire, c'est que je m'attendais à quelqu'un… de moins simple. Est-elle bien préparée d'un point de vue académique ? répondit-elle avec subtilité.

— Absolument pas, c'est une simple institutrice, extrêmement simple.

— Mais cette éducation fondée sur les classiques que l'on donne à Saint-Irénée… Tout le monde n'est pas préparé à enseigner cela.

La vieille dame se tourna vers la bibliothécaire avec une moue de lassitude.

— Chère mademoiselle Prim, vous n'avez pas encore compris comment les choses fonctionnent ici ? Eugénie Mott est une institutrice simple, extrêmement simple, parce que c'est exactement cela que voulait Saint-Irénée pour ses enfants : une institutrice dépourvue de toutes prétentions intellectuelles.

— Pardonnez-moi d'insister, dit la bibliothécaire désorientée, mais je n'arrive pas à comprendre pourquoi, dans une localité où les enfants jouent *Antigone* en grec, les gens souhaitent une maîtresse d'école dépourvue d'aspirations intellectuelles.

Pour la deuxième fois, la vieille dame s'arrêta et regarda sa compagne avec gravité.

— Parce que, en réalité, ils n'ont besoin de personne pour enseigner quoi que ce soit à leurs enfants. Car ce sont eux qui les éduquent personnellement ; eux qui leur apprennent à réciter des poèmes de l'Arioste avant d'apprendre à lire, eux qui leur expliquent la géométrie d'Euclide avec *Les Éléments* en guise de livre de texte, eux qui jouent à leur faire écouter le fragment d'un motet de Palestrina afin qu'ils l'identifient. Ce sont eux, ma chère, qui traversent périodiquement la moitié de l'Europe pour asseoir leurs rejetons devant le *Noli me tangere* de Fra Angelico, pour leur montrer le grand autel de la basilique Saint-Jean-de-Latran ou les mettre devant le chapiteau du temple d'Aphrodite.

— Mais dans ce cas, pourquoi veulent-ils une institutrice ?

— Pour qu'elle veille sur tout ce travail, pour qu'elle le conserve, pour qu'elle le protège. Ou, afin que vous compreniez mieux : pour qu'elle ne l'abîme pas. Vous vous scandalisez ? S'ils recrutaient une institutrice ayant des théories sur la pédagogie, la sociologie, la psychologie enfantine et toutes ces sciences *modernistes*, ils mettraient le renard dans le poulailler. Pensez-y dans cette perspective : si vous étiez convaincue que le monde a oublié comment penser et éduquer, si vous croyiez qu'il a laissé de côté la beauté de la littérature et de l'art, si vous pensiez qu'il a étouffé la force de la vérité, permettriez-vous que ce monde enseigne quelque chose à vos enfants ?

— Je comprends maintenant pourquoi votre fils ne voulait pas d'une personne diplômée pour sa bibliothèque, murmura Mlle Prim avec tristesse.

La dame la regarda, et sourit avec douceur.

— Ah, mais il vous a recrutée que je sache ? Il a dû voir en vous quelque chose de spécial pour le faire, n'est-ce pas ? Dites-moi, que croyez-vous que c'était ?

Mlle Prim répondit qu'elle n'en savait rien, mais qu'elle soupçonnait que cela avait un rapport avec un malentendu survenu le jour de son arrivée dans la maison.

— Ne vous y trompez pas, ma chère, insista la vieille dame, ce n'est pas un sentimental. Croyez-moi quand je vous dis qu'il a *vraiment* dû voir quelque chose d'intéressant en vous.

Et avec sa brusquerie habituelle elle ajouta :

— Je me demande *ce qu'il a bien pu voir.*

2

Cela faisait une dizaine de jours que Mlle Prim n'avait pas échangé plus de deux phrases avec l'homme du fauteuil. Occupé par les enfants, les cours, les visites à l'abbaye et la compagnie de sa mère, il était devenu une présence plutôt fuyante ces derniers temps. Tandis qu'elle grignotait une tartine grillée au petit déjeuner, la bibliothécaire se disait qu'elle n'avait nul besoin de sa compagnie. Et c'était vrai. Une femme comme elle, jouissant d'une bonne santé psychique et d'une éclatante indépendance, était parfaitement capable de se divertir sans avoir besoin de conversation. Malgré cela, elle devait reconnaître qu'elle regrettait un peu ce sens de l'humour masculin qui allégeait le travail de catalogage et d'époussetage de ces énormes rangées de livres.

Dans l'après-midi, Mlle Prim reçut un billet d'Hermine Treaumont la priant d'accepter une invitation pour se joindre au groupe chargé d'organiser les fêtes de Noël à Saint-Irénée. Elle lut la missive en silence tout en terminant son café et, comme le travail prévu pour la journée était léger, elle décida de prendre son manteau, son chapeau, et de se rendre à la réunion au salon de thé du village.

La journée était froide et la bibliothécaire pressa le pas en direction de la grille du jardin.

— Vous allez au village, Prudence ? Je peux vous emmener, si vous n'y voyez pas d'inconvénient.

L'homme du fauteuil avait fait cette proposition de l'intérieur de sa voiture. Mlle Prim hésita, mais un coup d'œil au ciel bas et gris la décida à accepter l'offre.

— Merci, dit-elle tandis qu'elle s'installait sur le siège du copilote. Il va sûrement se mettre à neiger d'un moment à l'autre.

Il sourit aimablement, mais ne répondit pas.

— Voulez-vous que je monte le chauffage ? demanda-t-il.

La bibliothécaire assura que la température de la voiture était parfaite.

— Et dites-moi, si ce n'est pas indiscret, pourquoi allez-vous au village par une si froide après-midi ?

— Je vais rejoindre Hermine Treaumont et d'autres habitants de Saint-Irénée pour parler des fêtes de Noël.

— Je vois. Il semble que vous soyez pleinement intégrée à notre petite communauté. Alors… vous leur avez pardonné ?

Mlle Prim, qui avait pris un soin particulier à éviter que l'incident de la Ligue féminine arrivât aux oreilles de son chef, rougit.

— J'ignorais que vous en saviez autant sur mes péripéties à Saint-Irénée. Je suppose que c'est votre ami, M. Delàs.

— Je crains que vous n'ayez une confiance exagérée dans la discrétion de trente témoins. On m'a raconté cette histoire au moins cinq fois et je dois dire qu'à chacune votre réaction m'a paru magnifique.

La bibliothécaire rit, reconnaissante, mais d'un geste elle rejeta l'éloge.

— Je n'en suis pas très fière, croyez-moi. Je me suis rendu compte que ce qui s'est passé, bien qu'humiliant pour moi, a été fait dans la meilleure intention. Il n'a pas été très poli de ma part de me comporter de la sorte, surtout avec Mlle Treaumont, une femme merveilleuse.

— Splendide, répondit seulement l'homme du fauteuil.

La bibliothécaire, pelotonnée sur le siège avant de la voiture, ressentit soudain un étrange malaise.

— C'est une très belle femme, vous ne trouvez pas ? demanda-t-elle en regardant du coin de l'œil le profil de son patron, qui restait concentré sur la route.

— Je trouve, oui, l'une des femmes les plus séduisantes que j'aie connues. Et très intelligente, en plus.

Pendant un moment, aucun des deux ne dit mot. Mlle Prim se contenta de regarder par la fenêtre en silence. Les vieux arbres nus qui bordaient la route, la lumière grise et froide donnaient au paysage un aspect tragique et sombre.

— Elle a dû être d'une grande beauté, dit-elle enfin, avec une curieuse oppression dans l'estomac.

— Comment dites-vous ?

— Je disais, répéta-t-elle patiemment, qu'elle a dû être d'une grande beauté.

— Vous parlez de ma mère ?

— De votre mère ? Pas du tout, pourquoi devrais-je parler de votre mère ? Je parle de Mlle Treaumont.

— Elle n'est pas si âgée, répondit-il, surpris, pas au point de dire d'elle qu'elle a dû être d'une grande beauté.

— Vous croyez ?

— Bien sûr que je le crois. Elle est plus jeune que moi et probablement à peine plus âgée que vous.

— Oh ! dit la bibliothécaire.

Intrigué, il la regarda et de nouveau posa les yeux sur la route.

— Vous ne me croyez pas ? C'est pourtant vrai.

— Je vous crois, naturellement, dit-elle, bien que cela me surprenne.

— Qu'est-ce qui vous surprend ?

La bibliothécaire, qui avait commencé à se sentir mieux et n'avait plus cette étrange oppression au creux de l'estomac, baissa un peu la vitre, laissant entrer une rafale d'air glacé.

— Certaines femmes ont le malheur de se flétrir rapidement, murmura-t-elle.

— De se flétrir rapidement ? Quelle bêtise ! À mes yeux, Hermine est une femme jeune et attirante.

Mlle Prim, qui avait subitement recommencé à sentir la même oppression fastidieuse à l'estomac, ne dit rien.

— Pourquoi ne dites-vous rien ?

— Et que pourrais-je dire ?

— Je suppose que vous pourriez faire une remarque à propos de ce que je viens de dire.

— Je préférerais ne pas le faire.

— Pourquoi ?

— Parce que ce ne serait pas délicat.

— Qu'est-ce qui ne serait pas délicat ?

— Il ne serait pas délicat de continuer à parler d'une autre femme devant un homme, en particulier sur des aspects que celui-ci ne domine pas.

— C'est donc ça, dit-il en essayant de dissimuler un sourire.

Tous deux poursuivirent le voyage sans ouvrir la bouche jusqu'à ce que la voiture s'arrête devant le salon de thé, où le comité des fêtes de Noël attendait la bibliothécaire.

— Voulez-vous que je repasse vous prendre quand vous aurez terminé ? demanda-t-il poliment tandis qu'il se penchait au-dessus du siège pour lui ouvrir la portière.

— Ce n'est pas nécessaire, merci beaucoup, répondit-elle froidement. J'ai l'intention de rentrer à pied.

— Mademoiselle Prim, regardez le ciel ; il annonce une grosse chute de neige.

— J'en suis parfaitement consciente, merci.

— Eh bien si vous en êtes parfaitement consciente, je n'ai rien à ajouter. Je vous souhaite une bonne après-midi, dit-il, les sourcils froncés, avant de démarrer.

La bibliothécaire remit son chapeau d'aplomb devant la vitrine du salon de thé. Elle se sentait irritée, elle ne pouvait le cacher. Ces louanges excessives concernant Hermine Treaumont l'avaient profondément agacée, il était absurde de le nier. Mais quelle femme n'aurait pas été agacée ? Quelle femme n'aurait pas trouvé déplaisant de voyager en compagnie d'un homme qui se serait répandu en flatteries à propos d'une autre personne ? Quelle sorte de gentleman insiste autant sur l'extrême beauté d'une femme en présence d'une autre ? C'était d'une incivilité intolérable. Et si Mlle Prim avait abandonné son emploi, si elle avait quitté sa vie à la ville, son travail et sa famille, c'était précisément à cause de l'incivilité. Quand la courtoisie disparaissait d'un groupe humain, on pouvait considérer que tout était perdu. Elle le savait bien, car elle l'avait constaté dans son foyer. Au fil des ans, elle avait vu de quelle façon la courtoisie disparaissait de la relation de ses parents. Elle avait connu dans sa propre chair les effets de l'absence de courtoisie dans ses relations avec sa sœur. Et maintenant, alors qu'elle croyait être arrivée dans un endroit où le formel avait encore une raison d'être, justement maintenant, elle venait de vivre l'expérience d'être transportée en voiture par un homme qui pendant tout le trajet n'avait pas cessé de parler des excellentes qualités et de la beauté éblouissante d'une autre femme.

C'était une femme intéressante, et alors ? Elle-même ne l'était-elle donc pas ? Hermine avait du charme, soit. Ne pouvait-on en dire autant d'elle ? Il était parfaitement libre d'être ensorcelé par cette femme s'il le désirait, elle n'avait aucune objection à faire à ce sujet, mais était-il nécessaire de l'exhiber de façon aussi évidente ? Mlle Prim avait toujours été opposée aux manifestations sentimentales en public. Selon elle, les sociétés civilisées avaient des habitations pour permettre aux individus de donner libre cours à leurs sentiments sans que les autres aient l'obligation d'en être les témoins. Les excès sentimentaux – raisonna-t-elle en arrangeant le col de son manteau – étaient propres aux sociétés primitives et aux individus également primitifs. De plus, n'était-elle pas une employée ? Fallait-il soumettre une employée à une exhibition de sentiments comme celle à laquelle il venait de se livrer dans la voiture ? Mlle Prim pensait que ce n'était pas indispensable. Et non seulement elle le pensait, mais elle était en outre convaincue qu'une réglementation proscrivait probablement cette conduite.

Encore agacée par l'incident, elle entra dans l'établissement, où l'accueillit la chaude atmosphère du salon, éclairé par de petites lampes posées sur les tables.

— Mademoiselle Prim, quelle joie de vous revoir !

La voix douce et calme d'Hermine Treaumont, qui s'était levée de table pour la recevoir, la ramena à la réalité.

— Moi aussi je me réjouis de vous voir, mademoiselle Treaumont.

— Appelez-moi Hermine, je vous en prie, et permettez-moi de vous appeler Prudence. Aucune de nous n'est assez âgée pour entretenir une relation aussi formelle. N'est-ce pas?

— Mais bien sûr, répondit la bibliothécaire en rougissant jusqu'à la racine des cheveux.

Malgré son état d'âme altéré, Mlle Prim se fit très vite une place dans la conversation. Outre l'hôtesse, à la table se trouvaient trois autres femmes et deux messieurs. L'un d'eux lui fut présenté comme le juge Basett, un homme courtaud, robuste, aux sourcils et à la moustache bien fournis, dont le regard ne faisait le point que lorsque le sujet de conversation l'intéressait. L'autre, un homme jeune répondant au nom de François Flavel, était le seul vétérinaire de la région. Les femmes se présentèrent : Mme Von Larstrom, propriétaire de l'hôtel Saint-Irénée ; la vieille demoiselle Miles, une encyclopédie vivante en matière de traditions, et la jeune Amélie Lime, secrétaire du juge. Après avoir débattu un à un les principaux sujets concernant les préparatifs de Noël, qui comprenaient aussi bien les hymnes de la chorale que la décoration des rues avec des guirlandes faites de branches, de fruits sauvages et une splendide illumination de cierges, le comité aborda l'organisation des plats de résistance des festivités. Pendant plus d'une heure, ils notèrent tous les détails qu'il restait à résoudre. La conversation tourna ensuite autour de sujets plus personnels. Mlle Prim approcha sa chaise de celle du vétérinaire et, la rétine encore marquée par le souvenir douloureux du comportement de l'homme du fauteuil, s'apprêta à déployer tout son charme.

— J'adore les animaux, dit-elle avec le plus beau de ses sourires.

Le destinataire du commentaire sourit à son tour, et il allait répondre aimablement quand la grosse voix du juge Basett interrompit la conversation naissante.

— Cela vient de ce que vous n'avez jamais été dans une ferme, je me trompe ? Je parie que vous n'avez jamais vu une vache mettre bas. Demandez-lui, demandez à notre vétérinaire s'il est agréable de mettre le bras jusqu'à l'épaule dans les parties honteuses d'une vache. Dites-moi, ma chère, avez-vous eu l'occasion de voir une vache vêler ?

Mlle Prim redressa le dos et serra les dents.

— Sûrement pas, mais je sais qu'on peut aimer les animaux sans avoir assisté à un tel spectacle.

Le jeune vétérinaire s'empressa de confirmer le point de vue de la bibliothécaire. Bien sûr qu'on pouvait aimer les animaux sans avoir à explorer leur appareil reproducteur. Des millions de personnes l'avaient fait au long de l'histoire.

— Il est possible que vous ayez raison tous les deux, mais je crois important de distinguer l'affection portée aux animaux, qui est un sentiment noble et fort, de ce sentimentalisme écœurant que certaines personnes prennent pour tel. Naturellement, jeune fille, je suis sûr que ce n'est pas votre cas.

— Naturellement, corrobora le vétérinaire avec sympathie.

La bibliothécaire ne dit mot.

— Vous avez un chien ? demanda ensuite le juge.

Mlle Prim répondit que non, malheureusement, elle n'avait pas de chien.

— Un chat peut-être ? Vous avez une tête à être propriétaire d'un chat, je l'ai pensé à l'instant où je vous ai vue.

— Cette idée m'est venue aussi, ajouta joyeusement le jeune homme. Il y a quelque chose de félin en vous, si vous me permettez de vous le dire.

Mlle Prim assura chaleureusement qu'elle acceptait avec plaisir le compliment, mais son sens de l'honneur l'obligea à préciser que, malgré les apparences, elle n'avait jamais eu de chat.

— Un canari ? poursuivit le magistrat.

La bibliothécaire fit un signe négatif de la tête.

— Une tortue ? avança le vétérinaire.

Mlle Prim dut avouer qu'elle n'avait jamais vécu avec un animal à carapace.

— Un poisson, peut-être ? insista le juge, dont la voix commençait à laisser percer une légère impatience.

— Je n'ai jamais eu d'animal, répondit la bibliothécaire pour essayer de mettre fin à cette escalade interrogatrice. J'ai toujours pensé que l'absence de l'objet aimé purifie l'amour.

— C'est une bonne théorie, bredouilla le magistrat avec satisfaction. Si la majorité des hommes la suivait, le divorce n'existerait probablement pas et, si vous me pressez un peu, le mariage non plus.

Le vétérinaire de Saint-Irénée regarda Mlle Prim.

— Vous voulez dire que vous aimez les chiens dans l'abstrait ?

— Exactement, dit-elle avec un sourire.

— Et les chats ?

— Pareillement.

— Et les poissons, les canaris, les hamsters ?

La bibliothécaire, qui sentait monter son irritation, remercia la rapide et coupante intervention du juge, qui ordonna au jeune François de faire cesser cet interrogatoire.

— Mais c'est presque inhumain, dit alors celui-ci. Je ne peux croire qu'une femme aussi douce que vous aime dans l'abstrait.

Mlle Prim remit en place une mèche de cheveux rebelle et baissa les yeux.

— Je n'ai pas dit cela, murmura-t-elle.

— Mais oui vous l'avez dit, intervint de nouveau le magistrat. Vous avez dit que l'absence de l'objet aimé purifie l'amour. C'est une théorie magnifique, je vous l'ai dit, ne la gâchez pas à présent par manque de cran.

La bibliothécaire changea de position sur sa chaise. À côté d'elle, les autres femmes discutaient sur la manière de protéger du vent les bougies qui décoreraient l'arbre de Noël. Elle les regarda avec envie avant de revenir à la charge.

— S'il est quelque chose dont je me vante, juge Basett, c'est d'avoir du cran. Mais je dois dire que lorsque je parlais de l'absence de l'objet aimé je faisais référence à l'amour courtois. C'était une licence poétique, je ne faisais pas référence à l'amour réel.

Le jeune vétérinaire la regarda dans les yeux avant de s'exprimer.

— Vous voulez dire que l'amour que l'on porte aux animaux est semblable à l'amour courtois ? Un amour sublimé ?

— Je veux dire que l'amour que l'on porte aux animaux n'est pas de l'amour.

Le magistrat reçut cette déclaration avec un énorme sourire.

— Bravo ! dit-il de sa grosse voix. Bravo ! Vous êtes une femme exceptionnelle. C'est la plus grande vérité qu'il m'ait été donné d'entendre à ce sujet depuis longtemps. Bon, et alors, dites-moi une chose : si vous croyez que l'amour porté aux animaux n'est pas de l'amour et que vous n'avez jamais eu un animal chez vous, pourquoi diable avez-vous dit que vous adorez les animaux ?

La bibliothécaire regarda le vétérinaire, et ce qu'elle vit dans ses yeux la décida à être sincère. Il était inutile de continuer à feindre. Le flux de sympathie qui s'était établi entre eux dès qu'ils avaient été présentés avait complètement disparu. Et à quoi d'autre pouvait-on s'attendre ? L'après-midi avait mal commencé par cette conversation désagréable avec son patron ; elle ne pouvait s'étonner qu'elle continuât sur le même ton.

— Je voulais seulement être aimable, dit-elle en s'adressant au vétérinaire, qui détourna immédiatement le regard vers les tartines de beurre et de miel qui se trouvaient sur la table.

— Dans ce village, nous avons l'habitude d'être francs, vous savez ? C'est l'une des raisons pour lesquelles certains sont venus ici, pour fuir les conversations de salon, indiqua le vieux magistrat d'un ton sec.

Le dos de Mlle Prim s'affaissa lorsqu'elle entendit ces paroles.

— Permettez-moi de vous dire, juge Basett, qu'être aimable n'est pas la même chose qu'entretenir une conversation de salon.

— Vous avez raison, intervint le vétérinaire en la regardant en face. On peut être aimable et dire la vérité, rien ne l'empêche.

La bibliothécaire rougit et, à l'instant, elle prit conscience d'une chose qui la remplit de stupeur : elle avait dit un mensonge sans en être consciente. Elle qui se targuait d'être incapable de mentir, elle l'avait fait sans se troubler. Elle n'avait pas rougi, ne s'était pas sentie gênée, n'avait relevé aucune tachycardie. Elle avait tenté d'impressionner ce jeune homme par un mensonge stupide, ridicule, et elle l'avait fait sans que son pouls s'accélère. Était-ce la première fois que cela arrivait ? Profondément honteuse, elle dut s'avouer que non. Et alors, dans son for intérieur se dessina une énorme et silencieuse interrogation : était-il possible que tout ce qu'elle avait, au cours de sa vie, dénommé avec fierté *sa délicatesse*, fût uniquement un paravent efficace et discret pour mentir ? Elle n'avait jamais transigé sur l'imposture en ce qui concernait ses opinions établies sur les choses, c'était certain. Mais ne l'était-il pas également qu'à l'heure de faire plaisir sur des sujets qui n'avaient rien de vital pour elle, qui n'engageaient pas son sens des choses, elle avait été fausse ?

— Pardonnez-moi, dit-elle en se levant précipitamment. Mais je crois que je dois m'en aller.

Tous ses compagnons de table se levèrent.

— Ce que je vous ai dit ne vous a pas offensée, j'espère ? demanda d'un air inquiet le vétérinaire, qui devant le trouble de la bibliothécaire semblait avoir retrouvé sa sympathie envers elle.

— S'offenser ? Pourquoi ? intervint Hermine Treaumont.

— Ne vous inquiétez pas, Hermine, nous ne faisions que plaisanter, répondit Mlle Prim avec douceur. Nous parlions d'animaux et de conversations de salon, rien qui puisse offenser qui que ce soit.

— Notre invitée est une découverte, Hermine, sa conversation nous a enthousiasmés, dit le juge. Je me demande si elle voudrait travailler pour moi maintenant que la petite Amélie veut me quitter et m'accuse d'être un exploiteur de jeunes filles.

— Allons, allons, ne dites pas de bêtises, répondit l'intéressée d'un ton affectueux.

La bibliothécaire rit avec plaisir.

— C'est une offre tentante, dit-elle, mais j'en ai peur, j'ai un travail qui m'enchante.

— Très bien, très bien, mais pensez-y. J'aime les femmes qui ont la tête sur les épaules.

Après avoir pris congé de tous et être convenue avec Hermine Treaumont qu'elle irait lui rendre visite au journal le mercredi suivant, Mlle Prim quitta le salon de thé. Avant de sortir, elle remonta le col de son manteau, enfila ses gants et se prépara à prendre le chemin du retour.

Dehors, les rues commençaient lentement à se teinter de blanc.

Elle avait à peine parcouru un kilomètre avant de s'enfoncer dans le bois qu'elle entendit le bruit d'une voiture derrière elle.

— Prudence, je dois vous prévenir que si vous pénétrez dans le bois avec ces chaussures vous courez le risque de perdre vos pieds et nous devrons aller à votre secours. Me permettez-vous de vous ramener à la maison ? Je promets de ne rien dire qui puisse vous importuner. Et même, je promets de ne rien dire du tout.

La bibliothécaire regarda l'homme du fauteuil avec un mélange de soulagement et de gratitude. Elle avait surestimé la résistance de ses chaussures dans la neige. Ses pieds lui faisaient mal, déjà elle les sentait à peine, elle ne voulait pas les perdre et encore moins être secourue.

— Je vous remercie beaucoup. Je dois reconnaître que vous aviez raison quand vous m'avez avertie de ne pas rentrer à pied à la maison.

— Mlle Prim qui me donne raison, j'ai du mal à le croire. Vous devez être malade, c'est sûrement l'effet du froid, dit-il en s'inclinant pour lui ouvrir la porte et lui offrir une couverture à mettre sur ses genoux. Vous êtes gelée. Une gorgée de cognac ? Je sais que vous pensez que je suis un alcoolique invétéré, mais pour cette fois laissez de côté ces jugements impitoyables et buvez un peu. Cela vous aidera à vous réchauffer.

La bibliothécaire obéit sans dire un mot, tandis qu'il mettait la voiture en marche et montait la température. Elle avait trop froid pour entamer une discussion, mais quelque chose dans ces mots la poussa à parler.

— Des jugements impitoyables ? Vous croyez vraiment que j'émets des jugements impitoyables ? Et moi qui pensais que c'était votre propre religion qui était contre la boisson ! Il est surprenant que vous m'accusiez moi d'émettre des jugements impitoyables, je me suis toujours considérée comme une personne tolérante.

— Une personne tolérante ? dit-il en riant. Allons, Prudence, je dirais plutôt que vous êtes une personne extrêmement stricte. Je vous accorde que c'est une vertu merveilleuse pour votre travail et je suis le premier à en bénéficier, mais ce doit être une très lourde charge pour des épaules aussi fragiles que les vôtres.

La bibliothécaire se mordit la lèvre en se remémorant son après-midi au salon de thé et l'angoisse qui l'avait assaillie lorsqu'elle avait découvert avec quelle facilité elle avait cédé au mensonge social.

— Et en ce qui concerne ma religion et la boisson, vous me paraissez un peu confuse, mais je dois dire pour votre défense que c'est une confusion courante. La boisson, comme le reste des dons de la création, est bonne, Prudence. C'est de son mauvais usage ou de son abus que viennent ses effets négatifs.

Mlle Prim, pour la deuxième fois de la journée, reconnut que son interlocuteur avait peut-être raison. Mais la boisson et la religion n'étaient pas les sujets qui occupaient à ce moment son esprit.

— Ainsi vous pensez que je suis stricte. C'est ce que je croyais moi aussi, je viens cependant de découvrir aujourd'hui non seulement que ce n'est pas vrai, mais que je suis une femme profondément hypocrite et encline au mensonge.

L'homme du fauteuil la regarda d'un air surpris.

— J'ai été tenté de faire un commentaire drôle sur ce que vous venez de dire, mais je vois que vous êtes préoccupée. Puis-je vous demander ce qui s'est passé ? Je promets d'être délicat, si cela m'est possible.

Après avoir hésité un instant, la bibliothécaire se décida à parler. Elle était lasse, elle aspirait à s'épancher auprès de quelqu'un, à décharger sur d'autres épaules la peine qui la submergeait. Une femme aussi vertueuse qu'elle, qui avait investi d'énormes quantités de bonne volonté dans sa vie pour venir à bout de ses défauts et qui était sortie victorieuse de bien des batailles, devait à présent se rendre et reconnaître que sa délicatesse, cette qualité qu'elle avait élevée au rang d'art, n'était qu'un masque pour dissimuler l'hypocrisie et le mensonge social.

— Vous voyez, dit-elle après avoir raconté l'histoire de son amour pour les animaux, du vétérinaire et du juge Basett. Je suis une vulgaire hypocrite. Une menteuse.

— Je dirais plutôt que vous êtes une idiote, fut la simple et brève réponse de son interlocuteur.

Mlle Prim le regarda avec stupeur, puis elle défit sa ceinture de sécurité d'un geste brusque.

— Arrêtez immédiatement cette voiture, dit-elle avec une colère à peine contenue.

— Que dites-vous ?

— Que vous arrêtiez immédiatement cette voiture. Je n'ai pas l'intention de continuer un seul instant avec vous.

L'homme du fauteuil arrêta la voiture et leva les deux mains au-dessus du volant.

— Pourquoi diable êtes-vous aussi exagérée ?

— Exagérée ? Vous croyez que j'exagère ? Vous me demandez de vous ouvrir mon cœur, vous me promettez d'être délicat, et une fois que je tombe dans le piège et vous confie mes préoccupations, votre réponse est une insulte. Dois-je vous rappeler que vous m'avez traitée d'idiote ? Vous qui revendiquez l'esprit chevaleresque ; vous, justement vous.

— Oui, moi, justement moi, répliqua-t-il avec brusquerie. Ne vous trompez pas sur mon compte, Prudence, je suis un homme exactement semblable aux autres, peut-être même pire que les autres. J'espère que ce n'est pas une surprise pour vous, car il va de soi que ça ne l'est pas pour moi.

La bibliothécaire fit un geste pour sortir de la voiture, mais il l'arrêta avec fermeté.

— Écoutez-moi bien. Je vous ai traitée d'idiote parce qu'il me semble que s'affliger de la sorte pour ce que vous m'avez raconté, c'est se comporter comme une idiote. Je suis un homme franc, sûrement trop franc, et vous avez raison : je ne suis pas délicat. Mais je crois que vous devriez déjà me connaître suffisamment pour comprendre que même sans être un exemple de délicatesse, je suis quelqu'un d'honnête. Si je vous demande de me raconter quelque chose, c'est parce que je veux vous aider. Laissez-moi donc parler et écoutez ce que j'ai à dire.

— Je ne le ferai que si vous retirez votre insulte, dit-elle d'un ton sec.

— C'est bien, je retire ce que j'ai dit. Mais sachez que ce n'était pas une insulte ; je qualifiais votre manière de vous comporter, pas vous.

— Ne recommencez pas avec vos distinctions théologiques, vous n'allez pas me tromper encore une fois.

— Pouvez-vous me faire la faveur de m'écouter ? insista-t-il en espaçant délibérément et lentement les mots.

La bibliothécaire leva les yeux et le regarda. La journée avait mal commencé. Cela avait été une erreur d'accepter l'invitation de se rendre au salon de thé. Ce l'avait également été d'accepter qu'il la conduise en voiture au village. Si elle avait refusé son offre, elle n'aurait pas eu à écouter ces grosses flatteries sur une beauté qui n'était pas la sienne. Elle ne se serait pas non plus laissée aller au flirt avec le vétérinaire, et elle aurait encore moins dit ces sottises sur son amour des animaux. Elle qui avait toujours eu peur des chiens et éprouvé du dégoût pour les chats, comment avait-elle pu être aussi stupide ?

— Vous avez raison, je suis idiote, dit-elle les larmes aux yeux.

Il lui prit doucement la main et il la regarda avec une expression que la bibliothécaire ne sut interpréter.

— Allons, vous n'êtes pas idiote, Prudence, vous vous comportez seulement comme telle. Ne pleurez pas, je vous en prie, vous voyez bien que nous, les individus de mon espèce, nous ne savons pas nous y prendre avec les larmes, ce don ne nous a pas été accordé. Écoutez-moi bien : ce qui vous arrive, c'est que deux ou trois choses vous font souffrir, et elles vous font souffrir parce que vous ne les comprenez pas, tout simplement.

Elle sécha ses larmes et sourit.

— Entre vous et moi tout se réduit toujours à ce que je ne comprends pas les choses et vous oui, n'est-ce pas ?

— Non, ce n'est pas exactement ça, du moins pas tout à fait. Allez-vous m'écouter à présent ?

Mlle Prim l'assura qu'elle était prête à le faire. Il remit le moteur en marche, offrit à la bibliothécaire une autre gorgée de cognac et se cala dans le siège avant de parler.

— D'abord, la victoire définitive d'une seule personne sur ses propres défauts n'existe pas, Prudence, ce n'est pas un domaine où fonctionne la simple force de volonté. Nous avons une nature défectueuse, une espèce de vieille locomotive blessée, et la conséquence est que nous avons beau nous appliquer, nous avons toujours tendance à échouer. S'angoisser pour ça est absurde, et même si vous vous fâchez un peu en l'entendant, c'est également présomptueux. Ce qu'il faut faire chaque fois qu'on échoue, et je sais que cette réponse ne va pas vous plaire, c'est demander de l'aide à celui qui a fabriqué la machine. Ou en tout cas lui permettre de l'améliorer peu à peu en lui injectant une bonne dose d'huile, de temps en temps.

— C'est une explication religieuse et je ne suis pas religieuse. N'utilisez pas cet argument avec moi, je vous en prie, il ne sert à rien, dit-elle le nez rougi par le froid et les pleurs.

Il appuya sa nuque sur le repose-tête du siège et rit.

— Cette réponse n'est pas digne d'un esprit lucide, Prudence. Et c'est l'un des fruits de cette éducation antithomiste dont vous êtes si fière. La question ici, comme dans n'importe quelle discussion, n'est pas de savoir si ma réponse est ou non religieuse, mais si elle est vraie ou pas. Vous ne voyez donc pas la différence ? Opposez des arguments, Prudence, dites-moi que ce que je dis n'est pas vrai, expliquez-moi pourquoi ce n'est pas vrai, mais ne me répondez pas que mon argument ne sert à rien parce qu'il est religieux. La seule raison pour laquelle mon argument peut ne pas servir ici ou à l'autre bout du monde, c'est simplement parce qu'il serait faux.

— Eh bien alors je vous dis qu'il ne sert à rien parce qu'il est faux.

— Vraiment ? Cela veut dire que vous croyez que l'être humain est capable d'atteindre la perfection et de se tenir à ce niveau d'excellence morale par ses propres forces. Vous ne croyez donc pas que se tromper est humain ? Croyez-vous que l'homme ne faillit pas ?

— Évidemment que je ne le crois pas, je sais parfaitement que se tromper est humain et que personne n'est parfait.

— Autrement dit, vous croyez dans le fond qu'une bonne partie de ce que j'ai dit est vrai. Ce qui se passe, c'est que vous ne reconnaissez la vérité que lorsqu'elle s'accoutre de vêtements séculiers.

Mlle Prim regarda l'homme du fauteuil dans la pénombre et elle se demanda avec amertume pourquoi, même dans des moments aussi sombres que celui-là, ses conversations avec lui étaient beaucoup plus intéressantes que celles qu'elle avait avec le reste du monde. Pourquoi fallait-il que le seul homme avec qui parler était une activité tellement stimulante fût aussi le plus buté et le plus odieux de son espèce.

— J'ai froid. Verriez-vous un inconvénient à me ramener à la maison ?

— Y voir un inconvénient ? Je suis toujours disposé à vous ramener à la maison, Prudence.

3

Les mardis et vendredis matin, les petits allaient à l'école de Mlle Mott. Leurs frères et sœurs, trop avancés pour les cours de l'institutrice, recevaient aussi une partie de leur instruction en dehors de leur foyer. Trois fois par semaine, ils assistaient à des cours de langue chez Hermine Treaumont ; deux autres fois, ils apprenaient la biologie au cabinet du médecin du village ; chez Horace Delàs, on étudiait l'histoire ; la botanique, chez Hortense Œillet ; la musique chez Emma Giovanacci, et ainsi de suite. C'est précisément un mardi matin que les deux plus jeunes firent irruption dans le salon avec une grande nouvelle.

— Grand-mère ! Mademoiselle Prim ! Le mari de Mlle Mott est revenu ! cria Eksi dès qu'elle eut franchi la porte de la pièce où les deux femmes étaient occupées à leurs tâches, l'une à écrire son courrier, l'autre à cataloguer l'œuvre de Swift.

— Et il a apporté des bonbons pour tous les enfants ! poursuivit Deka qui arrivait en courant, chargé des livres de sa sœur.

La mère de l'homme du fauteuil leva le sourcil droit et continua sa correspondance en indiquant à ses petits-enfants d'attendre qu'elle eût terminé ce qu'elle faisait à cet instant. C'est Mlle Prim qui se retourna et fêta la nouvelle avec eux. Malgré son peu d'expérience des enfants, la bibliothécaire ne comprenait pas la froideur mesurée de cette grand-mère et sa capacité de faire passer les règles et les manières avant la spontanéité de ses petits-enfants. Mais en même temps, quelque chose au fond d'elle lui disait que ces enfants étaient probablement aussi adorables et aussi bien élevés grâce, en partie, à la discipline martiale qu'ils avaient reçue d'elle.

— Le mari de Mlle Mott ? Vous en êtes sûrs ? Mais quelle nouvelle émouvante ! s'exclama-t-elle tandis qu'elle fermait avec précaution une troisième édition de *La Bataille des livres*.

— C'est ça, c'est ça, racontez-le à Mlle Prim et laissez votre pauvre grand-mère terminer son courrier, approuva la vieille dame après avoir adressé un regard à la bibliothécaire.

Les enfants ne purent donner beaucoup de détails sur ce qui s'était passé à l'école. À l'heure de la récréation, tandis qu'ils jouaient dans le jardin, ils avaient entendu leur professeur murmurer :

— Mon Dieu, il est revenu.

Ils s'étaient tous tournés vers la porte, et là ils avaient vu un homme grand et corpulent, vêtu d'un vieux pardessus et chaussé de bottes couvertes de boue, qui souriait avec émotion.

— Il avait les yeux fondus en larmes, expliqua Eksi, dont le goût précoce pour la lecture dépassait amplement la fluidité verbale.

— Tu veux sans doute dire *remplis de larmes*, ma chérie, précisa sa grand-mère en la regardant avec affection par-dessus les lunettes qu'elle portait pour lire.

— Le mari de Mlle Mott est aussi grand qu'un géant de Gulliver, grand-mère, dit Deka.

La vieille dame signala à son petit-fils qu'elle espérait que les excuses de M. Mott à son épouse pour ces années d'absence seraient au moins de la moitié de la taille des géants de Swift et que la pénitence qu'il recevrait de ses mains serait elle aussi à la hauteur.

— Grand-mère, si Mlle Mott est mariée… pourquoi elle s'appelle pas Mme Mott ? demanda Eksi.

— Eh bien parce que M. Mott a un jour quitté sa maison et qu'il n'est plus jamais revenu. Tu es trop petite pour le savoir, mais s'il y a quelque chose de pire qu'être veuve, c'est d'être mariée à un homme disparu. La pauvre Eugénie Mott (la mère de l'homme du fauteuil regarda Mlle Prim) ne pouvait supporter que les gens lui demandent tout le temps où était son époux, aussi, un beau jour, a-t-elle décidé de devenir une demoiselle, de commencer une nouvelle vie et de ne plus penser aux explications.

— Une décision très sensée, répondit la bibliothécaire.

— C'est ce que je pense.

Au fur et à mesure que passaient les semaines, Mlle Prim se sentait de plus en plus à l'aise en compagnie de la vieille dame. Elle n'approuvait pas sa rudesse aristocratique – l'approuver eût été contraire à sa nature et Mlle Prim ne faisait jamais rien qui fût contraire à sa nature –, mais elle commençait à apprécier cette franchise abrupte qui se manifestait aussi bien sous forme de jugements dénués de toute indulgence que de cajoleries délicieusement sincères. La bibliothécaire avait découvert dans la sévérité de ce caractère une explication à l'extraordinaire vitalité qu'elle avait toujours admirée dans les vieilles dynasties. Cette aptitude inflexible à maintenir les coutumes et les manières de voir qui leur étaient propres à travers les guerres, les revers et les révolutions. Cette vertu de se souvenir, toujours et à tout instant, de qui l'on est et d'où l'on vient plutôt que d'essayer, comme le faisaient les modernes, de deviner où l'on va.

— Prudence, dit la vieille dame, peut-être devrions-nous aller rendre visite à Eugénie, qu'en pensez-vous ? Les femmes comme elle savent rarement réagir dans cette sorte de malheurs. Je ne voudrais pas que cette canaille revienne se moquer d'elle.

Mlle Prim convint que la possibilité qu'Eugénie Mott fût à nouveau trompée était une chose dont il fallait tenir compte et elle accepta de bon gré la suggestion de la vieille dame. Toutes deux se levèrent, elles délaissèrent leurs occupations respectives et se préparèrent à sortir dans la froide après-midi hivernale, avec la camériste comme chauffeur.

La maison d'Eugénie Mott se trouvait en périphérie de Saint-Irénée. C'était une petite construction en pierre dont les encadrements des fenêtres étaient chaulés et sur laquelle se détachaient, telles des touches de peinture à l'huile, une petite porte et des volets d'un rouge lumineux. De beaux massifs de chrysanthèmes d'hiver donnaient à l'édifice le charme vieillot qui caractérisait la plupart des foyers de Saint-Irénée. Tandis qu'elles approchaient de la maison, Mlle Prim se perdit dans ses pensées et une phrase lui vint inopinément à la mémoire : « *Quelle beauté sauvera le monde ?* »

« Qui avait dit cela ? » C'était certainement un Russe, la phrase avait l'exacte résonance du genre de réflexions que faisaient les Russes. Ce n'était évidemment pas une sentence inconnue, elle était sûre de l'avoir lue et entendue en de nombreuses occasions et dans des versions différentes, mais elle ne parvenait pas à se souvenir de son origine. Tout en regardant la camériste lutter avec le verrou de la barrière du jardin, elle pensa que l'homme du fauteuil le saurait sans doute.

— La porte est ouverte, madame. Que faisons-nous ? Peut-être devrions-nous entrer.

— Naturellement que nous devons entrer. La pauvre femme a dû s'abandonner dans les bras de la douleur, répondit fermement la vieille dame en poussant la porte pour entrer dans l'étroit vestibule.

Quelle beauté sauvera le monde ? répéta silencieusement la bibliothécaire en suivant la vieille dame jusqu'à la porte du salon de Mlle Mott. Lui saurait qui était l'auteur de la citation ; elle le lui demanderait dès leur retour à la maison.

— Pour l'amour de Dieu, Eugénie !

Alarmée par l'exclamation, Mlle Prim regarda pardessus l'épaule de la vieille dame, dont la silhouette bouchait le chambranle étroit de la porte et empêchait de voir ce qui se passait à l'intérieur de la pièce. Au centre du salon, Mlle Mott était réfugiée dans des bras. Des bras qui ne ressemblaient en rien à ce que la bibliothécaire entendait par douleur et qui entouraient l'institutrice, essayant de la consoler dans son affliction.

— Bonjour, mère, je suis heureux que tu sois venue, dit leur propriétaire avec un sourire, en écartant doucement de son cou les bras d'une demoiselle Mott en pleurs.

La bibliothécaire se sentit incapable de réagir lorsqu'elle vit Mlle Mott dans les bras de l'homme du fauteuil. Naturellement, elle ne s'alarma pas ; c'était une femme peu prédisposée à l'inquiétude. Elle n'en tira pas non plus de conclusions hâtives ; la maturité d'Eugénie Mott ajoutée à sa maladresse naturelle empêchait d'imaginer ne serait-ce qu'un soupçon de romance entre les deux partis. Ce qui est sûr, en revanche, c'est qu'elle *éprouva quelque chose.* Ce qu'elle éprouva ne fut évidemment pas de la jalousie ; Mlle Prim méprisait profondément les personnes tourmentées par la jalousie. Ce ne fut pas non plus du rejet ; si elle était sincère avec elle-même, rien dans l'homme du fauteuil n'inspirait, ne serait-ce que confusément, une forme quelconque de rejet. Elle devait même admettre que, d'un point de vue esthétique, son patron était un être humain agréable à regarder. Mlle Prim n'avait pas honte de cette appréciation, pas plus qu'elle n'en tirait de conclusion. Son sens inné de la beauté lui permettait de l'énoncer avec l'aisance qui aurait pu être la sienne pour faire une estimation semblable à propos d'un cygne ou d'un cheval.

Qu'éprouva-t-elle alors ? La réponse lui parvint cependant qu'elle observait en silence les calmes explications de l'homme du fauteuil et les sévères injonctions par lesquelles sa mère tentait de consoler la pauvre institutrice : elle avait éprouvé de *l'envie*. De l'envie envers la maîtresse d'école d'âge mûr ? Mlle Prim dut admettre qu'il en était ainsi. Elle n'avait pas ressenti de l'envie en la voyant réfugiée dans les bras de son chef, elle en avait ressenti en constatant l'attention et la délicatesse avec lesquelles il la traitait, et dont il n'avait jamais fait preuve à son égard. La bibliothécaire eut honte à la seule idée que quelqu'un pût lire dans ses yeux ce qu'elle pensait. En même temps et pour la première fois, elle se demanda si le moment n'était pas venu de demander aux dames de Saint-Irénée de l'aider à trouver un mari. En fin de compte, une réaction comme celle-ci ne pouvait être que le fruit de ce que les psychologues appellent un processus de transfert. Peut-être avait-elle vraiment besoin *d'un mari*. Peut-être en avait-elle un urgent besoin.

— Eugénie, j'espère que vous n'allez pas lui dire que oui.

La voix dure de la mère de l'homme du fauteuil tira Mlle Prim de ses rêveries matrimoniales.

— Mère, l'interrompit son fils d'un ton d'avertissement.

— Vous pensez que je ne dois pas lui pardonner ? se désola l'institutrice. Je ne devrais peut-être pas, mais j'ai si souvent rêvé de son retour et il semble tellement repenti…

— Sottises, répondit aigrement la vieille dame. Bien sûr qu'il regrette. Quand il est parti il était encore jeune et en bonne santé, à cette époque le monde était passionnant. Il approche maintenant de cet âge où, nous le savons tous, il cesse de l'être.

— Ça suffit, mère, c'est assez.

— Vous croyez que je dois refuser ? hoqueta Eugénie Mott.

L'homme du fauteuil s'approcha de sa mère avant que celle-ci pût répondre et il lui dit d'une voix basse, mais audible :

— Je te rappelle que la décision lui appartient, ce n'est ni ta vie, ni la mienne.

— Elle n'a aucune expérience dans ce domaine et toi non plus ; je sais parfaitement comment résoudre une situation de ce genre. Elle ne doit pas lui permettre de revenir, elle ne doit pas permettre que cet homme remette les pieds chez elle.

— Pourquoi ? dit-il alors d'un ton bas et autoritaire que Mlle Prim ne lui avait jamais entendu utiliser jusque-là. Parce que tu ne l'as pas permis toi-même ?

Le regard que la vieille dame adressa à son fils fut si terrible que la bibliothécaire eut l'impression que la porte s'était ouverte d'un coup et qu'un courant d'air froid balayait la pièce.

— Comment oses-tu... ? s'exclama-t-elle entre ses dents avant de se lever, de prendre son manteau et de sortir de la pièce, suivie de sa femme de chambre.

L'homme du fauteuil n'essaya pas de la retenir. Mais lorsque la porte se referma, il s'assit sur le divan et appuya son front dans ses mains.

— Tout est ma faute, gémit Mlle Mott en tordant nerveusement la ceinture de sa robe, je n'aurais pas dû vous appeler, je n'aurais pas dû vous impliquer dans cette histoire. Maintenant, votre mère est fâchée. Je suis une idiote, je n'ai pas de caractère et n'en ai jamais eu, mais je ne devrais pas permettre que mes problèmes…

— Je vous en prie, Eugénie, ne vous inquiétez pas. Rien n'est votre faute et, en tout cas, ça n'a aucune importance. Maintenant nous devons parler de la façon de résoudre cette situation, de ce que vous voulez faire de votre vie et si, dans cette vie, il y a une place pour votre mari.

À ce point de la conversation, la bibliothécaire toussota.

— Oui, mademoiselle Prim ? dit-il en levant la tête et en la regardant pour la première fois depuis qu'elle était entrée dans la maison.

— Voulez-vous que j'aille chercher votre mère ?

— Je vous en serais très reconnaissant. Je ne peux laisser Mlle Mott dans cet état, mais j'ai été un peu brusque avec ma mère. Je regrette que vous ayez dû assister à cette scène.

De nouveau la bibliothécaire sentit une pointe d'envie, une envie étrange et inopportune, mêlée à part égale à quelque chose qui ressemblait beaucoup à de la compassion.

— Ne vous inquiétez pas, répondit-elle, je vais lui parler.

Lorsqu'elle sortit de la maison, elle ne tarda pas à apercevoir la vieille dame. Elle était assise sur un banc situé sous un camélia, en compagnie de sa femme de chambre. Mlle Prim s'approcha lentement et s'assit à côté d'elle en silence, moment dont profita la camériste pour se lever et aller chercher la voiture. Une fois qu'elles furent seules, la vieille dame ne tarda pas à parler.

— Vous devez vous demander pourquoi mon fils a dit ce qu'il a dit, n'est-ce pas ?

— Pas du tout, répondit la bibliothécaire. Ce sont des affaires de famille.

— Ce le sont, en effet.

— Pourtant, puisque vous me le demandez, il y a quelque chose que je ne comprends pas.

La vieille dame se tourna vers elle avec intérêt.

— Dites-moi, que ne comprenez-vous pas ?

— Eh bien je suis seulement surprise que votre fils ait abordé des sujets aussi personnels en public. Agir de la sorte ne lui ressemble pas.

La vieille dame ramassa par terre un camélia rose pâle et elle se mit à l'effeuiller avec tristesse.

— Non, ça ne lui ressemble pas. Mais il n'a pu l'éviter.

— Pourquoi ? Je n'ai jamais connu personne aussi capable que lui d'éviter un tel manque de courtoisie.

— Pourquoi ? Parce qu'il considère que je suis coupable, ma chère, et lorsqu'un fils considère que sa mère est coupable, il a beau vouloir l'empêcher, ce sentiment affleure un jour ou l'autre.

À son tour, Mlle Prim ramassa un camélia et elle le regarda, tout en le faisant tourner entre ses doigts. La nuit commençait à tomber et il faisait de plus en plus froid. Elle ôta soudain son écharpe et la posa sur les épaules de la vieille dame.

— On dit parfois des choses qu'on ne pense pas. Elles n'expriment pas ce qu'on ressent, mais plutôt la tension du moment, ou même le désir d'emporter la discussion. Il ne m'a pas semblé que votre fils exprimait de la peine ou de la rancœur en disant cela, je crois qu'il voulait simplement mettre fin à la conversation.

La vieille dame frissonna sous une rafale d'air froid, puis elle fixa la bibliothécaire dans les yeux.

— Ma chère Prudence, il y a des moments dans la vie où, à tous, se présentent des dilemmes que nous ne voudrions pas avoir à résoudre. Dans chaque vie ce dilemme apparaît vêtu de déguisements différents, mais son essence est toujours la même. Il y a un sacrifice et il faut choisir une victime : soi-même ou les autres.

La bibliothécaire se mit à effeuiller lentement le camélia.

— Naturellement, lorsqu'il s'agit des enfants il ne devrait pas y avoir de problème. Ils occupent toujours la première place. On vit, on veille, on écoute, on juge, on enseigne, on fait tout en pensant à eux. Ah, mais voilà qu'un jour se présente le grand dilemme, celui qui touche le cœur, qui maltraite l'esprit, qui menace notre propre estime. Il se présente un jour devant nous et met sur la table la possibilité de choisir entre deux chemins, au bout desquels attend de toute façon un sacrifice. Si nous prenons celui de droite, le sacrifice retombe sur nous ; si nous prenons celui de gauche, ce sont eux qui écopent. Vous me suivez ?

— Continuez, je vous en prie.

— Exposé de cette façon, ça paraît très cruel, n'est-ce pas ? Vous vous demandez sans doute comment on peut choisir le chemin de gauche et permettre que ce soient eux qui supportent cette charge. Mais ce n'est pas si simple, ma chère, car lorsqu'on décide de prendre le second chemin on ne s'autorise jamais à voir la réalité telle qu'elle est et sans excuses. On se dit que si l'on ne poursuit pas son propre bonheur, eux aussi souffriront. On se dit qu'on a le droit d'être heureuse et qu'il n'y a qu'une vie. On se dit que c'est mieux ainsi ; qu'ils sont jeunes et que tôt ou tard ils surmonteront tout ça. Mais ce qui est sûr, c'est qu'on choisit, et ce qui est tout aussi sûr, c'est que ce choix a toujours un prix.

Mlle Prim se tourna vers la vieille dame et prit ses mains froides entre les siennes. Puis elle la regarda et, pour la première fois, elle la vit tassée sur elle-même, petite et fragile.

— Ce dilemme s'est présenté à moi, Prudence. Peu importent les détails aujourd'hui, il suffit que vous sachiez que j'aurais pu choisir le chemin de droite. Mais j'ai choisi celui de gauche, voilà celui que j'ai choisi.

Le klaxon de la voiture que la femme de chambre avait garée à côté de la maison interrompit la conversation des deux femmes. La bibliothécaire se leva et aida sa compagne à rejoindre la voiture, tandis que de légers flocons de neige commençaient à tomber sur le jardin.

— Il vaut mieux que vous rentriez à la maison, vous êtes gelée. Moi je vais attendre votre fils, ne vous inquiétez pas.

— Je ne m'inquiète pas, ma chérie, il y a longtemps que j'ai cessé de m'inquiéter, répondit la vieille dame tandis que Mlle Prim l'aidait à s'installer dans la voiture.

Quand la voiture s'éloigna, la bibliothécaire rejoignit l'homme du fauteuil, qui à ce moment prenait congé d'une demoiselle Mott souriante, euphorique. Pendant que tous deux se dirigeaient vers la voiture, Mlle Prim demanda doucement :

— Alors, tout est arrangé ?

L'homme du fauteuil ôta son pardessus et le posa sur les épaules de son employée, qui l'en remercia en silence.

— Tout est arrangé.

— Elle va retourner avec lui ?

— Elle le fera s'il remplit certaines conditions qu'il assure être prêt à respecter. Nous avons parlé au téléphone et je le crois sincère, mais je veux le voir en personne et mieux lui expliquer le plan.

— Le plan ? Il y a donc un plan ?

— Bien sûr qu'il y a un plan.

— Mais vous n'allez pas me le dévoiler, n'est-ce pas ?

— C'est exact.

Ils continuèrent à marcher en silence. Les sentiers de Saint-Irénée commençaient à s'effacer sous la neige lorsqu'il se remit à parler.

— Elle va bien ?

Mlle Prim chercha ses mots avant de répondre.

— Je suppose que oui, mais je crois qu'elle est très triste. Elle pense que vous la rendez responsable d'une chose qui s'est passée il y a longtemps.

L'homme du fauteuil resta silencieux quelques instants.

— C'est faux, je lui ai pardonné il y a bien des années, lorsque j'étais encore enfant. C'est elle qui s'en veut, mais elle ne peut le reconnaître. Il est plus facile de projeter la culpabilité sur autrui et de s'en défendre que de la trouver en soi, où il n'y a pas de défense possible.

— Mais vous avez eu des paroles très dures cet après-midi. J'ai moi-même été surprise que vous soyez capable de dire des choses pareilles devant tout le monde.

Pendant que son chef sortait les clés de la voiture et lui ouvrait la portière, la bibliothécaire se demanda si elle n'était pas allée trop loin. Une fois qu'il eut démarré et mis la climatisation sur la température maximale, il se tourna vers elle :

— Le problème de ma mère, c'est qu'il n'y a aucune autorité à laquelle elle puisse se soumettre. Elle a perdu ses parents il y a bien des années, elle a également perdu son mari. Elle ne tient pas compte de l'opinion de sa famille, elle ne l'a jamais fait, et encore moins de celle de ses enfants. Il n'y a aucune discipline humaine ou spirituelle à laquelle elle plie sa volonté ; elle n'est guidée que par ses jugements, et ses jugements sont également le seul tribunal chargé de la blâmer lorsqu'elle commet une erreur. Imaginez comment vous seriez si vous n'aviez personne près de vous qui soit capable de vous influencer ? Personne pour vous signaler vos défauts, personne pour s'opposer à vous lorsque votre caractère vous entraîne trop loin, personne pour vous corriger lorsque vous vous trompez.

Mlle Prim dit qu'en effet elle ne l'imaginait pas.

— Ma mère n'a pas cette personne ou ces personnes qui sont une bénédiction pour notre vie, et dont la fonction consiste à dire ce que nous ne voulons entendre à aucun prix. Ce soir elle a été sur le point de commettre une erreur qu'aurait payée une personne faible et innocente, et je n'ai pu le lui permettre, c'est tout. Il n'y a ni rancune, ni faute, ni aucune accusation de ma part.

Bien au contraire, je suis un fils qui chérit profondément sa mère, croyez-moi.

La bibliothécaire éprouva de nouveau l'insistante sensation d'envie qui l'avait accompagnée tout au long de l'après-midi. Ils arrivaient à la maison lorsqu'elle se souvint qu'elle avait une question à lui poser.

— Quelle beauté sauvera la monde ? murmura-t-elle.

L'homme du fauteuil la dévisagea avec curiosité dans la pénombre de la voiture.

— Dostoïevski, Prudence ? Dostoïevski ? Si j'étais vous, je commencerais à m'inquiéter.

Mlle Prim, chaudement enveloppée dans le pardessus de son chef, sourit, heureuse, à l'abri de l'obscurité.

4

Au cours des semaines qui suivirent, les habitants de Saint-Irénée d'Arnois découvrirent peu à peu les secrets du plan qui ferait de l'époux de Mlle Mott un mari sédentaire. Dès l'instant où les détails commencèrent à être connus, l'enthousiasme se répandit dans le voisinage. L'axe de la solution arbitrée par l'homme du fauteuil et approuvée par les deux conjoints visait à aider l'institutrice de Saint-Irénée à surmonter le plus gros obstacle, et le plus grave, pour restaurer son couple : la méfiance. Deux prémisses furent considérées comme indispensables pour atteindre cet objectif. La première, trouver un emploi au mari repenti ; la seconde, que cet emploi permette à son épouse de se sentir en sécurité et de ne plus craindre qu'il abandonne à nouveau son foyer. Comment y parvenir ? La réponse surprit Mlle Prim par sa simplicité. Il n'y avait pas de kiosque à Saint-Irénée d'Arnois ; le village ne disposait pas d'un lieu où acheter les journaux, revues, contes pour enfants, feuilletons, encyclopédies par fascicules, images, crayons de couleur, friandises. Et l'endroit idéal où l'installer était la place du village, à proximité des principaux établissements et à quelques mètres de l'école.

Au début, la bibliothécaire ne saisit pas l'idée de ce plan. Elle était d'accord sur le fait qu'un emploi digne était la principale nécessité d'un homme quel qu'il fût, surtout d'un homme profondément repenti qui veut refaire sa vie, mais elle ne comprenait pas pourquoi un simple kiosque était aussi important pour le succès de cette entreprise. C'est Hortense Œillet qui lui ouvrit les yeux sur la véritable nature du projet.

— C'est pour qu'elle puisse *le voir*, Prudence. Vous ne vous rendez pas compte ? Il est juste à quelques mètres de la fenêtre de l'école. Elle n'a qu'à s'approcher un peu et elle le voit, devant elle, en train de vendre *La Gazette de Saint-Irénée*, des romans policiers, des bonbons et des patrons de couture. C'est parfait, vous ne pensez pas ?

Mlle Prim ne le pensait pas. Elle ne pensait pas qu'il fût digne pour un homme de rester enfermé dans un habitacle, entre quatre parois, dans le seul but que sa femme pût vérifier à chaque instant qu'il était toujours là. Elle ne pensait pas qu'il fût sain pour une épouse d'avoir conscience que son mari ne s'enfuyait peut-être pas pour la simple raison que cela lui était impossible. Elle ne considérait pas qu'il fût bon pour un couple de voir exposés ses problèmes intimes sur la grand-place du village, au vu et au su de toute la population. Très vite, cependant, elle changea d'avis. Au fil des jours, les habitants de Saint-Irénée s'aperçurent qu'entre le kiosque et l'école avait commencé à s'établir un courant d'amour. Les sourires distraits par lesquels M. Mott accueillait ses clients quand son épouse s'approchait de la fenêtre de l'école ou sortait dans le jardin n'échappaient à personne.

Chacun aussi put remarquer le changement de coiffure de l'institutrice, la coupe de plus en plus ajustée de ses robes, la façon dont elle remplaça ses chaussures confortables à semelles de caoutchouc par d'élégants escarpins à talons. Et ainsi fleurit l'amour conjugal à Saint-Irénée, aux yeux de tous, protégé par ces journées froides et ensoleillées qui précèdent toujours Noël dans cette région.

C'est précisément dans cette atmosphère que Mlle Prim se conforta dans l'idée de remettre son avenir matrimonial entre les mains des femmes du village.

— Vous en êtes sûre, ma chère ? lui demanda Hortense Œillet le matin où la bibliothécaire lui fit part de ses intentions devant une tasse de thé, dans l'arrière-boutique du magasin de fleurs.

— Je suppose que non, qui peut l'être ? Mais je crois que si jusqu'à présent je n'ai pas rencontré l'homme adéquat, c'est peut-être dû à ma négligence.

— Oh ! Mais ce n'est pas votre faute, ça ne marche pas comme ça, protesta Emma Giovanacci, qui avait également été conviée à partager la collation.

— Emma a raison, Prudence, ce n'est pas une question de négligence, du moins pas entièrement. C'est plutôt comme… avez-vous lu *La Lettre volée* d'Edgar Allan Poe ?

— Encore ? Vous n'allez pas me dire que ce récit peut aussi s'appliquer à l'amour ? Je ne comprends pas ce qui se passe ici avec cette histoire, vous l'appliquez à tout.

— À tout ? Eh bien je ne vois pas à quoi vous faites allusion, répondit la fleuriste, surprise, mais ce que je sais assurément, c'est que cette petite histoire décrit parfaitement la découverte de l'amour. N'est-ce pas, Emma ?

Son amie s'empressa de confirmer que c'était exact. Elle-même avait expérimenté la force de cette affirmation. Deux ans après le décès de son premier époux s'était fait jour une amitié naissante avec un vieux compagnon de celui-ci, un certain Edmond Giovanacci, un homme affable et calme avec lequel elle prenait le café de temps en temps.

— C'était il y a bien longtemps. À cette époque j'étais encore jeune et je ne vivais pas à Saint-Irénée, j'étais très occupée à me construire un avenir. J'ai dû travailler très dur, car mon premier mari, Dieu lui pardonne, avait dilapidé notre argent à mon insu. Edmond savait combien tout cela était épuisant pour moi, le peu d'envie que j'avais de vivre. Simplement, il m'emmenait dans un endroit agréable et commandait deux cafés. C'est ce qu'il a fait, semaine après semaine, pendant huit ans.

— Huit ans ? Mais c'est très long, commenta Mlle Prim.

— Bien sûr que c'est très long, Emma a toujours été une femme paresseuse. (Hortense rit et pinça son amie.)

— La vérité, c'est que je n'ai jamais aimé les changements, répondit celle-ci un peu agacée. C'est pour cette raison que je suis venue vivre ici.

La fleuriste servit deux grosses parts de tarte aux pommes à ses invitées, puis elle remplit leurs tasses de thé de Chine fumant.

— Mais finalement vous avez changé, n'est-ce pas ? demanda la bibliothécaire.

— Oh oui, je n'ai pas eu d'autre solution.

— Pourquoi ? Il vous a posé un ultimatum ?

— Pas exactement. Edmond s'est installé ici, à Saint-Irénée, et finalement je suis venue à sa recherche. Ne croyez pas que ce fut quelque chose d'immédiat ; dans la vie réelle, les choses sont rarement immédiates. J'ai passé des semaines sans le voir, bien des semaines, et puis un jour je me suis levée et j'ai pris conscience qu'il manquait dans ma vie quelque chose d'apparemment insignifiant, qui avait une énorme importance. Il manquait ce café, il manquait ces discussions et ces promenades, il manquait ces rencontres agréables de l'après-midi. Cela vous paraît peut-être idiot, mais vous n'avez pas idée de l'importance qu'ont les petites choses quand on prend de l'âge.

Mlle Prim but une gorgée de son thé et s'installa confortablement sur la chaise de l'arrière-boutique. Elle aussi croyait à la valeur des petites choses. Le premier café du matin bu dans sa tasse de Limoges. La lumière du soleil qui filtrait à travers les persiennes de sa chambre et dessinait des ombres sur le sol. Les lectures de l'été interrompues par la sieste. L'expression dans les yeux des enfants lorsqu'ils racontent quelque chose qu'ils viennent d'apprendre. Les petites choses construisaient les grandes, cela ne faisait pas de doute. Et soudain, sans très bien savoir pourquoi, elle pensa au *starets* Ambroise et aux dindes.

— C'est comme un roman de détectives, Prudence, exactement pareil, disait la fleuriste à ce moment-là.

— De quoi parlez-vous ? répondit la bibliothécaire.

— De l'amour, je parle de l'amour. Il existe, n'en

doutez pas. Il faut seulement découvrir où il est, suivre sa trace, faire des recherches. Exactement comme le fait un détective.

Mlle Prim rit avant de répondre.

— Mais c'est absurde ! Ce que vous essayez de me dire, c'est qu'il y a déjà un candidat, LE candidat, et qu'il me suffit de découvrir où il se trouve, c'est bien ça ?

Les deux femmes la regardèrent avec indulgence et lui dirent que c'était bien ça.

— Très bien, je n'avais jamais rien entendu de semblable, mais supposons un instant qu'il en soit ainsi, supposons-le un instant. Comment pourrais-je le découvrir ? Quelles sont les pistes?

— Ah, les pistes. Il n'y a qu'une piste, une seule, répondit Hortense.

La bibliothécaire rassembla ses cheveux sur sa nuque et approcha sa chaise de la table.

— Et c'est… ? demanda-t-elle.

— L'harmonie, évidemment. L'*harmonia* des Romains. Hermine vous l'expliquera mieux que moi, elle est très calée sur ces choses-là. Enfin… comment dire ? Je crois que la définition classique fait référence à l'équilibre des proportions entre les parties d'un tout. Comme dans la sculpture d'un corps ou d'un beau visage humain, comme dans la façon dont on met des fleurs dans un vase en les combinant de dix manières différentes avant d'atteindre ce point où l'âme se sent satisfaite. Vous qui avez tant de diplômes, vous savez sûrement que harmonie vient de αρμοζω, qui en grec veut dire « s'adapter », « se relier ». C'est la piste décisive, ma chère, ce qui vous aidera à découvrir la clé de votre roman policier.

Mlle Prim réfléchit en mordant un morceau de tarte.

— Mais n'est-ce pas ennuyeux ? Ne sera-t-il pas monotone d'être mariée à l'harmonie ?

Les deux amies la regardèrent avec bienveillance.

— Il me semble que nous ne nous sommes pas bien expliquées, Prudence, dit Hortense. Ce n'est pas le mari qui doit être harmonieux, ce n'est pas en lui qu'il faut chercher l'harmonie, non. C'est dans le couple, c'est dans l'association des deux qu'il faut la trouver.

— Et pas seulement cela, ajouta son amie, mais également dans la routine, tout particulièrement dans la routine. N'est-ce pas ?

— Mais oui ! Et en ce sens ce pauvre Balzac était complètement à côté de la question, il ne savait rien sur le sujet, dit la fleuriste en remplissant de nouveau la théière.

— Balzac ? demanda Mlle Prim, un peu confuse.

— Il est curieux que ceux qui vomissent les mots les plus acides contre le mariage soient précisément ceux qui en savent le moins à son sujet. Passer toute sa vie à lui courir après, à soupirer après lui… et pour quoi faire ? Pour enfin l'obtenir, alors qu'il était déjà malade et sans espoir. Une femme épouvantable, cette comtesse Hanska, elle m'est toujours apparue comme le pire de notre sexe. Dans ce cas, dites-moi, que pouvait-il savoir du mariage ?

— Mais que disait Balzac à propos du mariage ? insista la bibliothécaire.

— Il disait que le couple doit constamment lutter contre un monstre obscur, précisa Emma avec un clin d'œil.

— Il voulait parler de la routine, précisa son amie.

— Et ce n'est pas exact ?

— Pas du tout. Non seulement ce n'est pas exact, mais c'est le plus gros mensonge qui soit, Prudence. La cause de bien des souffrances, croyez-moi.

Emma Giovanacci se racla légèrement la gorge et, approchant sa chaise de la petite table à thé, se prépara de nouveau à parler :

— Avez-vous déjà vu les fleurs qui poussent dans la steppe russe ?

Mlle Prim répondit que, malheureusement, elle n'avait jamais connu la steppe russe.

— Eh bien vous devriez ! La steppe kalmouke, près de Stalingrad, est un endroit triste, aride et plat. Si vous y allez en hiver, c'est un spectacle désolant pour l'âme. Mais essayez de vous y rendre au printemps et vous verrez ce que vous trouverez.

La bibliothécaire haussa les sourcils dans l'attente d'une réponse.

— Des tulipes, susurra Emma Giovanacci.

— Des tulipes ?

— Des tulipes. De fraîches et délicates tulipes sauvages. Des tulipes qui naissent chaque année et couvrent la steppe sans que personne les y ait plantées. Eh bien il s'agit exactement de cela, Prudence. La routine ressemble à la steppe ; elle n'a rien d'un monstre, c'est un aliment. Si vous faites en sorte que quelque chose y pousse, vous pouvez être sûre que ce quelque chose sera fort et vrai. Ce sont les petites choses de chaque jour dont nous parlions plus tôt. Mais ce pauvre Balzac, avec tout son sentimentalisme romantique et sombre, ne pouvait évidemment pas le savoir.

— Les petites choses…, répéta Mlle Prim. Eh bien, imaginons que je suive vos conseils. Pouvez-vous m'aider dans cette tâche ? Ou dois-je me débrouiller seule ?

Amusées, les deux femmes se regardèrent, mais ce fut la fleuriste qui parla.

— L'enquête vous revient ; nous, nous ne pouvons que vous orienter un peu. Pour commencer, vous pourriez établir une liste de tous les hommes que vous connaissez et qui réunissent un minimum de conditions objectives pour devenir des maris. À cette liste, nous ajouterons quelques noms, car il y a toujours des candidats qui passent inaperçus aux yeux de la personne intéressée, et sur ce sujet, nous deux, vu notre âge, nous avons plus d'expérience que vous. À partir de là, vous pourrez travailler, qu'en pensez-vous ?

La bibliothécaire, qui avait commencé à ressentir une excitation effervescente à l'idée de débrouiller ce vieux mystère de détective, affirma que ça lui paraissait bien, merveilleusement bien.

Le premier nom qui vint à l'esprit de Mlle Prim fut celui de son ancien patron, Auguste Oliver. Bien que sa première réaction fût un frisson de désagrément, elle dut reconnaître que s'il s'agissait d'appliquer une méthode scientifique, elle ne pouvait établir une liste de maris possibles sur laquelle il ne figurerait pas. Avait-il voulu l'épouser un jour ? Mlle Prim affirmait que non. Auguste Oliver était le genre d'homme qui s'amuse à promettre des choses sans avoir l'intention de les tenir. Pendant trois longues années il avait fait mine de comprendre le souhait de son employée d'avoir des horaires plus raisonnables (Mlle Prim travaillait de dix heures du matin à dix heures du soir), et il s'était engagé plusieurs fois à faire tout son possible pour changer cela. Mais il fut très vite évident que tenir cette promesse ne figurait pas dans ses intentions. M. Oliver aimait passer le dernier moment de la journée en tête à tête avec son employée la plus efficace. Alors il sortait de son bureau et se tenait debout derrière elle, faisant semblant de lire par-dessus son épaule. Parfois, lorsqu'il avait eu un repas d'affaires et avait bu de l'alcool, il faisait un pas de plus et se penchait pour lui parler presque à l'oreille, ce qui la faisait immédiatement sursauter. C'était un homme d'apparence séduisante, du moins aurait-il pu l'être s'il n'avait donné cette désagréable impression de prépotence.

Très rapidement, ce qui au début était une petite gêne, celle qu'éprouve une employée lorsqu'elle se rend compte que son patron la trouve à son goût, finit par devenir une situation insupportable. Aux flatteries succédèrent des invitations à dîner et les invitations à dîner, toujours poliment refusées, finirent par faire naître des tensions. Cela aurait-il été différent si elle avait accepté l'un de ces dîners ? Difficile de le dire. Le patron et l'employée se seraient-ils mariés si Mlle Prim avait répondu affirmativement à l'absurde demande en mariage qu'il lui avait faite le jour où elle lui avait annoncé qu'elle quittait son travail ?

— Mais alors, cette canaille était vraiment amoureux de vous ? demanda la mère de l'homme du fauteuil, qui écoutait attentivement les réflexions de la bibliothécaire pendant que toutes deux sortaient les décorations de Noël emballées dans de grandes boîtes en carton blanc.

— Bien sûr que non. C'était une pulsion de chasse, la sorte d'instinct qui fait qu'un chat empêche une souris de s'enfuir, même s'il ne prend même pas la peine, ensuite, de lui donner un coup de dent. Non, je ne crois pas qu'il voulait m'épouser, il voulait gagner la partie, c'est tout.

Songeuse, la mère de l'homme du fauteuil déroula un ruban brillant en velours cramoisi.

— Il était séduisant ?

— Je suppose que oui.

— Intelligent ?

— Pas d'une manière exceptionnelle.

Mlle Prim pensa fugitivement à l'homme du fauteuil.

— Honnête ?

— Juste ce qu'il faut.

— Amusant ?

— À sa façon.

— Et à la vôtre ?

— Je crains que non.

— Avait-il de la fortune ?

— Oui, une très grosse fortune.

— Alors, vous pouvez le rayer, indiqua résolument la dame. Un homme pas trop honnête peut rester dans les limites de l'intégrité s'il a la chance d'être peu avenant et de peu de ressources. Mais si à ce même homme vous ajoutez l'argent et un physique agréable, son chemin vers la ruine est tracé.

La bibliothécaire acquiesça et raya le premier nom de la liste.

— Allons, ma chère, ne perdons pas de temps. Qui est le suivant ?

Le suivant, expliqua-t-elle avec nostalgie, avait été son grand amour pendant plusieurs années, le premier homme dont elle était tombée amoureuse et le premier qui l'avait aimée. En ce temps-là, il n'était qu'un jeune professeur, peu bavard et discret, qui lisait Husserl avec dévotion, pratiquait un peu l'escrime et enseignait l'allemand.

— Je ne vous le recommande pas, je connais bien ce genre d'homme. Croyez-vous vraiment que vous pourriez encore l'aimer ? demanda la mère de l'homme du fauteuil d'un ton dédaigneux.

Mlle Prim était persuadée que non, mais elle devait également reconnaître que ce n'était pas la première fois qu'elle se posait la question.

— Pourquoi cela s'est-il terminé ? demanda la vieille dame.

— Je suppose que ce qu'il y avait entre nous n'était pas de l'amour, répondit la bibliothécaire, une étoile de Noël à la main.

— Et comment savez-vous que ça ne l'était pas ?

— Parce que je pensais plus à mon propre bien-être qu'au sien. Et il me semble que lui, à sa façon, faisait la même chose.

— Quel altruisme ! Vous commencez à ressembler à mon fils, dit la dame d'un ton ironique.

Mlle Prim rougit, mais elle ne répliqua pas.

— Alors, on élimine aussi l'admirateur d'Husserl ?

— On l'élimine.

La camériste de la vieille dame entra dans la bibliothèque pour poser le plateau du goûter, allumer les lumières, tirer les rideaux et raviver le feu. Ses mouvements silencieux et méthodiques passèrent presque inaperçus aux yeux des deux femmes, occupées à déballer les fragiles figurines de Noël et à évoquer les fantômes d'hommes du passé.

— Il me semble que je devrais rayer les trois suivants, dit la bibliothécaire, songeuse, lorsque la porte se fut refermée derrière la femme de chambre.

— Je le crois aussi, Prudence. Le simple fait que vous les désigniez ainsi, *les trois suivants*, en bloc et sans trace d'individualisation, devrait vous donner une piste sur ce qu'ils signifient pour vous. Écoutez-moi bien : aucune femme ne devrait épouser un homme qu'elle identifie comme faisant partie d'un groupe, c'est un détail qui en lui-même n'augure rien de bon.

Mlle Prim rit de bon cœur et reconnut qu'aucun de ces hommes n'avait la moindre chance de faire un mari. Elle barra les trois noms et, lorsqu'elle passa au sixième candidat de la liste, elle s'aperçut que c'était l'un de ceux qu'Hortense et Emma avaient ajoutés.

— Le vétérinaire ? (Mlle Prim se mit à rire.) Le vétérinaire ? Mais comment ont-elles pu avoir l'idée d'inclure le vétérinaire ?

— D'après ce que je sais, c'est une suggestion d'Hermine. Apparemment, elle vous a vue un peu intéressée le jour où vous avez été présentés.

La bibliothécaire se souvint de son flirt au salon de thé et de nouveau elle rougit. On ne pouvait donc rien faire dans ce village qui passât inaperçu aux yeux des voisins ? Elle devait reconnaître que le jeune vétérinaire l'avait attirée, mais de là à être la fable du village il y avait un grand pas. C'est vrai, elle lui avait souri, elle lui avait prêté attention et avait tenté (sans succès) de lui être agréable, mais n'était-ce pas là une prérogative que toute personne devrait pouvoir exercer sans qu'elle soit publiquement commentée ? De plus, ce qu'aucune des dames de Saint-Irénée ne savait, c'est qu'une partie de l'attirance que le vétérinaire avait éveillée en elle cet après-midi-là était due à sa profonde irritation envers l'homme du fauteuil. Cet homme aurait-il éveillé son attention si elle n'avait pas été absolument indignée par le comportement peu courtois de son patron ? Aurait-elle autant souri ? Mlle Prim connaissait parfaitement la réponse.

— Vous ne voulez pas lui donner une chance ? demanda, curieuse, la vieille dame. Je connais suffisamment Hortense pour savoir qu'elle vous arrangera facilement un rendez-vous, et fera même en sorte que le pauvre homme croie que l'idée vient de lui.

— Je crains que le pauvre homme, comme vous dites, ne veuille rien savoir d'une femme qui pense que l'amour porté aux animaux n'est pas de l'amour. Je n'ai pas été très avisée dans ma conversation le jour où

Hermine nous a présentés. Je crains d'avoir blessé ses sentiments.

Par-dessus ses lunettes, la mère de l'homme du fauteuil lui jeta un regard étonné.

— Blessé ses sentiments ? Pour l'amour de Dieu, qu'arrive-t-il aux hommes d'aujourd'hui ? Du temps de mon époux, de mon père, de mes frères, l'idée que le bavardage d'une femme puisse blesser les sentiments d'un homme aurait été considérée comme ridicule. Un homme qui se sent blessé par une conversation dans un salon de thé est parfaitement inconsistant. La vérité, c'est que je ne vois pas ce que vous avez pu lui trouver ce soir-là.

La bibliothécaire garda le silence tandis qu'elle débarrassait soigneusement de leur emballage les figurines qui, chaque mois de décembre, décoraient le salon de la maison.

— Elles sont merveilleuses, dit-elle, admirative.

— Elles ont plus de quatre siècles, elles ont été faites à la main par des moines irlandais. Mon époux, qui n'a pas eu de sœurs, les a héritées de sa mère, sa mère de la sienne, celle-ci, à son tour, de la sienne, et ainsi de suite sur plusieurs générations. Je pensais laisser ces figurines à ma fille unique, mais cela n'a pu se faire. Elles seront pour Téséris, naturellement, dit-elle avec une certaine tristesse dans la voix.

Mlle Prim garda un silence respectueux.

— Eh bien, qu'allez-vous faire du vétérinaire blessé ? demanda la vieille dame en faisant un effort pour s'extraire de sa méditation. Finalement, vous allez sortir avec lui ?

— C'est possible, cela dépend de la manière dont il me le demandera, répondit gaiement la bibliothécaire. Voyons, ici il y a deux noms de plus que je ne connais pas et… un point d'interrogation ? Qu'est-ce que ça signifie ?

La mère de l'homme du fauteuil toussota et redoubla d'intérêt pour les décorations de Noël.

— Ce doit être une erreur, il n'y a aucun nom devant, c'est juste un signe, murmura Mlle Prim.

— Je dirais que ce n'est pas une erreur. Je ne crois pas que nos chères Hortense et Emma cousent un point sans fil, dit la vieille dame avec un sourire.

— Que voulez-vous dire ? Que représente ce point d'interrogation ? C'est un homme concret ?

— Vous vous exprimez parfois de façon tout à fait extravagante, Prudence. Peut-il exister un homme abstrait ? Du moins un homme avec qui sortir ?

La bibliothécaire ne répondit pas.

— Bien sûr que ce signe correspond à un homme concret. À l'évidence, nos amies de Saint-Irénée connaissent un candidat que vous n'avez pas encore détecté.

— Vous voulez dire que je n'ai pas encore fait sa connaissance ?

— Vous croyez que si vous ne le connaissiez pas elles se donneraient la peine de cacher son nom sous un point d'interrogation ? Bien sûr que vous le connaissez, ma chère, c'est de cela qu'il s'agit. De cacher à vos yeux un candidat à qui vous n'avez pas encore pensé, ou même à qui vous refusez de penser. Avez-vous l'idée d'un candidat pourvu de ces caractéristiques ? demanda la dame en la fixant de façon inquisitrice.

Mlle Prim baissa les yeux et commença à fouiller nerveusement dans la boîte des figurines de Noël jusqu'à ce qu'elle mît la main sur un petit berger qui portait un mouton.

— J'aimerais que vous ne mettiez pas autant d'ardeur à manipuler ces figurines, dit froidement la vieille dame. Un époux est pour toute une vie, mais ces figurines ont survécu à plusieurs. Et nous serions reconnaissants qu'elles continuent à le faire, vous ne pensez pas ?

5

La Gazette de Saint-Irénée occupait l'un des rares édifices du village, si l'on pouvait nommer ainsi une vieille construction en pierre et en bois de trois étages. C'était une maison étroite dont l'escalier intérieur s'étirait sur presque la moitié de chaque étage. Comme tous les établissements commerciaux de la ville, elle avait une enseigne soignée en métal et un petit jardin, mais tout le monde à Saint-Irénée s'accordait à penser que le bien le plus précieux de *La Gazette* était sans nul doute sa directrice. Mlle Prim arriva à son rendez-vous en tout début d'après-midi, avec un plateau de gâteaux fraîchement préparés. Au bout de presque trois mois de séjour, elle avait parfaitement conscience que le thé, le café ou le chocolat, une fine pâtisserie et une bonne liqueur étaient des éléments indispensables dans les réunions sociales de Saint-Irénée.

— Au début, moi aussi ça m'a un peu étonnée, mais j'ai fini par me rendre compte que c'est un facteur de civilisation, commenta Hermine Treaumont après avoir remercié la bibliothécaire pour ce détail gastronomique et l'avoir invitée à parcourir les minuscules installations du journal.

— Civilisation ? Moi, je vois cela comme une relique du passé, dit celle-ci. Qui, aujourd'hui, a le temps de s'offrir des goûters comme les nôtres ?

La directrice lui montrait à cet instant la vieille rotative en métal sur laquelle étaient imprimés les quatre cents exemplaires quotidiens du journal.

— Quelle merveille ! Elle marche encore ?

— Bien sûr qu'elle marche ! C'est une relique du passé, comme vous dites, mais la civilisation porte en elle, implicitement, l'idée de mémoire. Les sauvages perpétuent à peine plus d'une poignée de traditions, ils ne peuvent coucher par écrit leur histoire, ils n'ont pas vocation à la permanence.

— Et cela peut s'appliquer au thé, aux gâteaux à la crème et aux biscuits.

— Et à une conversation, oui, c'est évident. Nous les sauvages modernes avons aussi nos limites. Nous ne trouvons plus le temps de nous asseoir à une table pour parler du divin et de l'humain. Et non seulement nous n'en trouvons pas le temps, mais nous ne savons plus comment faire.

Mlle Prim examina avec intérêt un exemplaire du journal de cet après-midi-là.

— Ce que vous voulez dire, Hermine, c'est que les traditions sont un mur de contention face à la dégradation et à l'inculture, c'est ça ? demanda-t-elle. Je suis de cet avis, mais il ne me serait jamais venu à l'idée d'appliquer ce principe aux tonnes de pâtisseries que l'on consomme dans les réunions de Saint-Irénée.

Toutes deux éclatèrent de rire tandis qu'elles franchissaient la porte du bureau de la directrice, séparé par un panneau en verre de la petite rédaction du journal. Dans la pièce, à deux pas d'un bureau encombré de livres et de papiers, se trouvait une table à thé couverte d'une nappe immaculée sur laquelle étaient posés un plateau de gâteaux, un pichet de café, un pot de lait crémeux et une coupe de fruits.

— Vous êtes une femme extrêmement civilisée, dit la bibliothécaire avec un sourire. Dites-moi, sur quoi écrit-on ici ? Il y a des nouvelles à Saint-Irénée ? Ou peut-être les inventez-vous ?

— Bien sûr qu'il y a des nouvelles à Saint-Irénée, répondit son hôtesse, il y a toujours des nouvelles là où vit un groupe humain. Autre chose est ce qu'il considère comme une information et le filtre qu'il applique pour le déterminer. Ceci est un journal à l'ancienne mode, Prudence, non seulement nous racontons les petits événements de la communauté, mais en plus nous en débattons.

— Débattre ? Qui ? Et sur quoi ?

— Nous tous et sur n'importe quoi. Sur la politique, l'économie, l'art, l'éducation, la littérature, la religion… Cela vous étonne ? Regardez autour de vous, regardez votre propre vie, examinez vos relations. N'avez-vous pas l'impression que la vie est un débat permanent ?

L'espace d'un instant, Mlle Prim se revit dans la bibliothèque alors qu'elle dissertait sur le fracas du monde avec l'homme du fauteuil. Puis lorsqu'elle débattait du mariage avec Hortense Œillet, du féminisme avec les dames féministes, de l'éducation avec la mère de son patron, des contes de fées avec les enfants de la maison. Oui, vue sous cet angle, la vie était un débat permanent, pas de doute.

— De temps en temps, en fait une ou deux fois par mois, nous organisons des débats publics dans notre club socratique, et ensuite nous les publions.

La bibliothécaire prit un gâteau à la crème et le mordilla doucement.

— Un club socratique ? Vous voulez parler d'un club de débats ?

— Vous ne pouvez imaginer le succès qu'il a, il y vient des gens de tous les environs. D'autres fois, ce n'est pas un débat direct, mais par livraisons. Un beau jour, quelqu'un publie un article, une deuxième personne y répond, puis une troisième écrit, une quatrième, jusqu'à une cinquième, et nous, tous les autres, nous assistons au duel d'épées.

Mlle Prim demanda si son patron participait à ces batailles.

— Bien sûr qu'il y participe. Et il gagne très souvent.

La bibliothécaire répliqua que cela ne l'étonnait pas du tout.

— Eh bien je doute fort qu'il ait un jour utilisé toute son artillerie contre vous. Le voir discuter avec Horace Delàs est tout un spectacle.

— Horace est un homme adorable, dit Mlle Prim.

— Je suis heureuse que vous l'ayez remarqué.

La bibliothécaire observa son hôtesse avec intérêt. La directrice de *La Gazette de Saint-Irénée* avait ce charme indéfinissable des personnes qui taisent plus qu'elles ne disent. Mlle Prim avait toujours eu l'impression que ce genre de personnes avait un grand avantage sur les autres. Elles ne disaient jamais d'inconvenances, de choses ridicules, n'avaient jamais à se repentir de leurs paroles ou à nuancer leurs commentaires. Elle avait essayé de se comporter de la sorte, tenté de ne rien dire qui pût faire du tort à quelqu'un d'autre ou à elle-même, mais ce n'était pas toujours facile. Hermine Treaumont, elle, dominait cet art. Bien qu'il lui en coûtât, la bibliothécaire comprenait à présent l'attrait dont avait parlé l'homme du fauteuil.

— Je suis inquiète pour les petites, dit-elle tout à coup, se souvenant d'un sujet dont elle voulait parler depuis un moment.

La directrice du journal la regarda, stupéfaite.

— À quoi faites-vous référence ?

— Je fais référence à leur éducation. Non, je ne parle pas de leurs croyances, c'est un sujet trop extraordinaire pour m'en préoccuper. Je parle de la délicatesse.

— Vous croyez donc qu'elles ne sont pas élevées avec délicatesse ? Leur oncle est un gentleman, un gentleman merveilleusement sensible et courtois, je peux en témoigner.

Le malaise qu'elle ressentit à l'estomac fit s'interroger Mlle Prim sur la fraîcheur des pâtisseries.

— Je ne doute pas qu'il soit extrêmement sensible et courtois, mais vous l'avez dit vous-même : c'est un homme. Il n'entoure ces fillettes que de classiques grecs et latins, de littérature médiévale et de poésie de la Renaissance, de peinture et de sculpture baroque.

— C'est drôle que vous disiez cela, parce qu'il déteste

le baroque. Cela dit, moi il me paraît fantastique, dit Hermine Treaumont en prenant un fruit.

Mlle Prim fit un effort pour chercher les mots adéquats. Si elle avait été l'une de ces personnes qui taisent plus qu'elles ne disent, elle les aurait trouvés, mais elle ne l'était pas. Et comme elle ne l'était pas, la meilleure option était probablement d'être directe.

— Je n'ai pas vu la moindre trace des *Quatre Filles du docteur March* dans la maison.

— *Les Quatre Filles du docteur March* ?

— *Les Quatre Filles du docteur March*.

— Mais c'est impossible, je ne peux pas le croire.

La bibliothécaire sourit, soulagée. Pendant un instant, elle avait craint que Hermine Treaumont ne fît partie de ce genre d'âmes rustres incapables de comprendre la valeur fondamentale d'une vieille édition des *Quatre Filles du docteur March* sur un plan éducatif.

— C'est forcément une erreur, Prudence. Il y a sûrement une bibliothèque pour les filles, je ne peux croire que vous ne vous en soyez pas rendu compte. D'après ce que je sais, Eksi a déjà lu Jane Austen.

— Certes, mais Jane Austen est Jane Austen. Même lui ne peut l'ignorer, elle est trop importante pour être oubliée. Mais je dois dire que la seule fois où je l'ai entendu parler de Jane Austen, c'était pour critiquer Darcy.

La directrice du journal se versa une tasse de chocolat et en offrit une à Mlle Prim.

— Tous les hommes que je connais critiquent Darcy. Ils le jugent ennuyeux et outrecuidant.

— Pourquoi donc ? demanda la bibliothécaire, intriguée.

— Je suppose qu'il est accablant pour eux d'avoir conscience de perdre tout leur éclat lorsqu'on les compare à lui.

Mlle Prim resta silencieuse tandis qu'elle se remémorait certaine discussion dans la cuisine.

— Il faudra que nous en parlions avec lui, dit son hôtesse.

— De mon humble point de vue, cette histoire des *Quatre Filles du docteur March* est le plus grave, insista la bibliothécaire. J'ai toujours pensé que, sans ce livre, l'enfance d'une fillette doit être comme une étendue désertique et glaciale.

— Je le crois aussi.

Toutes deux restèrent muettes. L'une des rédactrices du journal frappa à la porte. Hermine Treaumont lui donna quelques instructions brèves et précises avant de refermer la porte et de revenir s'asseoir auprès de son invitée.

— Laissez-moi vous dire quelque chose, Prudence. Ces fillettes reçoivent une éducation extraordinaire, elles ont une formation unique. En l'honneur de la vérité, je voudrais que cela soit bien clair.

Mlle Prim approcha sa chaise de la table et parla avec détermination.

— Aucune formation n'est complète s'il y manque ce petit territoire de Concord. Je sais que sa valeur littéraire n'est pas comparable à celle de bien des œuvres. Il ne s'agit pas de cela, nous le savons toutes les deux.

Il s'agit de beauté, de délicatesse, de sécurité. Lorsqu'elles seront grandes et que la vie les frappera – et soyez assurée que la vie ne les épargnera pas –, elles pourront toujours regarder en arrière et se réfugier quelques heures dans cette vieille histoire sentimentale. Elles rentreront fatiguées du travail, épuisées par la circulation, endolories par la tension et les problèmes, et là, au fond de leur cerveau, elles trouveront une porte qui leur permettra de se transporter dans le vieux salon d'Orchard House, avec son transcendantalisme puritain et douçâtre, son piano, sa joyeuse cheminée et son arbre de Noël bénit.

— Moi, j'ai toujours voulu ressembler à Jo March, murmura avec nostalgie Hermine Treaumont.

— Eh bien il vaut mieux que je ne vous dise pas à qui je voulais ressembler.

— Pourquoi ?

— Parce que cela montre le genre d'enfance que j'ai eue.

— Allons, Prudence ! Meg ?

— Non.

— Amy ?

— Non.

— La pauvre Beth ?

— Non.

— Ne serait-ce pas la tante March ?

— Non, ce n'est pas la tante March. Mme March.

— Mme March ? Vraiment ? Mais pourquoi ?

Mlle Prim réfléchit un moment au pourquoi. Cela avait à voir avec le caractère de sa propre mère, une femme sensible et artiste, qui n'avait rien de la génitrice des March. Pas la moindre trace en elle de cette femme solide et forte, à la fois douce et compréhensive, que renfermaient les pages du livre. La bibliothécaire avait souvent pensé que si elle avait dû choisir un adjectif pour décrire sa mère, ç'aurait été *consolable*.

— Consolable ?

— Ma mère a toujours été un personnage éminemment dramatique. Elle appartient à cette catégorie de femmes qui exigent un appui même lorsque le malheur ne s'abat pas sur elles, mais sur les autres. Quand mon père a perdu son emploi, il y a quelques années, c'est elle qui s'est enfermée pendant des jours pour pleurer et se lamenter. Lui est resté seul dans le salon, muet, tête basse. Lorsque j'ai perdu la bourse de l'université, elle est restée deux semaines sans venir s'asseoir à table. Il est arrivé la même chose quand ma sœur aînée a été abandonnée par son mari. Virginie n'a pas pu pleurer, parce que, à côté d'elle, se tenait une femme couverte de jute et de cendres qui n'arrêtait pas de se lamenter sur son sort.

Hermine Treaumont posa ses mains sur celles de Mlle Prim.

— Je suis vraiment désolée, Prudence. Mais pourquoi Mme March ? N'aurait-il pas été plus logique de s'identifier à l'une de ses filles ?

Mlle Prim serra les mains de son amie.

— J'ai toujours été une femme réaliste, Hermine, et les femmes réalistes ont d'abord été des petites filles réalistes. J'étais assez jeune lorsque j'ai lu ce livre. À cette époque, ma mère ne me plaisait pas, mais je savais que j'avais une mère. Je ne pouvais feindre de ne pas en avoir. Ce que je pouvais faire, en revanche, c'était imaginer le genre de mère que je serais une fois grande. Et cette mère était la chère Marmee March.

La directrice du journal de Saint-Irénée se leva, elle s'approcha de l'une des étagères de son bureau et tira un petit livre marron au titre gravé en or.

— Je suis convaincue qu'il doit y avoir une explication raisonnable à tout cela, soupira-t-elle.

— Bien sûr qu'il y en a une, répondit Mlle Prim. Il n'y a aucune femme dans cette maison, absolument aucune.

Après avoir réfléchi un moment, Hermine Treaumont s'approcha de la bibliothécaire et lui tendit résolument le livre, une édition des *Quatre Filles du docteur March* de 1893.

— Vous dites qu'il n'existe aucune femme dans la maison ? Moi je crois qu'elle existe, Prudence. Maintenant, *oui*, elle existe.

Mlle Prim venait de quitter Hermine Treaumont au journal lorsqu'elle entendit une voix agréable et familière derrière elle :

— Prudence, voilà des jours que je voulais vous appeler. Comment allez-vous ? Aussi incroyable que cela puisse paraître dans un endroit aussi réduit que celui-ci, j'ai complètement perdu votre trace.

La bibliothécaire se retourna et se trouva face au sourire d'Horace Delàs. Emmitouflé dans un cache-nez rouge et un vieux pardessus bleu marine, il avait les bras chargés de paquets.

— J'espérais que vous alliez me baiser la main, Horace, mais je vois que c'est impossible, plaisanta-t-elle.

Il s'inclina galamment, et d'une grimace indiqua les paquets.

— Rien ne me plairait davantage, ma chère. Je le ferais si je n'étais pas écrasé par cette tâche infernale.

— Cette tâche ?

— Comment qualifieriez-vous le labeur qui consiste à acheter des objets inutiles pour quinze enfants et une douzaine d'adultes ?

La bibliothécaire sourit. Cet homme lui plaisait. Il y avait quelque chose dans ses manières, quelque chose de chaleureux et de confortable, qui la faisait se sentir à l'aise.

— D'art, peut-être ?

— D'art ? Attendez de voir le vôtre avant d'être aussi généreuse.

— Mais est-il possible que vous m'ayez acheté un cadeau à moi aussi ? dit-elle, émue.

— Naturellement que je vous ai acheté un cadeau ! Vous ne vous attendiez quand même pas à ce que Noël arrive et qu'on vous laisse abandonnée comme une enfant qui s'est mal comportée. Ne vous étonnez pas de recevoir plusieurs cadeaux pendant ces fêtes. Je suis sûr que vous êtes devenue très populaire au sein de notre étrange colonie.

Mlle Prim frissonna, plus de satisfaction que de froid, sous son doux manteau en cachemire.

— Pardonnez-moi, Prudence, je suis une vraie canaille de vous retenir debout dans la rue par cette température. M'accompagnez-vous à la librairie ? Je dois acheter quelque chose pour ce vieux bénédictin qui se cache de nous dans sa cellule.

Mlle Prim se montra enchantée à la perspective de savourer un moment d'emplettes. Les rues de Saint-Irénée arboraient déjà les illuminations de Noël. Vitrines décorées de guirlandes de bruyère et de houx, bougies allumées, scènes de la Nativité et fleurs de Noël invitaient les passants à fureter dans les magasins à la recherche de cadeaux. À l'intérieur, les commerçants offraient aux acheteurs des tasses de thé et de chocolat chaud, des galettes, des beignets et des petits gâteaux couverts de sucre glace en guise de neige.

— Que pensez-vous lui acheter ? demanda la bibliothécaire lorsqu'ils entrèrent dans la librairie.

— Je suis un vieux sentimental, vous savez ? soupira son ami. L'autre jour je suis allé le voir à l'abbaye et nous avons évoqué l'enfance. Il m'a parlé de l'époque où il était écolier, de la tendresse de sa mère, du catéchisme…

— Vous allez lui offrir un catéchisme ? J'imagine que c'est celui du Concile de Trente, naturellement, l'interrompit-elle avec un sourire.

Au lieu de répondre, Horace Delàs s'approcha d'une étagère et prit un petit livre rougeâtre à la couverture très abîmée. La bibliothécaire examina le dos.

— L'abbé Fleury ?

— Le *Catéchisme historique*. Une première édition de 1683, un bijou.

— Je te crois, dit derrière eux une voix douce et distinguée, tu n'imagines pas le mal que j'ai eu à le dénicher. Il est arrivé ce matin même d'Édimbourg.

Mlle Prim se retourna et découvrit une femme d'aspect sévère, d'une minceur extrême, aux yeux intelligents et malicieux.

— Vous devez être notre fameuse Prudence Prim. Permettez-moi de me présenter, je suis Virginia Pille, la libraire de Saint-Irénée.

— Enchantée de faire votre connaissance, madame Pille, répondit la bibliothécaire en lui tendant la main.

— Appelez-moi Virginia, tout le monde m'appelle ainsi.

— Il faut que vous sachiez, Prudence, que vous vous adressez à la femme la plus puissante du village, murmura Horace Delàs.

La propriétaire de la librairie se mit à rire et Mlle Prim se rendit compte combien sa voix était claire et cristalline.

— Sottises, Horace, tout le monde sait que la femme la plus puissante de ce village est Hermine. Aucune feuille ne bouge à Saint-Irénée sans qu'elle le sache.

— C'est possible, mais toutes les feuilles qui bougent dans cette bourgade appartiennent à l'un de tes livres, précisa-t-il avec affection.

De nouveau Virginia Pille eut un rire joyeux.

— Vous avez une belle librairie, dit la bibliothécaire après avoir jeté un coup d'œil aux vieilles étagères de bois peintes en bleu, aux tables branlantes couvertes de livres et d'inscriptions gravées au couteau, aux lampes d'étude réparties dans les coins et au vieux samovar d'argent près du comptoir.

— Merci, je le crois aussi. Voulez-vous une tasse de thé ? demanda la libraire.

Tandis qu'elle préparait l'infusion, Mlle Prim aspira profondément et demanda :

— Krasnodar ?

Virginia Pille leva les yeux et la regarda avec curiosité.

— Je vois que vous avez un bon odorat. Récolté, séché et empaqueté directement pour moi. J'ai de bons amis dans la vieille Russie.

— À Sotchi ?

— Exactement. Vous savez sans doute comment il est élaboré, n'est-ce pas ?

La bibliothécaire acquiesça d'un sourire, jouissant de l'odeur intense du thé qui se répandait dans la pièce. Après avoir pris place à une petite table derrière le comptoir, elle admira avec plaisir le vieux service de Meissen ainsi que les petites cuillers d'argent harmonieusement dépareillées, et elle pensa que pour une femme comme elle, cela ressemblait beaucoup au paradis.

— Je crains que vous ne soyez trop raffinées pour moi, soupira Horace Delàs. Instruisez un pauvre homme qui toute sa vie a bu du thé acheté en vrac.

— À Sotchi, à ma connaissance, on cueille uniquement les trois feuilles supérieures de la plante et on laisse le reste. C'est le secret de sa saveur, expliqua Mlle Prim.

— Oui, et on ne le cultive que de mai à septembre. Le climat fait le reste, ajouta la libraire.

Horace Delàs but une gorgée et loua chaleureusement

la qualité de l'infusion. Puis il montra le vieux catéchisme.

— Tu as eu beaucoup de mal à le trouver ?

— Pour lui, rien n'est beaucoup, répondit la libraire avec simplicité.

La bibliothécaire, qui était en train d'examiner une collection de contes illustrés pour enfants, tourna la tête pour demander :

— Qu'est-ce que ce moine a de particulier ? Pourquoi est-il si populaire ?

La propriétaire de la librairie se tourna vers son ami, une interrogation muette dans les yeux.

— Vous ne le connaissez pas ?

Il fit non de la tête. Alors Virginia Pille baissa les yeux et joua avec le couvercle du samovar avant de se décider à répondre.

— La réponse la plus évidente est que c'est lui, avec l'aide de l'homme qui vous emploie, qui a fondé cette colonie.

— Et la moins évidente ?

— La moins évidente est qu'il est le seul homme que je connaisse à avoir un pied dans ce monde et l'autre dans l'autre monde.

Mlle Prim sursauta.

— Voulez-vous dire qu'il est mourant ?

— Mourant ? (Virginia Pille éclata d'un autre de ses rires cristallins.) Non, j'espère que non ! D'où vous vient cette idée ?

— Voyons, comment vous l'expliquer sans vous scandaliser, Prudence, intervint Horace Delàs. Ce que veut dire Virginia, c'est que chez ce moine bénédictin s'est fait réalité le vieux mythe platonicien de la caverne. Il est l'audacieux prisonnier libéré de la caverne qui revient dans le monde désolé des ombres, auprès de nous tous, après avoir vu le monde réel.

La libraire de Saint-Irénée regarda Mlle Prim et lui dit à voix basse :

— Horace énonce tout de façon très poétique, Prudence, mais il s'agit de quelque chose d'aussi simple que cela : notre cher *pater* est un homme capable de voir ce que nous autres ne pouvons voir.

En entendant ces mots, la bibliothécaire se sentit submergée par une vague d'indignation. Voir ce que les autres ne peuvent voir ? Dans ce village, impossible de ne pas s'en apercevoir, habitaient plus d'excentriques qu'il n'était possible d'en imaginer. Mlle Prim se méfiait par principe des personnes qui affirmaient voir les choses invisibles. Dans le monde qu'elle connaissait, un monde sûr, propre et confortable, les choses invisibles étaient des choses invisibles. Si on ne les voyait pas, elles n'existaient pas. Elle n'avait bien sûr rien à objecter contre ces sortes de béquilles qui rendent la vie plus supportable – les philosophies et les croyances spirituelles, les histoires qu'on raconte aux enfants, les émotions, les sentiments, les sensations –, mais à condition qu'il soit bien clair que ces réalités n'existaient pas ou, si elles existaient, que c'était uniquement dans l'esprit ou dans le cœur de ceux qui en faisaient l'expérience. Dans le monde réel tel qu'elle le concevait, tout était susceptible de prendre forme ou de se produire d'une manière ou d'une autre. Que ce soit à travers l'art ou la poésie, la littérature ou la musique, tout devait avoir une traduction dans le monde visible. Les choses invisibles, se répéta-t-elle pour elle-même, n'existent que dans l'imagination. Et alors, presque comme en un éclair, elle pensa à des miroirs obscurs et énigmatiques.

– Vous voulez dire que c'est un mystique ? demanda-t-elle avec froideur.

— S'il l'est, il a trop d'humilité pour le reconnaître, dit Horace Delàs en priant d'un regard la libraire de faire à nouveau usage du samovar et de lui remplir sa tasse. Mais il faut dire que s'il existe *quelque chose*, et c'est un sceptique qui vous le dit, il a une extraordinaire familiarité avec *cela*, quoi que ce soit.

Mlle Prim sourit avec suffisance.

— Et d'où tirez-vous cette déduction ? C'est quelque chose dans son regard ? Il est entouré d'une aura ?

— Ce n'est pas tant ce qu'on voit dans son regard, intervint doucement Virginia, que ce qu'il voit dans le regard des autres.

— Vous voulez dire qu'il devine ce que pense une personne ? demanda la bibliothécaire avec une moue ironique.

— Nous voulons dire qu'il sait ce qu'une personne *est*.

Mlle Prim se sentit soudain mal à l'aise. L'idée d'un homme âgé qui évolue dans le monde en devinant ce que les autres sont lui paraissait inquiétante. Non seulement inquiétante, mais également sans fondement. Dans le meilleur des cas, c'était une façon subtile et mystérieuse d'attenter à l'intimité d'une personne ou, au pire, une manière grossière de mystifier. Quoi qu'il en soit, il y avait là quelque chose d'inconvenant ; d'inconvenant et de terriblement morbide. Mlle Prim refusait absolument d'être devinée dans son essence. Elle le refusait *a priori*, mais aussi *a posteriori*.

— Et moi qui croyais que vous étiez un scientifique, dit-elle avec une moue de regret.

— Ah, mais je n'en suis pas un ? répondit son ami en feignant la stupeur.

— Vous ne pouvez l'être et en même temps croire que cet homme devine les choses.

— Naturellement que je ne peux pas. Mais je n'ai pas dit cela ; j'ai seulement dit que cet homme, comme vous l'appelez, *sait* des choses.

Virginia Pille commença à débarrasser en silence le service à thé.

— Et ce n'est pas la même chose ? insista Mlle Prim.

— Bien sûr que non ! Je vous mets au défi de l'approcher un jour pour lui parler.

— Je n'ai pas l'intention de le faire, merci.

— Et pourquoi donc ? Auriez-vous peur ?

La bibliothécaire fit une grimace de contrariété.

— Peur ! D'un pauvre moine nonagénaire ?

Horace regarda la propriétaire de la librairie avant de répondre.

— Dites-moi une chose, Prudence : y aurait-il un trou noir dans votre jeune vie ? Quelque chose avec quoi vous devez vivre et dont vous aimeriez vous débarrasser ? Une tache dans votre conscience ? Une peur non résolue ? Une rumeur de désespoir ?

— Et alors, s'il y en avait ? répondit la bibliothécaire en levant le menton. Tout le monde en a, non pas un seul, mais beaucoup.

— Vous avez raison, tout le monde en a. Mais ce que j'essaie de vous dire, c'est que lui les connaît. Il sait ce qu'il y a dans les consciences, il lit en elles comme dans un livre ouvert.

— C'est impossible.

— Vous n'avez qu'à aller le voir. Peut-être ne vous dira-t-il rien de révélateur, il ne le fait pas toujours. Mais ce qu'il vous dira, quoi que ce soit, touchera juste, je vous l'assure.

Après avoir payé le livre et remercié la libraire pour le thé et la conversation, tous deux sortirent de l'établissement dans la nuit froide et illuminée de Saint-Irénée.

— J'insiste encore sur le fait que je suis surprise d'entendre cela d'un homme qui ne se caractérise pas spécialement par sa crédulité, dit Mlle Prim.

Horace Delàs, chargé d'un paquet de plus – le catéchisme de l'abbé Fleury –, sourit à la bibliothécaire d'un air affable.

— C'est précisément le quid de la question, Prudence. Mon scepticisme n'a rien de pyrrhonien, il est scientifique. J'accepte tout présupposé qui s'appuie sur une preuve empirique.

— Ah oui ? répondit la bibliothécaire. Et il y a donc une preuve empirique qui appuie cette faculté à laquelle vous faites allusion et selon laquelle ce vieux moine sait ce qu'est une personne ?

Son compagnon s'arrêta pour la regarder droit dans les yeux.

— S'il y en a ? Bien sûr qu'il y en a.

— Et quelle est-elle, si l'on peut savoir ?

Mlle Prim devina la réponse d'Horace Delàs exactement une seconde avant que celui-ci l'énonçât.

— Les trous noirs de ma propre vie, naturellement.

6

La nouvelle de la disparition de M. Mott secoua la tranquillité de Saint-Irénée avec la soudaine violence d'un coup de poing à l'estomac. Mlle Prim l'apprit à la boucherie, alors qu'elle choisissait une énorme dinde qu'elle avait l'intention de faire rôtir pour le réveillon de Noël à l'insu de la cuisinière, bien qu'elle ne sût pas encore comment.

— J'ai dit qu'il ne me plaisait pas, s'affligeait le boucher. Je l'ai dit dès que j'ai vu la façon dont il s'occupait des gens au kiosque. Il avait toujours l'air de regarder un peu au-delà du client, comme un lion en cage impatient de laisser les barreaux derrière lui. Pauvre Mlle Mott, des hommes comme lui ne changent jamais.

La bibliothécaire sortit précipitamment de la boucherie et courut vers l'école. Une fois devant la porte, elle s'arrêta, hors d'haleine. Elle n'osait pas frapper. Elle n'osait rien faire d'autre que rester là, debout, en silence, son énorme dinde dans les bras. Des mouvements derrière les rideaux, lents et furtifs, lui firent espérer que quelqu'un avait détecté sa présence et allait l'inviter à entrer. Quelques instants plus tard, la porte de l'école s'ouvrait et l'homme du fauteuil, l'air soucieux, la priait de bien vouloir entrer.

— Alors il est parti ? demanda-t-elle, encore essoufflée par la course et le poids de la dinde.

La salle était vide. Il n'y avait pas d'enfants, mais pas non plus de tabliers, de boîtes de crayons, de craies au bas du tableau, de cartes ou d'instruments en bois pour enseigner la géométrie. Un frisson parcourut le dos de la bibliothécaire. Qui était parti ? M. ou Mme Mott ?

— Ils sont partis tous les deux, dit lentement l'homme du fauteuil, mais pas ensemble je le crains. Peut-être ma mère avait-elle raison, après tout. Je suis vraiment désolé pour Eugénie, elle ne méritait pas d'être traitée de la sorte.

Mlle Prim eut un sentiment de pitié pour l'institutrice, mais elle ne comprenait pas ce qui était arrivé.

— Où est partie Mlle Mott ? Que s'est-il passé ?

— M. Mott a recommencé. Il n'est pas rentré à la maison hier soir, il lui a laissé un mot lui disant qu'il avait essayé, mais qu'il se sentait prisonnier. Quant à elle, elle a fait ses valises et elle est partie chez sa sœur. Je crois qu'elle ne reviendra pas.

La bibliothécaire regarda son chef avec compassion. Elle se leva doucement et s'assit à côté de lui.

— Je vous crois trop intelligent pour vous sentir coupable de ce qui est arrivé.

Il leva la tête et sourit distraitement.

— Je ne me sens pas coupable, mais responsable, oui. Eugénie est une femme très fragile et romantique, d'une grande sensibilité, j'aurais dû être plus prudent et mieux la conseiller.

En entendant l'expression « d'une grande sensibilité », Mlle Prim eut l'impression qu'on l'avait piquée.

— Vous avez quelque chose contre la sensibilité ?

— Absolument rien, c'est une qualité merveilleuse, mais ce n'est pas l'instrument qui convient pour penser.

— Vous voulez dire que nous, les personnes sensibles, ne savons pas penser ?

De nouveau, l'homme du fauteuil la regarda, cette fois avec curiosité.

— Ah, mais c'est de vous que nous parlons ?

La bibliothécaire rougit et fit mine de se lever de sa chaise, mais il l'arrêta d'un geste.

— Bien sûr que nous ne parlons pas de moi, dit-elle le nez levé. C'est juste que je ne comprends pas ce que la sensibilité a à voir avec l'imprudence, la naïveté ou l'absence de jugement, car il me semble que c'est ce que vous voulez dire lorsque vous parlez de la pauvre Mlle Mott.

— La sensibilité est un don, Prudence, j'en ai parfaitement conscience. Mais la sensibilité n'est pas un instrument adéquat pour penser, et lorsqu'on l'utilise à cette fin, non seulement elle ne mène pas à bon port, mais conduit au désastre. C'est comme avec les oreilles et la nourriture. Un organe admirable que l'oreille ; une merveille de dessin conçu jusqu'au dernier de ses tissus pour faciliter l'audition. Ah, mais essayez donc de l'utiliser pour vous alimenter et vous verrez le résultat !

La bibliothécaire rit, et ce faisant arracha pour la première fois un sourire à son interlocuteur.

— Vous croyez donc qu'Eugénie Mott a voulu manger avec ses oreilles et que vous n'avez pas été assez fort, assez habile ou responsable pour l'en avertir. C'est bien ça ?

— C'est assez peu flatteur, mais je suppose que oui, c'est bien ça.

Après avoir médité quelques instants en silence, Mlle Prim se leva brusquement et fit face à son patron.

— Eh bien permettez-moi de vous dire que vous êtes incroyablement orgueilleux.

Il la regarda d'en bas, surpris par cet accès d'énergie et par le sourire triomphant qu'arborait son visage.

— Vous voulez entamer une discussion ? dit-il, incrédule. Parce que si c'est le cas, je vous préviens que vous choisissez mal votre jour.

— Pas du tout, répondit-elle, je veux seulement vous aider. Vous devriez savoir que le monde n'agit pas en fonction de vos conseils. Ça vous paraît peut-être étrange, mais c'est ainsi. Oui, il se peut que vous en impressionniez certains et en éblouissiez d'autres avec cette sagesse et cette prévenance qui rayonnent de vous, y compris lorsque vous êtes impertinent, mais cela ne doit pas vous tromper. Les personnes qui vous entourent vous écoutent, mais cela ne veut pas dire qu'elles vous obéissent toujours ni qu'elles suivent à chaque instant vos directives.

L'homme du fauteuil avait à présent l'air confus, circonstance dont profita la bibliothécaire pour poursuivre sa diatribe.

— Ne le niez pas, ça ne sert à rien. Ce matin, vous vous êtes levé persuadé que la souffrance d'Eugénie Mott est votre faute, due à votre irresponsabilité présumée. Cela suppose non seulement une charge énorme et injustifiée sur vos épaules, mais démontre aussi une appréciation excessive de la valeur de vos jugements, si vous me permettez de le dire.

— Servirait-il à quelque chose que je ne vous le permette pas ?

Mlle Prim fit une pause, apparemment satisfaite de l'effet de ses paroles. Elle avait conscience d'avoir réussi à changer l'état d'âme de son interlocuteur. Le malheur de Mlle Mott était un événement regrettable et elle en était profondément désolée, mais elle avait l'intime conviction que l'homme du fauteuil avait agi de façon loyale et juste en la conseillant comme il l'avait fait, et elle n'était pas disposée à le laisser se fustiger pour ce motif. Il était maintenant un peu irrité contre elle, mais il ne baissait plus la tête et sa voix avait retrouvé cette tonalité de tambour de guerre qui l'avait tellement alarmée la première fois qu'elle l'avait rencontré. Mais elle n'était pas satisfaite. Elle devait continuer à le houspiller, il le fallait ; et elle, aucun doute là-dessus, savait très bien comment s'y prendre.

— Pourquoi avez-vous exilé Louisa May Alcott de la vie de Téséris et d'Eksi ? demanda-t-elle brusquement.

— Pardon ? (Cette fois, l'expression de l'homme du fauteuil changea du tout au tout.) Prudence, que vous arrive-t-il ? Vous avez bien déjeuné ?

— Parfaitement bien, merci. Dites-moi, pourquoi l'avez-vous fait ?

Il la regarda un moment en silence.

— Si je n'étais pas un homme bien élevé, je prendrais à l'instant votre température. De quoi diable parlez-vous ?

— Je parle des *Quatre Filles du docteur March*, naturellement.

— *Les Quatre Filles du docteur March* ? Mais que viennent faire *Les Quatre Filles du docteur March* dans cette histoire ?

La bibliothécaire se racla la gorge pour gagner du temps.

— Elles n'ont rien à y voir directement, mais indirectement, oui.

Il la dévisagea avec de plus en plus d'incrédulité.

— J'attends que vous me l'expliquiez.

— Eh bien (Mlle Prim fit provision de toute sa capacité d'improvisation et elle regarda l'homme du fauteuil d'un air sérieux), d'une certaine façon, nous sommes tous ce que nous lisons.

— Pardon ?

— Je dis que nous sommes, en quelque sorte, le fruit de nos lectures.

— Vraiment ? Ce que vous dites est très intéressant, cela me suggère une ou deux idées sur votre personne.

La bibliothécaire haussa les épaules, décidée à ne pas se laisser vaincre dans la discussion.

— Nous ne parlons pas de moi, nous parlons de Mlle Mott.

— Moi, j'avais l'impression que nous parlions de Louisa May Alcott.

— Vous ne voyez aucun lien entre ce qui est arrivé à Eugénie Mott et ses lectures, n'est-ce pas ?

— Vous avez raison, je ne le vois pas. (L'homme du fauteuil baissa les yeux et sourit.) Prudence, si vous êtes en train d'essayer de me distraire par une conversation délibérément absurde pour que je ne continue pas à me lamenter sur ma responsabilité dans le malheur d'Eugénie Mott, croyez-moi, je vous en remercie. Mais n'essayez pas de me faire croire cette stupidité que nous sommes ce que nous lisons, ce n'est pas digne de vous.

La bibliothécaire se leva et se mit à marcher de long en large dans la salle.

— Je ne crois pas que ce soit une stupidité. Je ne peux parler pour vous, mais dans mon cas je peux affirmer qu'une grande partie de ma personnalité a été forgée par mes lectures. C'est pourquoi, dit-elle en se tordant les mains, je m'inquiète de constater certaines lacunes dans la formation littéraire de vos nièces. Je ne dis pas que ce sont des lacunes préméditées, peut-être suis-je allée trop loin en vous accusant de la sorte, mais ce sont bien des lacunes. Et probablement ont-elles à voir avec le fait que, pour autant que vous vous y efforciez, vous n'êtes pas une femme.

— Pour autant que je m'y efforce... ?

Mlle Prim fit une grimace.

— Ce que je veux dire...

— Je sais parfaitement ce que vous avez voulu dire. Ma chère Prudence (l'homme du fauteuil rit en remarquant pour la première fois la présence de la dinde). S'il y a quelqu'un qui se soucie de la place des lectures dans la vie de ces enfants, c'est bien moi. J'ai attentivement choisi non seulement les lectures, mais aussi à quel moment et de quelle manière elles entreraient dans l'existence de mes neveux.

La bibliothécaire fit mine de vouloir reprendre la parole, mais il l'interrompit fermement du regard.

— Malgré le chaos que vous voyez dans ma bibliothèque et dans ma maison en général, ce désordre qui vous dérange tellement, il n'y a pas une seule virgule improvisée dans l'éducation des enfants. Ni aucun des livres qui leur passent entre les mains qui ne soit auparavant passé entre les miennes. Ce n'est pas un hasard s'ils ont lu Carroll avant Dickens et celui-ci avant Homère. Il n'y a rien de fortuit dans le fait qu'ils aient appris à rimer avec Stevenson avant d'arriver à Tennyson, ni qu'ils soient arrivés à Tennyson avant d'en venir à Virgile. Ils ont connu Blanche-Neige, Pierrot le Lapin et les enfants perdus avant Oliver Twist, Gulliver et Robinson Crusoé, et ceux-ci avant Ulysse, don Quichotte, Faust ou le roi Lear. Et ils l'ont fait dans cet ordre parce que je l'ai voulu ainsi. Ils grandissent avec de bonnes lectures afin d'être capables d'assimiler ensuite de grandes lectures. Et à ce propos, avant que vous ne commenciez à m'exposer vos sages et exaspérantes théories pédagogiques, je vous dirai que je sais parfaitement que chaque enfant est différent. Voilà pourquoi ce sont eux qui marquent le rythme, pas moi. Mais les marches de l'escalier par lequel ils s'élèvent ont été construites par moi en utilisant l'expérience accumulée pendant des siècles par d'autres avant moi. D'autres à qui je suis profondément reconnaissant.

Mlle Prim, qui avait attentivement écouté les paroles de son interlocuteur, se racla doucement la gorge avant de parler.

— Et *Les Quatre Filles du docteur March* ? Quelle place *Les Quatre Filles du docteur March* occupent-elles dans ce schéma ? J'imagine qu'elles ne se trouvent pas dans la section des grandes lectures, mais j'espère au moins qu'il y a un espace pour elles dans les bonnes lectures.

— Eh bien je dois reconnaître qu'il n'y en a pas.

— Mais pourquoi ? protesta la bibliothécaire. Ne vous rendez-vous pas compte qu'une chose est l'érudition et une autre, très différente, la délicatesse ? Vous en savez beaucoup sur la littérature, mais vous ne savez rien de la féminité.

— Pour autant que je m'y efforce.

— Ne le prenez pas à la légère, c'est important. Et pour votre gouverne, je vous dirai qu'Hermine pense comme moi. Personne ne dit que Louisa May Alcott est Jane Austen, pas plus que Stevenson n'est Dante.

L'homme du fauteuil la regarda avec attention.

— Savez-vous ce qui me surprend dans tout cela, Prudence ? Je vous regarde, vous, une femme moderne et volontaire, bardée de diplômes, et je ne peux vous imaginer en train de lire *Les Quatre Filles du docteur March*.

Mlle Prim releva son nez retroussé avec plus de ferveur que de coutume.

— Et peut-on savoir pourquoi ?

— Parce que c'est une histoire maniérée et mielleuse, et s'il y a quelque chose à quoi je suis farouchement hostile, c'est au sentimentalisme sucré. Je suis heureux qu'Hermine et vous reconnaissiez que Louisa May Alcott n'est pas Jane Austen, car une chose est sûre, elle ne l'est pas.

— L'avez-vous lu ? demanda la bibliothécaire. Je veux parler des *Quatre Filles du docteur March*.

— Non, je ne l'ai pas lu, répondit-il avec calme.

— Alors, pour une fois dans votre vie, cessez de pontifier et lisez-le avant d'opiner.

L'homme du fauteuil se mit à rire et la regarda avec un intérêt renouvelé.

— Vous êtes en train de me demander de lire *Les Quatre Filles du docteur March* ? À moi ?

— Oui, à vous. Le moins que vous puissiez faire avant de condamner une œuvre, c'est de la lire, vous ne croyez pas ?

— Mais, et que me dites-vous de Mlle Mott ? Aurions-nous déjà oublié Mlle Mott ?

La bibliothécaire se leva, elle mit son manteau, enfila ses gants, prit la dinde et se dirigea vers la porte en murmurant :

— Bien sûr que nous n'avons pas oublié Mlle Mott. Je vous parie ce que vous voulez qu'elle non plus ne l'a pas lu.

Le souper du réveillon fut une grande réussite, même s'il fut précédé d'une discussion pleine de reproches, d'accusations et de crises de larmes de la part de la cuisinière. Mlle Prim parvint à s'imposer à elle avec amabilité et courage. En fin de compte, expliqua-t-elle avec précaution au dragon jaloux qui gardait cette cuisine, Noël était une fête familiale et fraternelle, un moment de partage et de célébration. Et quelle meilleure façon de partager et de célébrer que de cuisiner ensemble ? Déconcertée par cette éloquence, la cuisinière avait fini par céder, non sans avoir fait remarquer auparavant à la bibliothécaire que Noël était un peu plus que cela, beaucoup plus que cela. Ainsi l'avait-elle appris, ainsi le lui avait appris sa mère, et celle-ci de la sienne ; ainsi l'expliquait aussi le vieux *pater* qui habitait l'abbaye, et le disait également Monsieur. Non, cela n'était qu'un petit fragment de Noël, le moins important, si elle lui permettait de le dire.

— Bien sûr que je vous permets de le dire, madame Rouan, car c'est la vérité. Et la vérité ne change pas, vous le savez très bien.

Le regard désespéré de Mlle Prim arrêta net le discours de l'homme du fauteuil qui venait d'entrer dans la cuisine, attiré par le fumet délicieux de la dinde.

— Je crois cependant que ce n'est pas un soir pour des discussions et des fâcheries, dit-il en se rendant compte de la tension qui régnait entre les deux femmes, et après s'être approché de la cuisinière il lui murmura à l'oreille : laissez-la faire, madame Rouan, cette dinde ne pourra jamais rivaliser avec votre exquis *roast-beef*, il n'y a aucun doute là-dessus.

La cuisinière, gonflée d'orgueil, ne dit pas un mot de plus et s'appliqua à terminer un soufflé, tout en surveillant les trois sortes de tartes qui cuisaient dans le vieux four de la cuisine. Une heure et demie plus tard, le repas était prêt ; les enfants, excités à l'idée de se coucher bien plus tard que d'habitude ; la table recouverte d'une impeccable nappe en lin et d'une très ancienne vaisselle familiale ; quant aux invités – Horace Delàs et le juge Basett, qui depuis des années dînaient à la maison pour ces fêtes –, ils étaient confortablement installés au salon. Pendant que Mlle Prim se changeait pour le dîner, elle pouvait entendre les allées et venues des visiteurs, les félicitations, les rires, les embrassades et les chansons.

Une demi-heure plus tard, assise à l'immense et longue table de la salle à manger, alors qu'elle écoutait la conversation animée du dîner et souriait de temps en temps à l'homme du fauteuil, Mlle Prim sentit une pointe de nostalgie, bien qu'elle ne pût dire exactement de quoi. Elle assista à la lecture que la benjamine de la maison fit de l'Évangile de saint Luc et que tous les présents, du premier au dernier, écoutèrent en silence. Après le dîner, elle les accompagna joyeusement dans le froid glacial de la nuit lorsque, munis de cierges, de cache-nez et de manteaux, ils se rendirent à la messe de minuit dans l'ancienne abbaye. Mais elle les laissa aux portes du vieux monastère, dont les vitraux illuminés brillaient tel un phare au milieu de la nuit.

— Vous ne voulez vraiment pas venir ? l'encouragea Horace Delàs. Vous savez que je ne suis pas croyant, mais j'y assiste par respect et par amitié. Écoutez-moi, au moins par une nuit comme celle-ci, ça vaut la peine. L'antique liturgie romaine est d'une beauté incomparable.

— Merci, Horace, mais je suis fatiguée, répondit aimablement la bibliothécaire en regardant la population de Saint-Irénée au complet arriver par petits et grands groupes, accompagnée de nombreux enfants couverts jusqu'aux yeux à cause du froid, ce froid qui se glissait entre les vêtements et pénétrait jusqu'aux os.

Les étoiles brillaient dans le ciel lorsque Mlle Prim fit demi-tour et reprit le chemin de la maison. Alors qu'elle allait emprunter la bifurcation, elle s'arrêta brusquement, regarda sa montre et, après avoir hésité quelques instants, prit le sentier qui menait au village. Les joyeuses lumières des vitrines étaient éteintes, mais les fenêtres des maisons, doucement éclairées, comme si elles attendaient que leurs habitants rentrent de l'office religieux, donnaient aux rues une saveur chaude et accueillante. La bibliothécaire arriva sur la place centrale, et d'un pas décidé se dirigea vers le vieux salon de thé, qui était encore ouvert. Une vague de chaleur la reçut dès qu'elle poussa la porte. À l'intérieur, les tables et le comptoir étaient vides. Ce n'est qu'au bout d'un moment qu'elle aperçut près d'une fenêtre une femme penchée au-dessus d'une tasse, tenant un livre à la main.

— Je croyais que vous étiez à l'abbaye avec les autres, dit Mlle Prim.

La mère de l'homme du fauteuil leva la tête et d'un geste invita la bibliothécaire à s'asseoir.

— Je n'y vais jamais, c'est trop émouvant pour moi. Je sors de la maison avec eux, je les accompagne tout au long du chemin et en arrivant je dis aux enfants que leur grand-mère préfère aller s'asseoir derrière. C'est ce que j'ai fait depuis qu'ils ont l'âge de raison. Mais vous savez quoi ?

— Cette année ça n'a pas marché, répondit la bibliothécaire avec un sourire espiègle, tandis qu'elle ôtait son cache-nez, ses gants, et demandait au garçon une tasse de chocolat chaud.

La vieille dame la regarda avec surprise.

— Vous êtes très perspicace.

Mlle Prim rit et assura que sa perspicacité n'était rien d'autre qu'un peu d'expérience.

— On peut tromper les enfants un certain temps, mais pour la plupart, nous les adultes ne nous rendons pas compte du moment où expire cette période de grâce.

Sa compagne acquiesça, l'air songeur.

— Ce soir je suis allée avec eux, comme d'habitude. Je suis entrée avec eux, j'ai attendu qu'ils prennent place avec mon fils sur le banc de la famille, et quand je leur ai dit que grand-mère allait s'asseoir derrière, comme elle le fait toujours, ils m'ont dit quelque chose d'inouï.

— Laissez-moi deviner.

— Je ne crois pas que vous pourrez. « Couvre-toi bien en sortant, grand-mère », voilà ce qu'ils m'ont dit. Je ne m'étais jamais sentie aussi stupide, jamais de toute ma vie. Je n'ai pas su quoi dire ; j'ai murmuré quelque chose d'incohérent. Et ensuite, que pouvais-je faire d'autre ? je suis sortie aussi vite que j'ai pu.

Mlle Prim sourit avec douceur et amabilité. Elle savait que c'était la dernière nuit que la vieille dame passait à la maison, comme elle savait aussi – ou du moins l'avait-elle supposé – que c'était l'endroit où elle pourrait la trouver. Après le désastre matrimonial d'Eugénie Mott, la bibliothécaire avait à peine pu échanger quelques mots avec elle. Ces derniers jours avaient été compliqués, occupés entre achats, cartes de vœux, petites commissions et travail en retard. Tout en grignotant un morceau de biscuit au citron, la bibliothécaire observa en silence sa compagne. Elle avait appris à apprécier cette femme, elle avait appris à l'apprécier et à la respecter. Mais depuis le jour de la conversation que toutes deux avaient eue sous le camélia d'Eugénie Mott, la fragile confiance qui s'était instaurée entre elles paraissait s'être évaporée.

Mlle Prim pensait que ces confidences avaient peut-être été une sorte de rêverie romantique qui n'avait jamais existé que dans son imagination. Reverrait-elle la vieille dame après cette nuit ? La bibliothécaire frissonna. Il était probable, ou plutôt certain, qu'elles ne se reverraient pas.

— Vous souvenez-vous du jour où vous m'avez dit que les enfants étaient les responsables de ce voyage vital que votre fils avait fait et dont vous êtes tellement mécontente ?

— Je m'en souviens, naturellement.

Mlle Prim fit une pause pour étaler du beurre et de la confiture sur une tartine de pain de campagne.

— Comment cela est-il arrivé ? demanda-t-elle.

La mère de l'homme du fauteuil ne répondit pas, elle se contenta de se préparer à son tour une tartine.

— Ce que je veux dire, c'est ceci, poursuivit la bibliothécaire : comment est-ce possible ? Comment des enfants aussi jeunes peuvent-ils provoquer un changement si radical et si profond ?

La vieille dame cessa de manger et leva les yeux.

— C'est à cause de Téséris.

— Téséris ?

— À cause de ses étonnantes et merveilleuses intuitions. Vous a-t-elle déjà raconté que la Rédemption est un conte de fées *réel* ? C'est une idée incroyable pour une fillette de dix ans, mais elle n'a certainement pas été la première à la formuler. D'autres, Tolkien par exemple, l'ont fait avant elle. Vous est-il arrivé un jour de parler un long moment avec ma petite-fille ?

— Évidemment, répondit Mlle Prim.

— C'est une fillette étrange, vous ne trouvez pas ?

— Oh oui ! Je dirais qu'elle est différente de tous les enfants que j'ai connus. Elle donne parfois l'impression de garder un secret.

La bibliothécaire se mordit la lèvre. Malgré sa répugnance naturelle pour les discours métaphysiques, elle devait reconnaître que cette enfant donnait toujours l'impression d'habiter des profondeurs inaccessibles aux autres.

— Elle a toujours été différente, depuis qu'elle est toute petite.

— Différente ? Que voulez-vous dire ?

La dame se concentra sur la dissolution du sucre qu'elle venait de mettre dans sa tasse.

— Ma petite-fille a une surprenante familiarité avec le surnaturel, elle l'a depuis son plus jeune âge. Et le plus intéressant, c'est que très longtemps il lui a été impossible de comprendre que nous, tous les autres, n'avons pas cette familiarité.

— Voulez-vous dire… ? (Mlle Prim avala sa salive.) Voulez-vous dire que Téséris est un peu comme une petite mystique ? Vous ne parlez pas sérieusement.

La mère de l'homme du fauteuil coupa posément un morceau de biscuit, elle le posa sur l'assiette de la bibliothécaire, puis fit de même avec un autre morceau, qu'elle déposa avec soin sur la sienne.

— Non, Prudence, je ne suis pas en train de dire que ma petite-fille est une mystique, je ne sais pas quel aspect ont les mystiques, même si je suis persuadée qu'ils ne lui ressemblent pas. Mais ce qui est sûr, c'est que je ne soupçonnais pas à quel point le surnaturel peut toucher au naturel avant de le voir reflété en elle.

Mlle Prim, qui avait oublié son biscuit, regardait fixement la dame à présent. C'est alors qu'elle se souvint du jour de son arrivée dans la maison.

— La première fois que j'ai vu la petite, elle m'a parlé d'un miroir. Je pensais qu'elle parlait d'Alice.

La vieille dame sourit tendrement.

— Téséris vole bien au-dessus d'Alice. *Videmus nunc per speculum in ænigmat* [1]. Connaissez-vous un peu de latin ? Nous voyons maintenant comme à travers un miroir, nous voyons obscurément, comme dans une énigme. C'est après que nous verrons tout tel que c'est, lorsque nous connaîtrons de la même façon que nous sommes connus.

Mlle Prim toussota. Dehors il s'était remis à neiger.

— Mais si vous croyez tout cela, pourquoi n'êtes-vous pas restée aujourd'hui dans l'abbaye auprès de votre famille ? Pourquoi gardez-vous cette distance ?

La mère de l'homme du fauteuil prit la tasse de ses mains délicates et termina son thé. Puis, l'air sévère, elle regarda la bibliothécaire et parla à voix basse, presque dans un murmure.

— Parce que je ne peux pas. Je ne suis pas encore prête, je ne me sens pas prête.

— Prête ? Prête à quoi ?

— Prête à quoi ? (La vieille dame sourit et fit la moue.) Prête à déposer les armes, ma chérie. Prête à baisser cette vieille tête orgueilleuse et à déposer les armes.

1. Saint Paul, I, Corinthiens.

III

En défaisant des écheveaux

1

Le départ de la mère de l'homme du fauteuil laissa un étrange vide dans la maison. À l'extérieur, le temps était toujours aussi froid, la neige s'accumulait sur le rebord des fenêtres, elle bloquait les portes, gelait sur les branches des arbres. À l'intérieur, le travail avançait, malgré les interruptions fréquentes des enfants qui brûlaient leur inépuisable énergie en courant, jouant et se cachant dans les chambres, les couloirs et les escaliers de la maison. La bibliothécaire passait ses après-midi à classer ces volumes lourds et poussiéreux. Certains, sans autre valeur que d'être restés dans la maison pendant de longues années solitaires. D'autres, de véritables survivants apportés par les ancêtres de la famille lorsque, il y a bien longtemps, ils étaient venus s'installer à Saint-Irénée. Mlle Prim aimait ces livres. Elle était émue à l'idée que là, sur ces vieilles étagères, lentement et silencieusement, ils avaient assisté à la tombée des nuits et au lever des jours.

— Je suis émerveillé de ne jamais vous avoir entendue éternuer, Prudence. Ces livres ont plus de poussière que l'espèce humaine n'est capable d'en supporter.

L'homme du fauteuil entra dans la bibliothèque en soufflant, coiffé d'un bonnet, emmitouflé dans un épais pardessus et un cache-nez qui lui couvrait le visage, chaussé de grosses bottes de neige.

— Est-ce bien vous qui êtes là-dessous ? demanda la bibliothécaire d'un ton railleur.

— Moquez-vous si vous voulez, mais il fait un froid du diable là-dehors. Impossible de rester plus d'une demi-heure dans le jardin, répondit-il en enlevant son cache-nez, son bonnet, ses gants et son pardessus.

— Vous devriez ôter vos bottes et mettre quelque chose de chaud. Voulez-vous que je demande un goûter ?

— Ce serait aimable de votre part, je vous en serais très reconnaissant. Maudites soient-elles, j'ai les mains tellement gelées que je suis incapable de défaire les lacets, se plaignit-il.

Mlle Prim s'approcha silencieusement. Elle se baissa, en prenant tout particulièrement soin de ne pas s'agenouiller, et dénoua ses lacets.

— Vous êtes très aimable. Et croyez-moi, j'apprécie le geste à sa juste valeur, dit-il en souriant.

— Que voulez-vous dire par là ? répondit-elle avec rudesse alors qu'elle luttait pour garder son équilibre en essayant de ne pas s'agenouiller et de venir à bout de la botte droite.

— Je crois deviner la signification hiérarchique que vous accordez à des gestes et attitudes déterminés.

— S'il en était ainsi je ne serais pas en train de faire ce que je fais, vous ne croyez pas ?

— Bien sûr que vous le feriez. Votre sens prussien du devoir l'emporte toujours sur vous.

La bibliothécaire serra les lèvres et poursuivit sa tâche.

— Je crois que ça y est.

— Merci, répondit-il doucement.

Mlle Prim prit le plateau que la cuisinière avait laissé sur la table du salon. Après leur dernière discussion, les deux femmes étaient tacitement convenues de s'éviter et d'éluder aussi, dans la mesure du possible, toute conversation. Elles se saluaient lorsqu'elles se croisaient dans les couloirs, se trouvaient ensemble dans la cuisine ou se rencontraient dans le jardin. Mais en dehors de cette politesse minimale, leur relation était aussi froide que cet hiver-là. Cet arrangement satisfaisait la bibliothécaire ; tout bien considéré, elle ne faisait pas partie du service. Lorsqu'elle avait besoin de quelque chose, elle le disait à l'une des trois jeunes filles du village qui travaillaient dans la maison comme femmes de ménage, bonnes à tout faire et gardes d'enfants occasionnelles. Elle n'avait pas besoin de s'adresser au dragon des fourneaux, elle n'en avait nul besoin. Pourtant, pensa-t-elle en posant le goûter sur la table devant la cheminée, il fallait reconnaître que Mme Rouan était une femme efficace. Ses beignets à la crème, ses moelleuses tartes au fromage, l'exquis gâteau de carottes et les très fins sandwiches triangulaires disposés en quatre petits tas, chacun d'une saveur différente, étaient inégalables. Sur les plateaux ne manquaient jamais le thé chinois, le lait avec la crème et les tartines grillées de pain maison, sur lesquelles s'étalaient généreusement le beurre et le miel. Tout cela, il fallait l'admettre en l'honneur de la vérité, était du seul mérite de la cuisinière.

L'homme du fauteuil se frotta les mains et regarda en silence le rituel par lequel Mlle Prim servait le goûter. La maison était inhabituellement silencieuse, car les enfants se trouvaient dans la serre, en train d'observer la manière dont le jardinier préparait des boutures et soignait avec amour les pousses qui grandissaient dans des petits pots, en attendant de pouvoir être transplantées dans le jardin l'année prochaine.

— La variété des livres accumulés dans cette maison est fascinante, commenta la bibliothécaire. Je me suis exercée à essayer de deviner lesquels ont appartenu à des hommes et lesquels à des femmes.

L'homme du fauteuil sourit en remuant lentement son thé.

— Cela ne me paraît pas être un exercice très difficile. Je crois qu'il est assez simple d'identifier la littérature destinée aux femmes : il suffit de voir le sexe de l'auteur. Il est curieux que les hommes écrivent majoritairement pour les deux sexes, alors que les femmes ne destinent leurs livres qu'aux femmes. Hormis d'honorables exceptions, évidemment.

Mlle Prim respira profondément, elle se servit un sandwich au foie d'oie, et ensuite leva les yeux vers le visage de son interlocuteur.

— Je ne crois pas que les femmes qui écrivent aient toujours destiné leurs livres aux seules femmes, répliqua-t-elle. C'est un phénomène sociologique plutôt moderne. Il y a moins d'un siècle, les hommes lisaient les femmes écrivains avec le même naturel qu'ils lisaient les hommes.

— Mais avec moins de plaisir, répondit en riant l'homme du fauteuil.

La bibliothécaire posa son sandwich sur l'assiette.

— Dites-moi, dit-elle d'un ton glacial, de quoi riez-vous ?

Il la regarda d'un air de tranquille satisfaction.

— De vous naturellement, n'est-ce pas ce que je fais continuellement ?

— Et qu'est-ce qui est drôle chez moi en ce moment, si je peux poser la question ?

— Le fait que vous ayez toujours une réponse psychosociologique pour tout. Vous devriez apprendre à regarder le monde tel qu'il est, Prudence, non comme vous voudriez qu'il soit. Il ne faut pas être très perspicace pour se rendre compte que n'importe quel garçon prend énormément de plaisir à lire *L'Île au trésor* alors qu'il aurait la nausée à la seule idée de lire…

— *Les Quatre Filles du docteur March*, par exemple ?

Il hocha la tête en souriant.

— *Les Quatre Filles du docteur March*, par exemple.

— Bien sûr. (Mlle Prim leva le nez avec suffisance.) Finalement, l'avez-vous lu ? Ou la nausée vous a-t-elle empêché d'entreprendre cette tâche ?

L'homme du fauteuil éloigna ses pieds de la cheminée, se redressa dans le fauteuil et l'approcha de la table, se penchant en avant comme s'il se disposait à se lancer dans une partie d'échecs. La bibliothécaire, au contraire, s'appuya doucement contre le dossier de son siège et croisa ses bras sur sa poitrine dans l'attente d'une explication.

— Je l'ai lu.

Mlle Prim écarquilla les yeux, surprise, mais aussitôt elle se ressaisit et adopta de nouveau une attitude provocante.

— Et alors ?

— Je dois reconnaître qu'il a un certain charme.

— Eh bien !

— Et je ne vois donc aucun inconvénient à ce que les petites le lisent, mais je dois dire aussi que je n'y ai pas trouvé un grand intérêt.

— Que voulez-vous dire par là ?

— Je veux dire que c'est un roman mineur, sirupeux et sentimental.

La bibliothécaire écarta son dos du dossier de son siège et son visage s'assombrit.

— Ce qui est le plus gros péché que puisse commettre l'être humain, n'est-ce pas ? s'exclama-t-elle d'un ton coupant. Être sentimental est pour vous une forme de délinquance ou même une perversion, c'est bien ça ? Les personnes froides et intelligentes n'ont pas de sentiments. C'est une chose du bas peuple, et plus particulièrement des femmes peu éduquées.

L'homme du fauteuil étira ses jambes et de nouveau s'appuya dans son fauteuil.

— Je ne dirais pas que c'est une chose du bas peuple, dit-il lentement. Vous seriez surprise du bon goût littéraire qu'a montré l'homme ordinaire à certaines époques de l'histoire.

— Époques révolues qui ne reviendront jamais, cela va de soi.

— Je ne sais pas si *jamais* est le mot qui convient, même si j'en ai le soupçon. Mais maintenant que vous le dites, je dois admettre que cette équation des femmes peu éduquées et du sentimentalisme est juste. De nos jours, c'est certain, le mal atteint également celles qui ont fait des études supérieures.

— Comme c'est mon cas, évidemment.

— Comme c'est votre cas, en effet.

Mlle Prim serra si fort les mâchoires qu'elle sentit grincer l'articulation sous la peau de son visage. Elle ne voulait pas perdre son sang-froid ; le pire, devant quelqu'un qui l'accusait de sentimentalisme, serait de perdre possession d'elle-même. Elle avait l'obligation de montrer à cet homme que les sentiments n'empêchaient pas de raisonner correctement et, dans cet objectif, elle lutta contre elle-même pendant quelques secondes qui lui parurent une éternité.

— Dites-moi, demanda-t-elle avec une douceur forcée, comment pouvez-vous être aussi froid ?

Surpris, il leva la tête et la regarda.

— Froid ? Moi ? Vous trouvez que je suis froid ?

— Vous détestez le sentimentalisme, vous venez de le dire.

— C'est vrai, je déteste le sentimentalisme, mais cela ne fait pas de moi un homme froid. Une chose est le sentimentalisme et une autre le sentiment, Prudence. Le sentimentalisme est une pathologie de la raison ou, si vous préférez, une pathologie des sentiments, qui grossissent, prennent une place excessive, occupent un lieu qui ne leur correspond pas, deviennent fous, obscurcissent le jugement. Ne pas être sentimental ne veut pas dire manquer de sentiments, mais seulement savoir les endiguer. L'idéal – et sur ce point nous serons sûrement d'accord –, c'est de posséder une tête tempérée et un cœur sensible.

La bibliothécaire resta silencieuse pendant quelques instants, le temps d'apaiser la tension de ses mâchoires. Comme chaque fois qu'elle discutait avec cet homme, elle avait mal à la tête. Elle ne comprenait pas la logique de cette conversation. Comment en étaient-ils arrivés à ce point de la discussion ? À quel moment étaient-ils passés de la littérature féminine à la pathologie des sentiments ?

— Dickens lisait Elisabeth Gaskell ; Newman, que vous admirez tant, lisait Jane Austen, et Henry James, Edith Wharton, dit-elle lentement.

— Trois écrivains excellents. Trois femmes intelligentes et peu sentimentales.

— La question n'est pas de savoir si elles sont de bons ou de mauvais écrivains, mais si elles sont sentimentales ou pas. La question est qu'il fut un temps où les hommes, les grands hommes, lisaient des romans écrits par des femmes.

— Certes, dit l'homme du fauteuil en éloignant un peu son siège de la cheminée, mais selon moi il faut l'attribuer à deux bonnes raisons. L'une, au fait qu'une femme qui publiait avait encore le charme de l'audace ; et l'autre, que les femmes apportaient un point de vue raisonnable, mais différent, sur le monde. Aujourd'hui, la littérature féminine a perdu cette capacité de nous inciter à déplacer le point de mire, de nous faire tourner le regard. Quand je lis un roman féminin, j'ai l'impression que l'auteur ne fait que se regarder.

Mlle Prim regarda fixement son patron. Elle était indignée par le naturel scandaleux avec lequel il soutenait n'importe quel jugement erroné. La plupart des gens avaient honte de penser, non plus seulement de dire, des choses pareilles. Lui les disait avec tranquillité, et même presque avec allégresse.

— Peut-être les femmes se regardent-elles parce qu'elles ont passé trop de temps à regarder les autres, murmura-t-elle entre ses dents.

— Allons, Prudence, cela est trop simple pour vous.

— Vous vous trompez, répliqua-t-elle en se levant brusquement et en se dirigeant vers l'étagère sur laquelle elle était en train de travailler. Rien n'est trop simple pour moi. Je suis une femme dominée par les sentiments, vous vous souvenez ?

L'homme du fauteuil se leva, il ramassa son bonnet, son pardessus et son cache-nez et se dirigea vers la porte de la bibliothèque.

— Je dirais que vous êtes une femme qui se regarde trop elle-même.

— Vraiment ? (Sans se retourner, la bibliothécaire s'entendit répondre d'une voix tremblante.) Et que me dites-vous de vous-même ? Vous aussi vous vous regardez !

Depuis la porte, il tourna la tête et ébaucha un demi-sourire.

— Je dois avouer que je trouve beaucoup plus intéressant de vous regarder.

Dès que l'homme du fauteuil eut quitté la pièce, le tremblement de Mlle Prim se changea en un faisceau de grosses larmes qui commencèrent à glisser en silence sur son visage. Elle se sentait insultée, maltraitée et moquée. Elle en avait assez de ce jeu dialectique dans lequel elle tenait toujours le rôle de la souris et lui celui du chat. Et pourtant, quelque chose l'irritait et l'attristait encore plus que tout cela : sa conviction qu'il n'était ni conscient de ce mauvais traitement ni n'avait jamais eu la moindre intention de jouer à quoi que ce soit avec elle ; la conscience que son drame, son petit drame absurde, ne signifiait rien pour le responsable de son angoisse, et le fait que, à son grand regret, celui-ci était devenu quelqu'un d'important pour elle. Il était la réponse au point d'interrogation qu'Hortense et Emma avaient ajouté sur la liste des candidats ; c'était un fait, inutile de continuer à se le cacher. Elle connaissait les symptômes, elle les connaissait trop bien.

Que pensait-il vraiment d'elle ? Mlle Prim avouait franchement qu'elle l'ignorait. Il semblait parfois ressentir une certaine attirance envers elle, il était ridicule de le nier. Mais d'autres fois, à l'évidence, il lui voyait tous les défauts et toutes les malformations de caractère présents dans la race humaine, ce qui la forçait à se convaincre que cette attirance supposée n'existait que dans son esprit. Un esprit profondément sentimental et un peu fiévreux, comme il se chargeait régulièrement de le lui rappeler. Il était également possible que cette attitude résulte de l'intérêt qu'il pouvait avoir à devenir une sorte de Pygmalion et à faire d'elle une parfaite représentante de son sexe. Mlle Prim frémissait à l'idée de se voir contrainte de tenir le rôle de Galatée ou, pire encore, celui d'Eliza Doolittle dans ce drame. Mais si douloureux que ce fût, ce n'était pas tout. Il y avait une troisième hypothèse encore plus terrible, si terrible que cette seule pensée lui donnait des frissons. Peut-être passait-il son temps à débattre avec elle sur toutes sortes de questions pour la pure et simple raison qu'il n'avait rien de mieux à faire. Arrivée à ce point, l'angoisse de la bibliothécaire augmenta au point de déborder et d'atteindre une cruelle virulence. Elle devait faire quelque chose pour résoudre ce doute, elle devait absolument faire quelque chose.

Après s'être mouchée discrètement, elle regarda en direction des portes-fenêtres qui permettaient de passer de la bibliothèque au jardin. La neige continuait à tomber à gros et lourds flocons. Il paraissait impensable de se rendre au village par ce temps, et elle avait pourtant un besoin urgent de le faire. L'heure était venue d'avoir une conversation approfondie et sincère avec les dames de Saint-Irénée ; le moment était venu de mettre les cartes sur la table dans ce jeu absurde de détective en quête d'un mari, de les consulter au sujet de la situation où elle se trouvait face à son patron et de ce que, en conséquence, elle devait faire. Tandis qu'elle regardait tristement tomber la neige, convaincue que la conversation devrait être reportée jusqu'à ce que le temps s'améliore, elle vit le vieux jardinier sortir de la serre et se diriger vers le garage. Rapide comme l'éclair, elle se leva, quitta la pièce, attrapa un gros manteau, un cache-nez, une paire de bottes en caoutchouc, et elle sortit comme une flèche à la recherche du chauffeur.

Le trajet fut lent et pesant, en partie à cause de la neige qui recouvrait la route et obligeait à rouler avec une extrême prudence, et en partie à cause de l'absence totale de conversation avec le jardinier, résigné à emmener la bibliothécaire, mais fidèle aux longues années d'amitié partagées avec la cuisinière de la maison. Enfin la voiture pénétra dans le village et Mlle Prim fut déposée chez Hortense Œillet, qui la reçut avec de grandes démonstrations de joie et de surprise.

— Ma chère Prudence, quelle visite inattendue par un après-midi aussi épouvantable que celui-ci. Entrez, chère amie, quittez ce manteau et asseyez-vous pendant que je prépare le thé, s'exclama-t-elle.

— Ne vous dérangez pas, Hortense, je viens de le prendre. Mais j'accepterai une tasse de chocolat chaud, elle me fera du bien. Et je vous demanderais, s'il vous plaît, de préparer un litre de café.

Hortense Œillet regarda son invitée avec consternation.

— Du café ? Mon Dieu, il a dû se passer quelque chose de grave, vous ne prenez jamais de café.

— Non, ce n'est pas grave, mais c'est important. Je viens vous voir parce que j'ai besoin de votre conseil, du vôtre et de celui de ces dames pleines de bon sens qui vous fréquentent. Ce que je veux dire, c'est que j'ai besoin que nous tenions une sorte de…

— De conclave extraordinaire ?

Mlle Prim poussa un soupir de soulagement.

— C'est ainsi que vous l'appelez ?

— C'est ainsi que nous l'appelons. Asseyez-vous, ma chère, je vais appeler Emma, Virginia et Hermine. Je crois qu'avec elles ce sera suffisant. Nous ne voulons pas que tout Saint-Irénée soit au courant, n'est-ce pas ? dit la fleuriste en souriant affectueusement tandis qu'elle se dirigeait vers la cuisine.

Mlle Prim se laissa tomber sur un sofa stratégiquement placé devant la cheminée. Le salon d'Hortense Œillet était une pièce petite mais harmonieuse. De vieilles photographies, des vases ornés de camélias, des dessins d'enfants qui représentaient des plantes – la bibliothécaire se souvint que son hôtesse était le professeur de botanique de Saint-Irénée –, des tableaux faits de pétales séchés et des livres, beaucoup de livres, rendaient difficile de ne pas s'y sentir à l'aise.

— Quelle jolie pièce, Hortense ! s'exclama la bibliothécaire quand son amie revint chargée d'un pichet de chocolat chaud, d'une assiette de brioches au beurre, de pâtes de citron et d'une tarte à la crème, et qu'elle déposa le tout sur la table devant le feu.

— Elle vous plaît ? Elle est un peu vieillotte, mais à Saint-Irénée nous aimons l'ancien. Nous vivons toujours avec un pied dans le passé, vous le savez déjà, ma chère.

Mlle Prim l'assura qu'elle le savait et qu'elle avait même commencé à l'apprécier.

— Ah, comme je suis heureuse d'entendre cela ! Je craignais que vous n'arriviez jamais à vous adapter, c'est tellement différent. En fin de compte, ici nous vivons un peu en marge du monde.

— Ou même *contra mundum*, rit la bibliothécaire en acceptant le chocolat.

— C'est vrai, c'est vrai. Qu'est-ce que j'allais dire… ? Nos invitées sont déjà en chemin, elles arriveront dans cinq minutes et le café sera prêt dans trois. J'ai aussi invité Loulou Thiberville, j'espère que vous n'y voyez pas d'inconvénient.

— Loulou Thiberville ?

— C'est la doyenne de Saint-Irénée et la femme de plus haut rang, elle fêtera bientôt ses quatre-vingt-quinze ans. Je l'ai avertie parce que c'est un puits de sagesse et parce que… (Hortense Œillet hésita en regardant Mlle Prim du coin de l'œil) elle a enterré pas moins de trois maris. Vous ne m'avez pas dit la raison pour laquelle vous avez besoin d'un conseil, mais quelque chose dans votre regard m'a fait penser qu'il pouvait s'agir d'une affaire, disons, romantique, et c'est pourquoi j'ai pensé à elle.

La bibliothécaire rougit intensément.

— Vous avez bien fait. Je serai enchantée de faire la connaissance de Loulou Thiberville, dit-elle avec un sourire.

Mme Thiberville s'avéra être une petite vieille vilaine et rabougrie, à la voix basse et impérieuse, qui avait l'art extraordinaire de devenir le centre de n'importe quelle réunion. Elle arriva emmitouflée dans un vieux manteau d'astrakan qui dégageait une légère odeur de naphtaline, coiffée d'un petit chapeau gris orné d'une plume.

— C'est donc vous, dit-elle à peine entrée dans le salon, suivie des autres invitées qui l'aidèrent à s'installer devant le feu, mirent ses pieds sur un petit banc et se répartirent autour d'elle comme s'il s'agissait d'une reine des abeilles.

— Eh bien? demanda la vieille dame. À quoi dois-je l'honneur ?

Hortense Œillet présenta brièvement la bibliothécaire et exposa en quelques mots le peu qu'elle savait de l'affaire. Mlle Prim s'était présentée à l'improviste, visiblement agitée et inquiète, réclamant de l'aide. Elle avait sollicité la réunion d'un conclave extraordinaire, une réunion imprévue que les dames de Saint-Irénée organisaient lorsqu'un motif urgent les y obligeait.

— Ma chère Prudence, je vous en prie, exposez-nous votre problème.

Encouragée par le sourire d'Hermine Treaumont, Mlle Prim prit la parole. Par déférence pour Loulou Thiberville, elle expliqua avant tout la méthode extravagante qu'elle s'était prêtée à utiliser dans la recherche d'un mari et comment, cet après-midi même, elle en était venue à la conclusion que le candidat caché derrière le point d'interrogation était son propre patron. Elle décrivit ensuite les relations étranges et tendues qu'elle entretenait avec lui, les conversations animées et les confidences, les sourires, les politesses et les âpres exercices de critique. Faisant un effort pour feindre la sérénité, elle confessa devoir admettre, à son grand regret, qu'elle éprouvait une certaine attirance envers lui. Elle ne comprenait pas pourquoi, car c'était un homme extravagant, aux croyances religieuses extrêmes, dépourvu du moindre soupçon de sensibilité et odieusement dominateur. Comme toute femme se suffisant à elle-même, Mlle Prim refusait toute forme de domination. Selon elle, la relation maritale devait se fonder sur l'égalité la plus exquise, la plus délicate.

— Vous commencez mal, l'interrompit sèchement la reine des abeilles depuis son fauteuil.

— Pourquoi ? demanda la bibliothécaire avec étonnement.

Hermine Treaumont, s'agitant sur sa chaise, ouvrit la bouche, prête à intervenir, mais d'un geste impérieux l'ancienne la fit taire.

— Tout ce discours égalitaire est d'une stupidité souveraine, déclara la dame d'un ton ferme.

— Mais pourquoi ? questionna de nouveau Mlle Prim.

— Ma chère Prudence…, commença Hortense Œillet, ce que Loulou veut dire…

— Fais-moi le plaisir de te taire, Hortense, interrompit la vieille dame. Je n'ai besoin de personne pour expliquer ce que je veux dire. Je suis sûre qu'Emma et toi avez une part de responsabilité dans l'agitation de cette demoiselle, toujours à répéter vos absurdes théories orientales sur l'harmonie, le tout et les parties. Elles vous ont déjà parlé de l'harmonie, du tout et des parties, n'est-ce pas, ma chérie ?

La bibliothécaire s'excusa du regard auprès de son hôtesse, avant de répondre qu'elle avait, en effet, été instruite sur la théorie de l'harmonie, du tout et des parties.

— Oubliez cela aussi. C'est une autre stupidité.

— Loulou, s'il te plaît, j'aimerais que… (Hortense Œillet s'était exprimée avec douceur, mais fermement.)

— Hortense, dit la vieille dame d'une voix lasse, je suppose que si à quatre-vingt-quinze ans vous m'avez invitée à un conclave extraordinaire, c'est pour me permettre de donner mon avis, n'est-ce pas ?

— Oui, bien sûr, Loulou.

— Cela va de soi, Loulou, intervint Hermine Treaumont avec diplomatie, c'est juste que ce genre de questions peut être abordé sous divers angles. Je suis sûre qu'Hortense et Emma ont eu la meilleure des intentions en…

— Bien sûr qu'elles l'ont eue, Hermine, ne sois pas ridicule, personne ne met cela en doute. (La minuscule vieille se redressa dans son fauteuil et regarda fixement la bibliothécaire.) Écoutez-moi bien, mademoiselle Prim, vous êtes devant une femme qui a enterré trois maris. Cela, à ce que je crois, me donne une certaine autorité pour m'exprimer sur le sujet et, depuis cette autorité, je dois vous dire que l'égalité n'a rien à voir avec le mariage. La base d'un bon mariage, d'un mariage raisonnablement heureux – car il n'y en a pas, détrompez-vous, de totalement heureux –, c'est précisément l'inégalité, qui est indispensable pour qu'entre deux personnes puisse exister une admiration réciproque. Écoutez avec attention ce que je vais vous dire : vous ne devez pas aspirer à un époux comme vous, vous devez aspirer à un époux entièrement et absolument meilleur que vous.

La bibliothécaire ouvrit la bouche pour protester, mais un éclat acéré dans le regard de la vieille dame la fit renoncer à cette tentative. Près de la cheminée, Virginia Pille dissimulait un sourire.

— Je me demande si ce que vous affirmez sur l'admiration, fit remarquer Mlle Prim, s'applique uniquement aux femmes ou si les hommes aussi doivent épouser des femmes qu'ils admirent.

— Naturellement qu'ils le doivent ! Ils doivent aspirer à des femmes qui d'un ou de plusieurs points de vue sont meilleures qu'eux. Si vous regardez l'histoire, vous verrez que la plupart des grands hommes, les plus grands, ont toujours choisi des femmes admirables.

— Mais alors cette admiration n'exclut pas l'égalité, madame Thiberville. Si j'admire mon mari et que mon mari m'admire, nous sommes à égalité, répliqua la bibliothécaire en levant le nez de deux degrés.

La vieille dame tourna la tête avec difficulté et regarda Virginia Pille, qui sourit de nouveau en silence.

— Chère mademoiselle Prim, si vous prêtez un peu attention, vous vous rendrez compte qu'on ne peut admirer que ce qu'on ne possède pas. On n'admire pas chez un autre une qualité que l'on a, on admire ce que l'on n'a pas et qu'on voit briller chez l'autre dans toute sa splendeur. Vous me suivez ?

— Nous te suivons, Loulou, dit Hermine Treaumont, tandis que la bibliothécaire et les autres dames acquiesçaient d'un signe de tête.

— Eh bien, et ceci n'est pas de la sagesse mais de la logique élémentaire : si deux personnes s'admirent mutuellement cela signifie qu'elles ne sont pas égales, parce que si elles l'étaient elles ne s'admireraient pas. Elles sont différentes, puisque chacune admire chez l'autre ce qu'elle ne trouve pas en elle-même. C'est la différence, non l'égalité, qui alimente l'admiration entre deux personnes, d'où il résulte que l'égalité n'a rien à voir avec un bon mariage, alors que la différence, elle, a beaucoup à y voir. Dire le contraire est pure charlatanerie, très fréquente par les temps qui courent, et typique des personnes à qui on n'a pas appris à raisonner.

La bibliothécaire baissa la tête et accepta le reproche avec mansuétude.

— En tout cas, Loulou (la voix cristalline de Virginia Pille emplit le salon), ce que Mlle Prim veut nous demander, c'est notre avis sur sa situation actuelle vis-à-vis de son patron et sur le fait qu'elle se sent attirée par lui.

— Vous l'admirez, fillette ? demanda la vieille dame d'un ton soudain affectueux.

— Je suppose que oui, dans bien des aspects, mais dans d'autres je le déteste profondément.

— Ah, mais ce n'est pas un empêchement, pas du tout. J'ai vivement détesté tous mes maris et cela ne m'a pas empêchée de beaucoup les aimer tous les trois.

À cet instant, Hermine Treaumont se racla discrètement la gorge. La bibliothécaire se tourna vers elle, tandis que Loulou Thiberville s'appuyait dans le fauteuil et fermait les yeux.

— Prudence, dit-elle, j'aimerais vous dire quelque chose. Je vous ai observée plus d'une fois en compagnie de votre patron, et selon moi il est plus que probable que cette attirance que vous éprouvez à son égard soit réciproque, je le crois sincèrement.

Mlle Prim prit lentement une pâte de citron et se pencha en avant, comme si elle faisait un effort pour mieux entendre.

— Vous dites cela sérieusement ? demanda-t-elle. Je sais que vous êtes de très bons amis.

Loulou Thiberville ouvrit les yeux et toussa bruyamment, ce qui fit rapidement se lever l'hôtesse pour lui apporter un verre d'eau de la cuisine.

— Nous sommes de bons amis, mais ça, c'est maintenant. Il y a quelques années nous avons été beaucoup plus que des amis.

Mlle Prim raidit le dos et serra les mâchoires.

— Oh !

— Bien sûr, c'était il y a longtemps, tout est fini maintenant.

— Oh ! dit à nouveau la bibliothécaire. Et, luttant de toutes ses forces pour contrôler sa contrariété, elle demanda : Qu'est-il arrivé ?

Hermine Treaumont approcha sa chaise du feu et, après une pause, comme si elle faisait un gros effort pour choisir ses mots, elle commença à parler :

— Je ne vais pas vous donner de détails sur la relation que nous avons eue, car ce n'est pas le sujet, mais je considère important de vous dire pourquoi nous avons rompu. Nous sommes restés ensemble pendant une période merveilleuse, mais au terme de ce temps, l'homme dont j'étais alors amoureuse est devenu l'homme que vous connaissez aujourd'hui, et tout a changé.

— C'est vous qui l'avez quitté ?

— C'est lui qui m'a quittée.

Mlle Prim exhala un soupir de soulagement presque imperceptible.

— Vous ne devriez pas vous sentir soulagée, affirma la reine des abeilles à qui n'échappait aucun détail. Si vous aviez un peu de bon sens, vous demanderiez à Hermine pourquoi il l'a quittée.

— Pourquoi vous a-t-il quittée ? demanda docilement la bibliothécaire.

Un bruit doux à la porte, qui grinça en s'ouvrant, fit se tourner toutes les têtes, sauf celle de Loulou Thiberville que l'arthrite obligeait à ne jamais se départir d'une position solennelle. Un énorme chat gris au long poil entra dans le salon, il s'approcha de la table et d'un bond sauta dans le giron de l'hôtesse de la réunion, qui sourit avec douceur et se mit à caresser l'animal. Alors la voix d'Hermine Treaumont résonna, lointaine, comme dans un rêve.

— Parce que je ne croyais pas en ce qu'il avait commencé à croire.

Pendant quelques instants, personne ne dit mot. Dans la pièce, on n'entendait que le tic-tac lent et cadencé de l'horloge, qui tenait lieu de cadre aux événements de cet après-midi-là dans le salon d'Hortense Œillet. Dehors, la neige s'était mise à tomber moins dru. Les flocons étaient plus petits et plus légers, si légers qu'ils semblaient parfois virevolter capricieusement dans l'air, poussés par le vent froid de février.

— Mais je ne peux croire que ç'ait été le motif, balbutia finalement la bibliothécaire. Voulez-vous dire qu'il a quitté la femme qu'il aimait pour cette seule raison ?

— Je veux dire que lorsque cette porte s'est ouverte devant lui, tout ce qui l'unissait à moi a disparu. C'est quelque chose qui a changé sa vie de manière inouïe et que je n'ai pu, ou peut-être pas voulu, partager. Oh, bien sûr, nous avons essayé, Prudence, je vous assure que nous avons essayé. Mais il était si évident qu'il vivait dans un monde et moi dans un autre ; qu'il parlait une langue et moi une autre ; qu'il voyait…

— Je vous en prie, interrompit Mlle Prim, irritée. Je vous en prie, ne venez pas me ressortir qu'il voyait des choses que les autres ne voyaient pas.

— Pas dans un sens physique, non, expliqua lentement Hermine. Ce que j'essaie simplement de vous dire, c'est que nous sommes arrivés à un point où s'il ne m'avait pas quittée, c'est probablement moi qui l'aurais fait.

La bibliothécaire se leva et s'approcha de la cheminée pour attiser le feu. Ce faisant, elle sentit tous les regards des femmes présentes dans la pièce converger sur son dos. Seule Loulou Thiberville, enfoncée dans le fauteuil, les yeux clos, semblait se tenir en marge de la conversation.

— Ce que vous voulez me dire, c'est que le fait de ne pas croire en ce qu'il croit fera que je ne pourrai pas vraiment tomber amoureuse de lui ?

Hermine Treaumont caressa le chat avec douceur avant de répondre.

— Non, ma chère, non. Ce que je veux vous dire, c'est que le fait que vous ne croyiez pas en ce qu'il croit fera qu'il ne consentira jamais à tomber vraiment amoureux de vous.

2

« C'est impossible », murmura Mlle Prim entre ses dents alors qu'elle sortait en toute hâte de chez Hortense Œillet. La soirée s'était achevée d'une façon désagréable. À l'évidence, toutes ces femmes, à l'exception de la vieille Thiberville, la regardaient avec pitié. Il était évident aussi que toutes croyaient dur comme fer au récit d'Hermine Treaumont. Toutes sauf elle, qui refusait de croire qu'un homme intelligent et éclairé puisse permettre que ses idées le séparent de la personne qu'il aimait. Tandis qu'elle faisait des efforts épuisants pour avancer dans la neige, elle prit conscience qu'elle avait pour l'instant un problème beaucoup plus urgent à résoudre. Comment allait-elle rentrer à la maison par un temps pareil ? Son hôtesse avait insisté pour prévenir quelqu'un de venir la chercher, mais Mlle Prim s'était obstinée dans son intention de rentrer seule. Elle se rendait compte à présent qu'elle avait été insensée de quitter ainsi la maison d'Hortense. Elle aurait dû attendre le jardinier de Loulou Thiberville, qui faisait office de chauffeur et était convenu avec la vieille dame de repasser la prendre à huit heures.

Elle s'était sentie humiliée par la confession d'Hermine : une confession inattendue et un geste d'un mauvais goût incompréhensible. Mlle Prim pensait fermement que dans la vie certaines choses n'avaient pas à être révélées. Mais dans le cas où cela s'avérerait nécessaire, une conversation privée n'était-elle pas le moyen le plus approprié ? La bienséance n'aurait-elle pas exigé qu'Hermine profite de sa visite au journal pour lui confesser qu'elle avait eu une relation amoureuse avec l'homme qui l'employait ? Mlle Prim n'avait aucun doute à ce sujet, pas plus qu'elle n'en avait sur le rôle qu'aurait dû jouer son hôtesse dans cet incident. N'aurait-elle pu l'avertir de ce qui se préparait ? N'aurait-elle pu lui dire de parler à Hermine en privé ? Elle était certaine que ç'aurait été la manière convenable de faire les choses.

Toute cette histoire était une stupidité, pensa-t-elle en faisant des efforts surhumains pour traverser la rue. Elle ne pouvait croire que son chef se fût comporté de façon aussi vile. À aucun moment il n'avait montré d'hostilité envers elle du fait qu'il pensait d'une manière et elle d'une autre. Il n'avait jamais fait la moindre insinuation laissant supposer que cela pouvait constituer un problème entre eux. Même si la relation qu'ils entretenaient s'en tenait officiellement à celle qui unit un patron et son employée, extra officiellement leurs rapports étaient allés plus loin. Leurs discussions et leurs conversations, leurs confidences et leurs débats, tout cela dépassait les limites d'un contrat. Et pendant tout ce temps elle n'avait jamais eu l'impression qu'il la méprisait ou la sous-estimait du fait qu'elle ne partageait pas ses croyances.

Hermine s'était peut-être fait des illusions, pensa-t-elle tandis qu'elle essayait de se protéger d'une rafale de vent glacé. C'était une femme délicate, intelligente et sensible, mais cela n'était pas un obstacle aux illusions. Mlle Prim avait une théorie personnelle concernant les illusions, selon laquelle celles-ci s'acharnaient tout spécialement, et avec le plus de cruauté, sur les membres du sexe féminin. Cela ne signifiait pas que l'homme ne pouvait tomber dans ce mécanisme psychologique, mais qu'il le faisait de manière beaucoup plus superficielle et bien moins élaborée. Les illusions, chez la femme, réfléchit-elle en faisant des efforts pour ne pas glisser dans une côte du chemin, étaient une arme introspective très puissante et très sophistiquée. Une sorte de monstre marin dont les immenses tentacules pouvaient s'étendre au fil des ans et empoisonner non seulement sa victime, mais aussi beaucoup d'autres personnes autour d'elle. Elle pouvait en témoigner ; elle connaissait d'expérience ce processus. Elle avait vu ce monstre émerger des profondeurs de l'esprit de sa mère et observé de quelle façon, tel un calamar géant, il s'était jeté sur la vie de son père.

— N'est-ce pas un jour étrange pour faire du tourisme, mon imprudente Prudence ?

La bibliothécaire appréciait sincèrement l'amitié d'Horace Delàs, mais jamais jusqu'à ce soir-là elle ne s'était rendu compte à quel point c'était vrai.

— Horace, vous ne pouvez imaginer comme je suis heureuse de vous voir !

Son ami rit bruyamment et lui offrit son bras.

— N'allez pas croire que j'aie l'habitude de me promener par des soirées comme celle-ci. Hortense m'a appelé et elle m'a dit qu'à cette heure vous étiez probablement déjà tombée dans un fossé.

Mlle Prim sourit, soulagée.

— J'ai été stupide.

— Et à ce qu'on m'a raconté, ce n'est pas la première fois que ça vous arrive.

— Non, répondit-elle en baissant la tête.

— Allons, ne soyez pas triste, ma chère. Je peux vous offrir un bon feu et un repas chaud. Vous savez que je ne conduis pas, aussi le transport n'entre-t-il pas dans ma proposition, mais nous appellerons la maison pour qu'on envoie le jardinier vous chercher après le dîner. À présent vous avez besoin de vous réchauffer un peu, de vous reposer et de vous restaurer.

La bibliothécaire ne répondit pas, mais elle se laissa docilement conduire au bas de la rue, jusqu'à la maison de son ami. Celui-ci ouvrit la porte de son grand jardin planté de camélias et guida son invitée à travers le sentier. La bâtisse en pierre, à l'instar des autres maisons de Saint-Irénée, projetait une luminosité à travers ses fenêtres, comme si elle invitait le passant à faire halte et à entrer. Après avoir fait un brin de toilette, changé ses bottes pour de vieux chaussons trop grands de plusieurs pointures, et savouré un bon dîner accompagné d'un excellent vin, Mlle Prim fut invitée à s'asseoir dans un fauteuil devant la cheminée, avec une tasse de thé.

— Je pourrais dire que je suis au paradis, Horace. Vous n'imaginez pas comme je me sens bien, je pourrais rester ici toute la nuit.

Son amphitryon, qui dégustait un whisky, sourit, satisfait.

— Rien ne vous en empêche, mais je ne crois pas que ce serait du goût de votre patron. Il vous enverra chercher dans une heure.

— Non, je ne crois pas qu'il apprécierait, répondit la bibliothécaire en riant. Pourquoi tous les habitants de Saint-Irénée sont-ils de si merveilleux amphitryons ? Dans leurs réunions ne manquent jamais les friandises, les gâteaux ou de délicieux rôtis, un bon feu et une conversation animée.

— Ce sont les plaisirs vétustes de la vieille civilisation, Prudence.

— Je suppose que oui, soupira-t-elle en laissant tomber les énormes babouches et en approchant ses pieds nus du feu, dont le crépitement était le seul bruit dans la pièce.

À travers les fenêtres on pouvait voir tomber la neige, qui étouffait les sons improbables qu'on aurait pu entendre à cette heure dans le village. Mlle Prim fixa son regard sur le feu. Elle commençait à mesurer la véritable portée de ce qu'elle avait pensé, dit et entendu au long de la journée. Et le résultat ne lui était pas agréable.

— Je crois que j'ai fait une vraie bêtise aujourd'hui, dit-elle se parlant à elle-même.

— Vous voulez parler de votre tentative de rentrer seule à la maison ? Il n'y a pas de quoi en faire une histoire, il ne s'est rien passé de grave. Ce n'est pas la peine d'y penser davantage.

— Je veux parler du fait d'avoir publiquement

confessé l'attirance que j'éprouve envers l'homme pour qui je travaille, alors qu'à l'instant je ne suis pas du tout sûre que ce soit vrai.

La bibliothécaire crut que son hôte n'avait pas entendu ce qu'elle disait, mais elle se rendit bientôt compte qu'elle s'était trompée.

— J'ai été stupide, n'est-ce pas ?

Horace Delàs se resservit deux doigts de whisky avant de répondre.

— Je ne dirais pas stupide, mais certainement un peu imprudente.

Son invitée sourit sans quitter le feu du regard.

— Que vous êtes différents tous les deux ! Lui n'aurait pas eu pitié de moi.

— Bien sûr qu'il aurait eu pitié de vous, Prudence, ne soyez pas si dure envers lui. Je le connais assez pour savoir qu'il ne vous ferait jamais de mal délibérément.

— C'est un avertissement ? demanda-t-elle d'un ton hautain.

— Pas du tout, je vous assure. Je ne connais pas ses sentiments, ma chère, je ne peux vous dire s'il ressent autre chose que de la sympathie et de l'intérêt à votre égard. Mais ne venez-vous pas de me dire que vous n'êtes plus très sûre de ressentir cette attirance dont vous parlez ?

La bibliothécaire détourna le regard et ne répondit pas.

— Je vois, dit son ami. Dans ce cas je crains que vous n'ayez d'autre solution que de vérifier si ce sentiment est partagé.

— Ou plutôt s'il existe un empêchement à ce qu'il le soit.

— À présent, c'est moi qui ne vous suis pas, remarqua-t-il en la regardant avec curiosité.

En quelques mots, Mlle Prim relata les incidents du conclave extraordinaire.

— Croyez-vous que ce soit vrai ? Ne pensez-vous pas que si c'était vrai ce serait le comble de l'intolérance et du fanatisme ? Ça vous paraît possible ? Vous le connaissez bien.

— Je le connais bien, mais je ne suis pas dans sa peau, mon amie. Je crains que la seule façon d'obtenir une réponse à cette question soit de la lui poser.

— Lui poser la question ? Mais c'est impossible, ce serait comme lui avouer mes sentiments ; c'est complètement absurde.

— Pas si vite, Prudence. Ne m'avez-vous pas dit que tel est le motif pour lequel il a rompu avec Hermine ?

La bibliothécaire acquiesça d'un mouvement de tête.

— Eh bien c'est d'Hermine que vous devez parler, pas de vous. C'est de la relation qu'il a eue avec elle dont il faut parler. Je crois que c'est la première chose à faire, et le plus tôt possible. Inutile de vous dire que je vous souhaite toute la chance du monde dans cette tâche.

Mlle Prim se tut, songeuse, pendant quelques instants. Puis elle retira les pieds du feu, enfila lentement ses chaussettes et ses bottes, et regarda son hôte d'un air sérieux.

— Vous avez un esprit merveilleusement féminin, Horace. Non, ne protestez pas, je vous en prie, je sais que vous ne considérez pas cela comme un compliment. Mais il se trouve que c'en est un à mes yeux ; un grand et vrai compliment.

Avant que son ami pût répliquer, la sonnette de la porte leur apprit à tous deux que le jardinier attendait et que la veillée avait pris fin.

Cette nuit-là, Mlle Prim dormit mal. Elle n'arrivait pas à comprendre comment elle avait pu être aussi impulsive. Loin de se sentir soulagée d'avoir enfin avoué que son chef avait pour elle plus d'importance qu'elle n'avait jamais osé le reconnaître, elle se sentait nerveuse. Elle ne pouvait s'empêcher de penser qu'une fois exprimé par des mots, ce qu'elle ressentait semblait avoir acquis des teintes disproportionnées. Les dames de Saint-Irénée d'Arnois, avec les meilleures intentions du monde, avaient interprété ses sentiments comme une déclaration d'amour, presque comme une proposition de mariage. Pour quelle autre raison une vieille personne comme Loulou Thiberville aurait-elle voulu l'instruire sur les fondements de la vie de couple ? La bibliothécaire s'agita, angoissée à l'idée que les dames de Saint-Irénée se mettent à travailler en vue de la marier à l'homme du fauteuil. Personne ne les avait donc informées que toutes les attirances entre un homme et une femme ne débouchent pas sur une relation sentimentale ? Ne savaient-elles pas que toutes les relations sentimentales n'ont pas comme fin le mariage ? Mlle Prim avait peu à peu tempéré son jugement sur le lien conjugal, mais cela ne signifiait pas qu'elle en avait fait un absolu. Il fallait en outre tenir compte d'autres facteurs. Et si son patron apprenait l'existence de ce conclave féminin chez Hortense ? Et si dans le fond elle s'était trompée et qu'il ne s'intéressait pas du tout à elle ?

Accablée par ses craintes, elle sauta du lit, mit un manteau et sortit sans bruit de sa chambre. La maison était silencieuse. Elle passa sur la pointe des pieds devant les chambres des enfants, traversa le couloir, descendit l'escalier et arriva dans le vaste hall du rez-de-chaussée. La porte principale était ouverte, suivant la coutume de Saint-Irénée, où les portes fermées étaient considérées comme un affront fait aux voisins.

À peine sortie dans le jardin, une rafale d'air glacé lui coupa le souffle. Grelottante, elle estima qu'elle pourrait tenir dehors environ cinq minutes. Elle utilisait cette ruse depuis qu'elle était toute petite. Lorsqu'elle ne pouvait trouver le sommeil, elle se levait au milieu de la nuit et sortait dans la rue, où elle restait jusqu'à ce que le vent, la pluie ou la chaleur lui fassent regretter la tranquillité de sa chambre. Alors elle rentrait et dormait paisiblement le reste de la nuit.

— Prudence, vous avez la curieuse habitude de défier le froid avec des chaussures légères. À votre place, je regagnerais ma chambre et je mettrais des bottes de neige.

Mlle Prim se retourna d'un bond en entendant la voix de l'homme du fauteuil.

— Je vous ai réveillé ? dit-elle. Je suis vraiment désolée, j'ai essayé de faire le moins de bruit possible.

Il sourit doucement, croisa son pardessus et souffla dans ses mains pour tenter de les réchauffer.

— Vous ne m'avez pas réveillé, à cette heure je suis toujours réveillé.

— Comme les hiboux ? demanda la bibliothécaire avec un sourire moqueur.

— Plutôt comme les chiens de berger. Eksi fait des cauchemars certaines nuits, elle se réveille en pleurant vers deux ou trois heures du matin. C'est la brebis la plus fragile de mon troupeau.

— Vraiment ? Je ne l'ai jamais entendue.

— Elle pleure avec beaucoup de délicatesse, il faut être réveillé pour l'entendre.

Mlle Prim acquiesça, pensive. Puis elle se frotta vigoureusement les mains.

— Si nous rentrions et prenions une boisson chaude, qu'en dites-vous ? Vous êtes gelée, Prudence.

— Quand vous proposez de prendre une boisson chaude, il s'agit d'un whisky ? demanda-t-elle avec malice.

— Lorsque je propose de prendre une boisson chaude, je parle d'un lait au chocolat, d'un épais cacao ou d'un punch au lait et au rhum. Rien qui puisse vous enivrer.

La bibliothécaire se mit à rire et tous deux rentrèrent dans la maison. L'homme du fauteuil ouvrit la porte de la bibliothèque, il alluma une petite lampe et s'agenouilla devant la cheminée pour rallumer le feu.

— Vous allez faire du feu ? Il fait assez chaud ici.

— Je le sais, mais je ne conçois pas une pièce en hiver avec la cheminée éteinte. Le feu est bien plus qu'un moyen de chauffer une pièce, c'est pour moi le cœur du foyer.

— Je ne vais pas vous contredire là-dessus, répondit-elle en riant. Pas à cette heure et tant que c'est vous qui proposez de l'allumer. Voulez-vous que je prépare quelques tasses de cacao ?

— Ce serait formidable, murmura-t-il tandis qu'il ravivait la flamme.

Mlle Prim se dirigea vers la vieille cuisine de la maison et se mit à préparer le cacao. C'était pour elle l'occasion de suivre le conseil d'Horace et de questionner son patron sur son passé sentimental. Tandis qu'elle remuait lentement la boisson à l'aide d'une cuiller en bois, elle prit conscience de l'énorme difficulté de l'opération. Comment allait-elle l'interroger sur sa relation avec une femme, alors qu'officiellement elle n'était pas censée en avoir connaissance ? Mais, réfléchit-elle, il n'y avait rien non plus de vraiment extraordinaire à ce qu'elle en ait eu vent. Pas dans un village où tout le monde connaissait le passé de chacun.

Lorsqu'elle revint dans la bibliothèque, un feu vif, resplendissant, brillait dans la cheminée. Elle posa le plateau sur la table à thé et s'installa dans l'un des sièges tandis que l'homme du fauteuil faisait de même dans l'autre. Puis elle remplit les tasses, prit un biscuit au beurre, enleva ses chaussons et approcha ses pieds du feu.

— Vous ne m'aviez jamais dit qu'Hermine et vous aviez eu une relation amoureuse dans le passé, dit-elle avec une légèreté étudiée et sans oser lever les yeux de sa tasse.

Il remua lentement le cacao et but une gorgée avant de répondre.

— Il y a beaucoup de choses de ma vie que je ne vous ai pas racontées. J'ignorais devoir le faire, mais si c'est important pour vous je ne vois pas d'inconvénient à commencer dès à présent.

Mlle Prim rougit, elle retira ses pieds de la cheminée et les plaça dans le fauteuil.

— Vous n'avez évidemment pas à le faire. Mais nous avons tant de fois parlé d'Hermine qu'il me paraît surprenant que le sujet ne soit jamais venu sur le tapis, simplement.

— Simplement, répéta-t-il à voix basse.

Tous deux restèrent quelques minutes le regard fixé sur le feu. Du fond de la maison parvint le son lointain et familier des trois coups d'une horloge.

— Tout le monde sait que les femmes sentimentales sont également curieuses et médisantes, poursuivit brusquement la bibliothécaire. Expliquez-moi donc pourquoi vous avez rompu !

L'homme du fauteuil la regarda, amusé.

— S'il y a quelque chose dont je suis convaincu, Prudence, c'est que vous n'êtes pas une personne curieuse.

Mlle Prim sourit tout en se levant pour ôter son manteau.

— Non, je ne le suis pas, mais j'aime la sociologie, vous vous souvenez ? La nature humaine m'intéresse.

— Les sociologues ne s'intéressent pas à la nature humaine. Les sociologues se contentent d'étudier le comportement humain en communauté, ce qui est un peu plus réducteur et beaucoup moins intéressant.

La bibliothécaire leva les yeux et regarda calmement son patron. Elle était fermement décidée à ne pas se laisser provoquer. Ça n'allait certes pas être une tâche facile, rien de ce qui avait un rapport avec lui ne pouvait être une tâche facile. Il aurait été très naïf de penser le contraire.

— C'est vous qui l'avez quittée ?

— Non.

— C'est très élégant, mais ce n'est pas certain.

— Si vous savez que ce n'est pas certain, pourquoi me posez-vous la question ? Vous ne me connaissez vraiment pas si vous pensez que je vais me vanter d'avoir rompu avec une femme, répondit-il avec brusquerie.

Mlle Prim se mordit la lèvre et changea de position dans le fauteuil. Ce serait difficile, très difficile.

— Je suis certaine que vous ne l'auriez pas fait s'il n'y avait eu une raison puissante. Et soyez assuré que je sais aussi n'avoir aucun droit de vous poser la question.

— Vous avez raison sur ce point. Vous n'avez aucun droit de me poser la question.

Dans des conditions normales, la bibliothécaire aurait mis fin sur-le-champ à son interrogatoire. Profondément honteuse, elle se serait excusée et aurait couru au premier étage en quête d'un refuge sûr à son ignominie. Mais ce n'étaient pas des conditions normales. Cette nuit-là, Mlle Prim se sentait prise d'une fièvre interrogatrice qui la poussait à continuer de questionner au-delà des limites que marquait la courtoisie, au-delà de la prudence, et même au-delà du sens commun. Elle voulait connaître la vérité, elle avait besoin de la connaître, son obstination ne faiblirait pas tant qu'elle ne la connaîtrait pas.

— C'est à cause de vos idées ? Peut-être parce que vous êtes extrêmement religieux et elle pas ?

Il regarda, songeur, la tasse que son employée tenait sur ses genoux. Puis il secoua lentement la tête et sourit.

— Des idées, Prudence ? Vous croyez donc que la foi est une idée ? Vous croyez qu'il s'agit d'une idéologie ? Quelque chose comme l'économie de marché, le communisme ou le combat pour les droits des animaux ?

Le ton de sa voix était maintenant légèrement moqueur.

— D'une certaine façon, oui, répliqua-t-elle avec morgue. C'est une façon de voir le monde, une vision de ce que doit être l'existence, outre une aide précieuse pour adoucir les difficultés de la vie.

— Vous pensez vraiment cela ?

— Naturellement. Et je le pense, en partie, grâce à vous. Pourquoi, autrement, une personne aussi sensée, aussi intelligente et rationnelle aurait-elle décidé de tenter de se convertir ?

Il appuya la tête entre ses mains et ébaucha un demi-sourire.

— Tenter ? Vous êtes un véritable diamant brut, mademoiselle Prim.

— Ce qui ne prétend pas être un compliment, n'est-ce pas ? murmura-t-elle avec tristesse.

Au lieu de répondre, l'homme du fauteuil se leva et s'approcha de la cheminée. Il prit un tisonnier, raviva le feu et, le regard fixé sur les flammes, il se mit à parler.

— Personne ne *tente* de se convertir, Prudence. Je vous l'ai dit une fois, mais il est clair que vous ne l'avez pas compris. Avez-vous déjà vu un adulte qui joue à se laisser attraper par un enfant ? L'enfant a l'impression que c'est lui qui a attrapé l'adulte, mais tous ceux qui les regardent savent parfaitement ce qui s'est passé en réalité.

— *Console-toi, tu ne me chercherais pas si tu ne m'avais trouvé* [1], n'est-ce pas cela ? murmura la bibliothécaire.

— Exactement. Je vois que vous avez lu Pascal. Personne n'entreprend cette recherche s'il n'a pas déjà trouvé ce qu'il cherche. Et personne ne trouve ce qu'il cherche, *Celui* qu'il cherche, si celui-ci ne prend pas l'initiative de se laisser trouver. Croyez-moi quand je vous dis qu'il s'agit d'une partie dans laquelle toutes les cartes sont dans la même main.

— Vous parlez comme si croire était quelque chose d'irrésistible, mais rien n'est moins sûr. On peut dire non. L'enfant peut dire à l'adulte : « Je ne veux pas jouer, laisse-moi tranquille. »

L'homme du fauteuil but ce qui restait dans sa tasse. Puis il s'installa dans son fauteuil et regarda fixement son employée.

— Bien sûr qu'on peut dire non. Et de bien des points de vue, la vie est beaucoup plus simple quand on dit non. La chose normale, c'est que même celui qui dit oui regarde en arrière et se rend compte qu'il a dit non bien des fois dans sa vie.

La bibliothécaire leva les sourcils.

— La vie est beaucoup plus simple lorsqu'on dit non ? La vie est beaucoup plus simple et plus facile à supporter lorsqu'on croit qu'elle ne s'achève pas dans

1. En français dans le texte. *(N.d.T.)*

un cercueil sous terre. Ne le niez pas, c'est du pur sens commun.

Il se leva et se remit à attiser le feu.

— En tant que croyance théorique, cela peut être un bon argument pendant un certain temps, c'est certain. Mais les croyances théoriques ne sauvent personne. La foi n'est pas quelque chose de théorique, Prudence. Une conversion est quelque chose d'aussi théorique qu'un coup tiré dans la tête.

De nouveau Mlle Prim se mordit la lèvre. La conversation n'empruntait pas les chemins qu'elle avait prévus. Tout cela était très révélateur, mais elle n'avait aucune envie de parler de conversion ; parler de religion ne l'intéressait pas du tout. La seule chose qu'elle voulait savoir, c'est pourquoi ce coup de feu dans la tête avait mis fin à la relation de son chef avec Hermine Treaumont.

— Alors c'est pour ça ? s'enquit-elle avec entêtement. C'est pour ça que vous l'avez quittée ?

Il la regarda en silence, pendant quelques secondes, comme s'il essayait de deviner ce qu'il y avait derrière cette question.

— Il vous paraîtrait absurde qu'il en ait été ainsi ?

— Il me paraîtrait qu'en réalité vous ne l'aimiez pas.

— Eh bien vous vous trompez, répondit-il avec fermeté. Oui je l'aimais, je l'aimais profondément. Mais un jour est arrivé, ou peut-être un moment, je ne sais pas, où je me suis rendu compte qu'elle était endormie, alors que je me trouvais pleinement, absolument et totalement éveillé. J'avais grimpé comme un chat grimpe sur un toit et je voyais s'étendre devant moi un horizon merveilleux, terrible et mystérieux. Si je l'aimais, dites-vous ? Bien sûr que je l'aimais. Si je l'avais moins aimée, si elle avait été moins importante à mes yeux, peut-être n'aurais-je pas eu besoin de rompre.

Mlle Prim, qui avait commencé à ressentir une douleur familière à l'estomac, s'éclaircit la voix avant de parler.

— Je croyais que les personnes religieuses étaient plus proches des autres que le reste du monde.

— Je ne peux parler pour le reste du monde, Prudence. Je sais ce que cela a supposé pour moi et je ne prétends parler pour personne d'autre. Cela a été ma pierre de touche, le parallèle qui a divisé ma vie en deux et qui lui a donné un sens absolu. Mais je vous tromperais si je vous disais que ç'a été facile. Ce n'est pas facile, et celui qui vous dira le contraire se trompe. Cela a supposé un déchirement, une catharsis intellectuelle, une opération à cœur ouvert. Comme un arbre qu'on arrache de terre et qu'on plante à un autre endroit, comme ce qu'on pense que doit connaître un enfant lorsqu'il affronte la terrible beauté de la naissance.

L'homme du fauteuil fit une pause.

— Et il y a autre chose, poursuivit-il, quelque chose qui a à voir avec la capacité de regarder au-delà de l'instant, avec la nécessité de scruter l'horizon, de l'étudier avec le même zèle que le marin étudie une carte de navigation. Ne vous étonnez pas, Prudence, mon histoire est aussi vieille que le monde. Je n'ai pas été le premier ni ne serai le dernier. Je sais ce que vous pensez. Reviendrait-il en arrière s'il le pouvait ? Non, bien sûr que je ne reviendrais pas en arrière. Un homme éveillé peut-il vouloir vivre endormi ?

Mlle Prim croisa les pans de son peignoir et regarda ses mains rougies par la chaleur. Finalement, tout était vrai. Comme elle avait été naïve de penser que cela constituait seulement une partie de sa personnalité ! Comme elle avait fait preuve de peu de perspicacité en ne devinant pas que ce qui avait changé sa façon d'être, quoi que ce fût, était quelque chose de puissant, quelque chose de profond et de perturbateur ! Hermine avait raison. Jamais auparavant elle n'avait vu dans ses yeux ce regard enflammé. Jamais elle n'avait perçu cette expression de force, de conviction, d'âpre et étrange joie.

— Alors il n'y a pas d'espoir, murmura-t-elle dans un soupir. N'est-ce pas ?

Il la regarda d'un air pensif avant de répondre.

— De l'espoir, Prudence ? Bien sûr qu'il y a de l'espoir. J'ai de l'espoir, ma vie tout entière est pure espérance.

La bibliothécaire se leva et elle prit le plateau avec précaution.

— Il est très tard. Si cela ne vous dérange pas, je vais aller dormir. Je suis fatiguée et moi, contrairement à vous, ce soir je n'ai pas d'espoir.

Avant que l'homme du fauteuil ait pu répondre, Mlle Prim avait silencieusement refermé la porte de la pièce derrière elle.

3

Prudence Prim plia soigneusement son kimono vert jade avant de le ranger dans la valise. En réalité, réfléchit-elle avec tristesse en glissant une paire de chaussures dans une housse en coton, le travail ne la retenait plus ici. La bibliothèque de l'homme qui l'avait engagée était parfaitement classée et ordonnée. Les livres d'histoire se trouvaient sur les étagères d'histoire ; ceux de philosophie sur celles destinées à la philosophie ; la littérature et la poésie reposaient à l'emplacement qui était le leur ; les sciences et les mathématiques occupaient leur espace au millimètre près, et la théologie – la grande passion de cette maison, la reine absolue de la bibliothèque – luisait, imposante, nette, parfaite. Tandis qu'elle observait de temps en temps le reflet de ses yeux rougis dans le miroir, elle se souvint de sa première conversation, des mois plus tôt, avec l'homme qui l'avait employée.

— Savez-vous ce qu'est ceci, mademoiselle Prim ?
— Non, monsieur.
— *De Trinitate Libri.*
— Saint Augustin ?

Mlle Prim sourit avec mélancolie et continua à ranger une partie de sa garde-robe. Elle ne voulait pas partir tout de suite. Elle avait l'intention de laisser dans l'armoire des vêtements pour plusieurs jours, le temps de faire ses adieux et de décider tranquillement de sa prochaine destination. Elle ne pouvait rester là. Plus à présent qu'elle savait ce qu'elle éprouvait, plus à présent qu'elle savait aussi que ses sentiments n'étaient ni ne pourraient être partagés. Mais où irait-elle ? Et surtout, comment expliquerait-elle son départ ? Lentement elle s'approcha de la baie vitrée de sa chambre, ouvrit les rideaux et jeta un coup d'œil à l'extérieur. La matinée était froide et sous la lumière du soleil la neige brillait comme du marbre poli. Elle s'était réveillée tard. Après la conversation de la nuit précédente, il ne lui restait plus grand-chose à faire, sauf affronter son patron pour lui faire savoir qu'elle quittait la maison.

Malgré la tristesse et la déception qui l'accablaient, elle se sentait également soulagée. Les derniers jours avaient été trop agités pour une femme comme elle accoutumée à l'ordre, à l'équilibre et à la propreté. Elle avait trop réfléchi, elle s'était trop inquiétée, elle avait maintes et maintes fois réexaminé les paroles, évalué les gestes, enregistré les sourires, analysé les regards. La romance, reconnut-elle avec une infinie sagesse, peut représenter une charge extraordinairement lourde pour la psyché féminine. Ce dont elle avait besoin à présent, c'était d'un endroit agréable et lointain où se reposer, un refuge où écrire, une Arcadie où s'entourer de beauté et jouir de la splendeur de l'herbe et des glycines en fleur.

Bien évidemment aussi, la blessure était douloureuse, elle ne voulait ni ne pouvait le nier. Il y avait longtemps qu'elle n'avait pas éprouvé cette sensation d'angoisse à l'estomac, cette difficulté d'ordonner ses pensées, cette impossibilité de regarder l'horizon et d'apercevoir un peu de lumière. Mais tout cela passerait. Mlle Prim le savait pertinemment. Elle se connaissait assez pour pouvoir calculer les limites temporelles de sa tristesse. Au printemps, au plus tard au début de l'été, le soleil brillerait de nouveau.

— Puis-je vous parler un moment ?

La bibliothécaire ouvrit avec précaution la porte du bureau de l'homme du fauteuil. Penché sur un document, il lui fit signe de s'approcher de la table et de s'asseoir. Obéissante, elle prit un siège. Pendant quelques minutes, celles nécessaires pour répéter mentalement la façon de communiquer la nouvelle de son départ, le seul bruit qu'on entendit dans la pièce fut le crépitement du feu dans la cheminée.

— Regardez ça, Prudence, dit-il en lui tendant la copie en fac-similé de deux petits fragments de papyrus.

Mlle Prim soupira et regarda le visage de l'homme du fauteuil. Il n'y avait sur lui aucune trace de son insomnie. Aucune trace de tension ou de nervosité. Aucun signe visible que la conversation qu'ils avaient eue à l'aube eût altéré son état d'âme d'une manière ou d'une autre.

— Vous allez bien ? demanda-t-il, inquiet, lorsqu'il vit la pâleur de son employée. Vous semblez fatiguée.

La bibliothécaire assura qu'elle se sentait parfaitement bien et que sa pâleur était due uniquement et exclusivement au manque de sommeil.

— Nous avons bavardé fort tard hier soir, c'est vrai. Regardez ceci, dit-il en indiquant d'un geste le manuscrit. Qu'en dites-vous ? Aviez-vous déjà vu quelque chose de semblable ?

Mlle Prim examina la copie avec attention.

— Qu'est-ce que c'est ?

— Un fac-similé du P52, mondialement connu comme le papyrus Rylands.

— Laissez-moi deviner… Un petit morceau du Livre de la Sagesse ? Ou peut-être du Livre de Daniel ?

— Ni l'un ni l'autre, vous n'avez pas de chance. Ce sont quelques versets de l'Évangile de saint Jean. Regardez bien, il est écrit en grec koinè. Observez ces lignes.

ΡΗΣΩ ΤΗ ΑΛΗΘΕΙΑ ΠΑΣ Ο ΩΝ ΕΚ ΤΗΣ ΑΛΗΘΕΙΑΣ
ΑΚΟΕΙ Ο ΤΗΣ ΦΩΝΗΣ ΛΕΓΕΙ ΑΤΩ
Ο ΠΙΛΑΤΟΣ ΤΙ ΕΣΤΙΝ ΑΑΛΗΘΕΙΑ ΑΚΑΙ ΤΟΤΟ[1]

— Je suis sûr que même une illustre jacobine comme vous a entendu ça un jour. Voulez-vous que je vous le traduise ?

La bibliothécaire ne répondit pas. Puis elle examina les deux minuscules fragments jaunis.

— Il est très ancien ?

1. « "Quiconque est de la vérité écoute ma voix." Pilate lui dit : "Qu'est-ce que la vérité ?" » Jn, 18, 37-38.

— Le plus ancien découvert à ce jour. Il est daté d'environ 125 après Jésus-Christ. Il a été trouvé dans le désert d'Égypte par Grenfell, un égyptologue anglais. L'opinion majoritaire le situe une trentaine d'années après l'original que Jean écrivit à Éphèse. Cela vous semble beaucoup ? Allons, venez ici. Je vais vous montrer quelque chose.

L'homme du fauteuil ouvrit un énorme dossier situé à une extrémité de son bureau, et il en tira ce que Mlle Prim identifia comme des fac-similés de différents papyrus, parchemins et codex.

— Savez-vous ce que c'est ? demanda-t-il en montrant l'un d'eux.

La bibliothécaire nia de la tête.

— C'est l'un des papyrus d'Oxyrhynque. Avez-vous entendu parler des papyrus d'Oxyrhynque ?

Mlle Prim, ne changeant pas de mimique, réaffirma que non.

— Nous les devons également à Grenfell. Il les a découverts avec Arthur Hunt, un autre archéologue britannique, à la fin du dix-neuvième siècle dans une décharge publique près d'Oxyrhynque, en Égypte. Ils ont exhumé de nombreux fragments de grandes œuvres de l'Antiquité ; et je pense que celui que vous tenez maintenant entre vos mains va vous enchanter. C'est un extrait de *La République* de Platon.

— Vraiment ? demanda la bibliothécaire avec admiration.

— Vraiment. Savez-vous combien d'années séparent Platon des premiers fragments que nous avons de ses œuvres ?

— Je n'en ai pas la moindre idée.

— Je vais vous le dire : environ mille deux cents ans. Les textes que nous avons de la pensée de Platon et, à travers eux, de celle de Socrate, les œuvres que nous avons tous lues et étudiées, sont des copies réalisées plus de dix siècles après qu'ont été écrits les originaux.

Mlle Prim examina avec attention la copie du papyrus, tandis que son patron sortait du dossier un volumineux manuscrit.

— Et ceci ? Avez-vous une idée de ce que ça peut être ?

La bibliothécaire, qui paraissait avoir oublié le motif de sa visite, examina le manuscrit.

— Voyons, dit-elle en souriant, cela je peux le déchiffrer. Au moins c'est du latin. Tacite ?

L'homme du fauteuil fit non de la tête.

— Jules César. *Commentarii de Bello Civili, La Guerre civile.* Ce manuscrit est le Laurentianus Ashburnhamensis, le plus ancien qui soit conservé de cette œuvre. Savez-vous de quelle époque il date ? Non, bien sûr que vous ne le savez pas. Il est du dixième siècle, un peu plus de mille ans après que César a écrit l'original. La copie la plus ancienne que nous ayons des *Commentaires sur la guerre des Gaules* date d'environ neuf cent cinquante ans après l'original.

— Que tout ceci est intéressant ! murmura la bibliothécaire.

Son employeur reprit le fac-similé du papyrus Rylands.

— Intéressant est un peu court, Prudence, c'est absolument fascinant. Vous comprenez maintenant ce qu'est le Rylands ? Savez-vous combien de copies, seulement en grec koinè, nous avons de ce qu'ont écrit les quatre évangélistes ? Environ cinq mille six cents. Savez-vous combien nous en avons, par exemple, des *Commentaires de la guerre des Gaules* ? Dix copies, seulement dix. Et maintenant, écoutez, dit-il en examinant un autre fac-similé, vous vous entendez bien avec Homère ?

Mlle Prim affirma que si elle avait un jour le malheur d'être condamnée à la réclusion perpétuelle, elle emporterait Homère dans sa prison. Tandis que l'homme du fauteuil continuait à parler avec un extraordinaire enthousiasme de papyrus, de parchemins et de copies, la bibliothécaire se souvint avec tristesse de la raison de sa visite. Elle le regretterait, pas de doute ; mais pas lui uniquement, également tout ce qui avait trait à lui ; les conversations, les lectures, les débats, les enfants, les livres, et même Saint-Irénée.

— Maintenant que vous en avez fini avec la bibliothèque, disait à ce moment son chef, vous pourriez peut-être m'aider à classer tout ce matériel. Je dois donner une conférence à Londres le mois prochain sur les papyrus Bodmer.

— Je crains que ce ne soit pas possible, répondit Mlle Prim en résistant héroïquement à la tentation de demander ce qu'était un papyrus Bodmer.

Il la regarda, surpris.

— Pourquoi donc ?

La bibliothécaire croisa les jambes avec soin et prit son souffle avant de parler.

— Parce que je crois avoir terminé mon ouvrage ici. Je suis venue vous dire que j'ai décidé de m'en aller. J'ai achevé le travail, je ne vois donc aucune raison de prolonger mon séjour.

Sans dire un mot, l'homme du fauteuil rangea les documents et les remit dans le dossier d'où il les avait sortis. Puis il s'approcha de la cheminée, libéra un fauteuil plein de livres et, d'un geste, invita son employée à s'y asseoir.

— Il s'est passé quelque chose que je devrais savoir, Prudence ? demanda-t-il.

— Pas du tout.

— Quelqu'un dans cette maison vous a-t-il offensée ou contrariée ?

— J'ai toujours été merveilleusement traitée.

— C'est moi peut-être ? Ai-je dit quelque chose qui vous a fâchée ? L'une de ces indélicatesses dont vous m'accusez constamment ?

Mlle Prim baissa la tête pour cacher son visage.

— Cela n'a rien à voir avec vous, murmura-t-elle.

— Regardez-moi, je vous prie, dit-il.

La bibliothécaire leva la tête, et ce faisant se rendit compte qu'elle devait tout de suite trouver une excuse, qu'il lui fallait rapidement inventer une explication si elle ne voulait pas qu'il découvre, ou au moins devine, la raison de son départ.

— Il faut que j'aille en Italie, dit-elle soudain.

— Il faut que vous alliez en Italie ? Pourquoi ?

Tremblante, Mlle Prim joua nerveusement avec sa bague d'améthyste.

— Cela a à voir avec ma formation. L'éducation d'une femme n'est pas complète si elle n'a pas vécu quelque temps en Italie.

— Mais vous avez encore besoin d'accumuler plus de formation ? Dans quel but ? demanda-t-il, interloqué. Essayez-vous de battre un record ?

La bibliothécaire ébaucha un sourire à la vue de ce visage complètement désemparé.

— On voit que vous n'écoutez pas suffisamment votre mère, dit-elle les yeux brillants. Elle a une magnifique théorie sur la bonne influence qu'exerce la vie en Italie sur la conversation et les manières de tout membre du sexe féminin.

— Vous parlez sérieusement ?

— Tout à fait sérieusement.

L'homme du fauteuil baissa la tête, et regarda le sol avant de se remettre à parler.

— Cette théorie est parfaitement stupide. Vous le savez, n'est-ce pas ?

— Je vous rappelle que vous êtes en train de parler de votre mère, dit la bibliothécaire, d'un ton de reproche feint. Je doute beaucoup qu'elle ait dit une seule stupidité au cours de sa vie.

— Eh bien je crains qu'elle l'ait fait cette fois.

— En tout cas, je vais m'en aller. J'ai besoin de voyager, il y a trop longtemps que je suis ici.

— Je croyais que vous vous plaisiez, murmura-t-il.

Consciente qu'elle ne pourrait longtemps dominer ses émotions, Mlle Prim se leva d'un pas décidé.

— Ne soyez pas sentimental, dit-elle avec un apparent détachement en se dirigeant vers la porte.

— Je vous regretterai, Prudence, dit l'homme du fauteuil en levant la tête.

— C'est très courtois de votre part, mais pas complètement vrai, et vous le savez.

— Vous le croyez vraiment ? demanda-t-il d'une voix rauque, une seconde avant que la bibliothécaire n'ouvre la porte et quitte la pièce.

Mlle Prim ferma la porte du bureau et marcha rapidement en direction de sa chambre. Elle traversa le couloir jusqu'au vestibule du rez-de-chaussée, monta une volée de marches, avança le long d'un couloir et arriva enfin dans sa chambre. Puis elle ferma la porte avec précaution, ôta ses chaussures, se jeta sur le lit et, après avoir contemplé quelques secondes le plafond à caissons, elle se mit à pleurer de chagrin. Pourquoi pleurait-elle continuellement ? Elle n'avait jamais été une sentimentale. Si elle était sincère avec elle-même, et à cet instant il ne lui était pas difficile de l'être, ce qu'elle éprouvait pour cet homme ne pouvait être qualifié d'amour. Il s'agissait d'une attirance pratiquement forgée à contre-courant, peut-être un défi, peut-être même une légère passion, mais ce n'était pas de l'amour. Alors, pleurait-elle par dépit ? C'était certainement le cas, soupira-t-elle en séchant ses larmes. Pour une raison ou une autre, qui touchait probablement à sa suffisance et sa vanité, ces derniers jours elle s'était persuadée qu'il partageait ses sentiments. Peut-être éprouvait-il une sorte d'attirance envers elle, elle ne pouvait l'exclure, mais ce n'était sûrement rien de comparable à l'amour.

Perdue dans ces pensées, elle entendit un doux grincement qui provenait de la porte. Quelqu'un s'était arrêté dans le couloir, mais ne paraissait pas disposé à manifester sa présence. La bibliothécaire se leva du lit et s'approcha sans bruit du seuil. Le cœur battant et sans attendre que le bruit se répète, elle saisit la poignée avec force et ouvrit énergiquement la porte.

— Que fais-tu là ? demanda-t-elle, surprise.

La tête blonde et échevelée de Septimus recula d'un pas.

— J'écoutais pas, dit-il avec une parfaite conviction.

L'expression de Mlle Prim s'adoucit, et de la tête elle lui fit signe d'entrer.

— Vous partez, hein ? dit celui-ci après avoir observé la valise à moitié remplie sur le lit.

— Qui te l'a dit ?

— Notre jardinier. Il entend tout par la fenêtre du bureau. Pourquoi vous pleurez ? Quelqu'un vous a frappée ?

La bibliothécaire, qui à ce moment pliait avec soin un corsage en soie, sursauta.

— Me frapper ? Mais non, personne ne m'a frappée ! Toi, tu pleures uniquement quand on te frappe ?

L'enfant réfléchit quelques secondes.

— Moi je pleure jamais, dit-il fermement. Même quand on me frappe.

— C'est bien, s'entendit dire à elle-même Mlle Prim. Je veux dire que parfois il faut pleurer, mais c'est bien que ce ne soit pas pour n'importe quoi.

— Peut-être que je pourrais pleurer dans une guerre, réfléchit le garçon. Dans une guerre, il est probable que je pourrais le faire. C'est sûrement justifié.

— Complètement justifié, affirma-t-elle.

— Écoutez, dit Septimus en voyant les larmes glisser sur le visage de la bibliothécaire, j'aimerais que vous pleuriez pas autant.

— Je regrette de ne pas pouvoir te faire plaisir. Mais contrairement à toi, moi je pleure aussi en temps de paix.

L'enfant observa avec attention ce visage rougi, puis il promena avec intérêt son regard sur les nombreux flacons de cosmétiques qui se trouvaient sur la cheminée.

— Qu'est-ce que je peux faire pour que vous pleuriez plus ?

— Rien du tout, je le crains, répondit, émue, Mlle Prim. Ça ne va pas te servir maintenant car tu es petit, Septimus, mais quand tu seras grand et que tu verras une femme pleurer, souviens-toi que le mieux que tu pourras faire, c'est de ne rien faire du tout.

— Ça, c'est très facile.

La bibliothécaire se mit à rire en faisant son possible pour sécher ses larmes.

— Facile ? Attends d'être grand. Il n'y a rien de plus difficile.

— Aller à la guerre est sûrement plus difficile, et aussi chasser la baleine au harpon, répondit le gamin en portant son attention de l'autre côté de la baie vitrée.

— Chasser une baleine au harpon l'est peut-être, admit la bibliothécaire.

— Vous savez quoi ? dit l'enfant, le regard planté sur le sol. Je crois qu'on va vous regretter.

— Moi aussi je vais vous regretter, murmura-t-elle. Viens ici. Me donnerais-tu un baiser ?

Aussitôt le garçon fit un pas en arrière.

— Non, répondit-il avec résolution, pas de baisers. Je donne jamais de baisers. J'aime pas les baisers.

— Je crois que ce problème aussi se réglera quand tu seras grand, sourit la bibliothécaire.

— Pariez pas là-dessus, répliqua l'enfant avant de se diriger vers la porte et de sortir en courant.

— Alors comme ça vous allez partir, soupira Mme Rouan en offrant un siège à Mlle Prim à la vieille table en marbre de la cuisine.

La bibliothécaire s'assit et accepta une tasse de consommé de canard que la cuisinière lui offrit avec amabilité.

— C'est comme ça, madame Rouan, je m'en vais.

Dans la cheminée brillait un feu joyeux, et une énorme marmite mijotait doucement sur la vieille cuisinière à bois. Dehors, le soleil semblait s'être caché et d'obscurs nuages laissaient présager une autre nuit de neige.

— Vous allez nous manquer, murmura la femme. Et comme vous savez, les choses ont pas été faciles entre nous.

— Non, elles ne l'ont pas été, dit la bibliothécaire.

— J'aime pas les changements, je les ai jamais aimés. Et si je vous dis la vérité (la cuisinière jeta un regard furtif à la marmite), j'aime pas non plus voir de nouvelles femmes dans la maison. Chacune fait les choses à sa manière et Dieu sait qu'avec les années, il est difficile de changer.

Mlle Prim sourit avec douceur.

— Je comprends parfaitement, madame Rouan. Et je voudrais vous prier de m'excuser pour toutes les fois où j'ai pu être désagréable ou peu délicate à votre égard.

La cuisinière sourit à son tour, tendit une de ses vieilles et grosses mains et tapota celle de Mlle Prim.

— Oh ! On a été butées toutes les deux, mademoiselle. Je suis pas une femme facile, je l'ai jamais été. Et j'ai l'habitude que les choses marchent à ma manière. La mère de monsieur, par exemple, avec elle aussi, au début, j'ai eu des hauts et des bas.

— Vraiment ? demanda la bibliothécaire, essayant en vain d'imaginer la mère de son patron en train de discuter ses points de vue avec la cuisinière.

— Bien sûr, elle, c'est une vieille dame, elle connaît le service. Elle sait que la cuisinière est le cœur de la maison et qu'on a intérêt à bien s'entendre avec elle. Mais c'est pas une femme facile, loin de là. (Et, baissant la voix jusqu'à ce qu'elle soit presque un murmure, elle ajouta :) Vous saviez qu'elle est à moitié allemande.

— Autrichienne.

— C'est pareil. Le premier jour où je l'ai connue elle m'a demandé de préparer un strudel. Je lui ai dit que ça me semblait très bien et qu'il n'y avait pas de problème. J'ai toujours fait du strudel pour les enfants. Ah non, mais c'était pas un strudel qu'elle voulait, pas un strudel *normal*. Elle voulait un *topfenstrudel*. Savez-vous donc ce qu'est un *topfenstrudel* ?

Mlle Prim assura qu'elle n'avait jamais entendu ce nom auparavant.

— C'est ce que j'ai dit. La dame s'est montrée très obligeante, bien sûr, et elle m'a écrit la recette. Mais on aime pas trop qu'une dame arrive dans notre cuisine le premier jour, qu'elle nous demande un *topfenstrudel* et qu'en plus elle nous donne la recette, vous voyez ce que je veux dire ?

Compréhensive, la bibliothécaire acquiesça.

— Qu'est-ce que le *topfenstrudel* ?

— C'est rien d'autre qu'un strudel fourré au fromage, grogna la cuisinière. *Eux*, là-bas, ils appellent ce fromage, *topfen*. C'est pas difficile à préparer, sûr que non. Donc j'ai pris la recette et je l'ai faite, pour sûr que je l'ai faite. Qu'est-ce que je pouvais faire d'autre ?

— Et il lui a plu ?

Mme Rouan se leva et s'approcha de la cuisinière. Elle souleva le couvercle de la marmite, pencha sa vieille tête pour sentir l'arôme, prit une cuiller en bois et goûta son contenu avec une moue de satisfaction.

— C'est de là qu'est venu le problème, expliqua-t-elle en revenant s'asseoir à la table. J'ai passé toute la matinée à la cuisine à surveiller ce sacré *topfenstrudel*, j'ai acheté le meilleur fromage que j'ai trouvé et j'ai suivi la recette point par point. Et quand il a été prêt et qu'on l'a porté à table dans un joli plat de Meissen décoré de feuilles du jardin, vous savez ce qu'elle m'a dit ?

Mlle Prim assura qu'elle ne pouvait même pas l'imaginer.

— « Madame Rouan, elle m'a dit, madame Rouan, vous n'avez pas apporté la *vanillesoße*. Où est la *vanillesoße*, madame Rouan ? »

La bibliothécaire cacha un sourire dans sa tasse de bouillon.

— « Je sais pas ce que c'est que la *vanillesoße*, madame, je lui ai dit avec le plus grand sérieux. De toute ma vie de cuisinière, et je peux vous assurer que j'ai servi dans bien des maisons, j'ai jamais entendu parler de cette *vanillesoße.* »

— Qu'est-ce que la *vanillesoße* ? demanda Mlle Prim.

— De la crème à la vanille, ni plus ni moins. Mais comment je pouvais le savoir ? Et est-ce que je pouvais savoir aussi qu'on sert le *topfenstrudel* avec de la crème à la vanille ?

La bibliothécaire s'empressa d'affirmer que personne n'aurait pu deviner cet extrême.

— Mais il faut dire que c'est une dame, poursuivit la cuisinière. Naturellement, elle s'est pas tout de suite avouée vaincue. Mais le lendemain elle est venue à la cuisine et elle m'a dit : « Madame Rouan, le *topfenstrudel* d'hier était délicieux. Mais d'après ce que j'ai vu, les enfants ont l'habitude de votre strudel. Donc, si vous voulez bien, désormais nous laisserons le *topfenstrudel* et la *vanillesoße*, et nous reviendrons à votre strudel. »

— Et tout s'est terminé là, soupira Mlle Prim avec un sourire.

Mme Rouan se leva pour retirer la marmite du feu.

— Maintenant il faut le laisser reposer deux heures, murmura-t-elle. Vous disiez quoi ?

— Je disais que tout s'est terminé là.

La cuisinière la regarda d'un air étonné.

— Terminé ? Au contraire. Tout s'est pas terminé là, mademoiselle. C'est là, *en fait*, que tout a commencé.

La bibliothécaire acquiesça d'un air songeur, puis elle tourna le regard vers la fenêtre. De gros flocons de neige avaient commencé à tomber sur le jardin.

— Madame Rouan, vous vous souvenez du gâteau que j'ai fait le jour de mon anniversaire ?

La femme sourit avec amabilité.

— Je m'en souviens. Monsieur et les enfants l'ont adoré. Vous avez été très aimable de nous en envoyer un morceau ici, à la cuisine, nous l'avons tous beaucoup aimé. C'est une recette de votre famille, n'est-ce pas ? Ce sont les meilleures.

Mlle Prim regarda de nouveau vers la fenêtre. D'au-delà du jardin, du chemin et des champs de labour, arriva le son lointain et solennel des cloches de l'abbaye.

— Elles sonnent les vêpres, dit la cuisinière.

— Je sais, murmura la bibliothécaire sans écarter le regard du paysage. Madame Rouan, aimeriez-vous avoir la recette de mon gâteau d'anniversaire ?

La femme la regarda avec stupéfaction.

— Mais, mademoiselle, je croyais que cette recette…

— Moi aussi je le croyais, sourit Mlle Prim. Aimeriez-vous l'avoir ?

La cuisinière, les yeux brillants d'émotion, tendit sa main calleuse et la posa sur celle de la bibliothécaire.

— Ce sera un honneur pour moi, mademoiselle, un véritable honneur.

4

Mlle Prim établit soigneusement la liste des personnes à qui elle devait rendre visite avant de partir. Elle savait que la nouvelle de son départ se répandrait rapidement dans le village et elle ne voulait pas que ses amies l'apprennent par quelqu'un d'autre qu'elle. Tandis qu'elle s'avançait dans les rues de Saint-Irénée en direction de la maison d'Horace Delàs, elle se souvint du jour de son arrivée. Elle avait traversé ces rues à la hâte, regrettant de n'y trouver aucun taxi, prêtant à peine attention aux alignements solennels des robustes maisons de pierre ou au charme de leurs boutiques joyeuses et raffinées. Comme elle avait alors été peu consciente – précisément elle, qui adorait la beauté – du cœur battant qui se cachait derrière ces murs !

Une semaine avait passé depuis qu'elle avait découvert son erreur sur les sentiments de son chef ; la douleur que cela avait suscitée en elle avait fait place à une tristesse calme et muette. Il ne s'agissait pas uniquement d'indifférence – Mlle Prim se révoltait à l'idée de subir les effets de cette maladie de l'âme –, mais de la perspective de devoir abandonner cet endroit attachant, ces gens pittoresques, ce mode de vie. Elle ne désirait pas partir, s'avoua-t-elle tandis qu'elle marchait à travers le village, elle n'avait aucune envie de partir. Mais que pouvait-elle faire d'autre ?

— Je me souviens encore du jour où vous êtes arrivée ici, si jeune et tellement inexpérimentée, ne sachant rien de ce lieu.

Après avoir offert un siège à son invitée, Horace Delàs s'installa dans le vieux fauteuil d'où il aimait observer le monde, une observation intellectuelle, aimable et paisible, et il regarda la bibliothécaire avec curiosité.

Mlle Prim s'éclaircit la voix avant de répondre.

— Seulement six mois ont passé, Horace. J'espère être encore presque aussi jeune.

Son ami sourit tandis qu'il lui offrait un verre de vin et un morceau de fromage qu'il coupa avec un gros couteau.

— Mais vous en savez beaucoup plus sur nous maintenant.

La bibliothécaire acquiesça en portant le verre à ses lèvres.

— Et malgré tout vous nous quittez, poursuivit-il. Cette conversation a-t-elle vraiment été si pénible ? Vous est-il tellement impossible de tourner la page et de rester près de nous ?

Mlle Prim le regarda avec tristesse. Elle s'était posé chaque jour cette question depuis la nuit de sa conversation avec l'homme du fauteuil. Ne pouvait-elle rester comme elle était ? Ne pouvait-elle ignorer cela, feindre que ce n'était jamais arrivé, continuer son travail comme elle l'avait fait jusqu'à présent ?

— Je ne peux pas, dit-elle.

— Vous êtes tellement amoureuse de lui ?

La bibliothécaire se leva pour redresser l'un des tableaux qui couvraient les murs du salon de son ami.

— Je ne sais pas, dit-elle en retournant s'asseoir. Je veux dire que ce n'est sûrement pas de l'amour, peut-être n'est-ce qu'une amourette passagère. Mais au fond, ce n'est pas cela, ou du moins pas uniquement cela.

— Et alors, demanda-t-il, qu'est-ce d'autre ?

— J'ai bien peur de ne pas savoir l'expliquer. Il est parfois difficile de savoir ce qu'on ressent, Horace. Il y a des courants qui se croisent, des courants souterrains, des forces contradictoires qui se mêlent et se confondent.

— Des écheveaux, murmura son ami.

— Des écheveaux ?

— Oui, des écheveaux, comme ceux que nous aidions nos mères ou nos grand-mères à démêler quand nous étions enfants. Il n'est certes pas facile de savoir ce qu'on ressent, Prudence, surtout lorsque ces sentiments sont intenses, sinon contradictoires. La nature humaine n'est pas simple.

La bibliothécaire accepta un autre morceau de fromage.

— D'une certaine manière, confessa-t-elle, je crois que je lui en veux un peu.

— Rien de plus naturel selon moi, répondit son ami, l'orgueil est l'un des grands nœuds de l'écheveau.

— Je ne suis pas orgueilleuse, protesta-t-elle, incommodée à l'idée qu'on la considère comme un écheveau.

— Bien sûr que non, mon amie, bien sûr que non. Et que me dites-vous de l'amour-propre ?

La bibliothécaire médita avec soin la question.

— C'est possible, reconnut-elle.

Horace Delàs sourit à part lui et se mit en devoir d'ôter la croûte du fromage.

— Nommons-le donc amour-propre. Vous vous êtes sentie rejetée et cela, c'est bien naturel, est douloureux. Encore que, si je ne me trompe pas, vous n'avez pas eu lieu d'être rejetée, n'est-ce pas ?

— C'est vrai, répondit-elle, soudain animée.

— Mais malgré tout, vous avez la certitude qu'il n'éprouve aucun sentiment à votre égard, c'est ça ?

La bibliothécaire réfléchit avant de répondre. Dehors, de l'autre côté des fenêtres, un ciel bas et gris enveloppait le village.

— Je ne crois pas pouvoir affirmer cela, soupira-t-elle. Ce que je peux vous dire, c'est que même si ces sentiments existaient, je crois qu'il ne permettrait jamais qu'ils puissent se transformer en quelque chose de plus profond. J'ai découvert qu'il y a à cela une raison beaucoup plus puissante que celle que je pouvais imaginer. Une raison si déterminante qu'on ne peut pas dire qu'elle ait quelque chose à voir avec lui, mais que, pratiquement, elle fait partie de lui. Voyez-vous ce que je veux dire ? Peut-être se sent-il attiré par moi, Horace, ou peut-être pas. Mais même s'il en était ainsi, il ne permettrait pas que cela aille plus loin, et sans doute aurait-il raison d'agir ainsi, parce que ça ne marcherait pas.

— Raison et volonté, murmura son ami. Vous ne pouvez le comprendre, n'est-ce pas ? Vous n'êtes que sentiments.

Mlle Prim changea de position dans son fauteuil. Elle n'avait pas envie de reparler de raison et de sentiments, elle ne voulait pas qu'on l'accuse à nouveau de sentimentalisme, elle n'avait aucune intention d'entamer une autre longue et ennuyeuse discussion à ce sujet. Comme s'il avait deviné les pensées de son invitée, Horace Delàs demanda :

— Vous êtes-vous une seule fois demandé ce qui serait arrivé si les choses s'étaient passées comme vous l'espériez ? S'il était finalement tombé amoureux de vous ?

La bibliothécaire avoua qu'elle ne s'était pas arrêtée à cette idée.

— Vous auriez certainement entamé une relation qui aurait débouché sur le mariage bien plus tôt que vous ne le pensez.

Mlle Prim ferma à demi les paupières afin d'imaginer la scène.

— Et alors ? demanda-t-elle, apparemment satisfaite de ce qu'elle avait entrevu.

— Et alors ? Ma chère Prudence, se marier avec un homme comme lui suppose se marier *radicalement*.

— Que voulez-vous dire par se marier radicalement ?

— Je veux dire se marier *vraiment*, se marier *jusqu'à la mort*. Pas question de divorce, mon amie, voilà ce que je veux dire.

La bibliothécaire but distraitement une autre gorgée de vin. L'idée d'être aimée par quelqu'un jusqu'à la mort lui avait toujours paru un peu émouvante, mais, en même temps, elle l'inquiétait profondément, et pour tout dire elle lui causait même un certain vertige.

— Bien, dit-elle avec prudence, pas question de divorce pour lui. Mais rien n'empêche, si les choses tournent mal, que moi je puisse divorcer, non ?

— Certes, dit son ami, rien ne l'empêche. Mais vous êtes une personne honnête. Considéreriez-vous loyal d'accepter un tel engagement en sachant que votre serment n'est en aucune façon au niveau du sien ? Vous sentiriez-vous bien en ayant connaissance de cette différence ? Pourriez-vous le regarder droit dans les yeux en sachant qu'en cas de naufrage vous abandonneriez le bateau dans un canot de sauvetage alors que lui-même ne s'autoriserait pas à quitter le pont ?

Mlle Prim, qui n'avait jamais envisagé la question sous cet angle, dut avouer qu'elle ne se sentirait pas bien.

— Mais il y a autre chose, Prudence. Pourriez-vous continuer à vivre en ayant conscience que, malgré votre divorce, quelqu'un se considérera toute sa vie, et jusqu'à la dernière seconde de son existence, marié à vous ?

Fascinée et en même temps effrayée par la terrible beauté de cette image, la bibliothécaire admit qu'il fallait prêter attention à ce point de vue.

— En tout cas, ajouta-t-elle avec nostalgie, je n'aurais même pas pu divorcer. Je le connais assez pour savoir qu'il aurait refusé un mariage civil, si bien qu'en réalité je n'aurais même pas eu ce choix. Je pourrais l'abandonner, bien sûr, mais cela aurait-il changé les choses ? Je me serais toujours sentie liée à lui, parce que je saurais que lui se serait toujours considéré uni à moi.

Horace Delàs sourit en sortant un havane de la poche supérieure de sa veste.

— Cela vous dérange si je fume, ma chère ?

En vertu de l'éducation stricte qu'elle avait reçue, Mlle Prim assura que ça ne la dérangeait pas le moins du monde.

— Mais je n'ai jamais compris le plaisir qu'on peut avoir à fumer un cigare, dit-elle en souriant. Son parfum est trop intense. Pourquoi ne fumez-vous pas la pipe ? C'est très élégant et ça sent bien meilleur.

Son hôte alluma le havane, aspira une bouffée, et regarda son invitée à travers la fumée.

— Parce que la pipe exige un engagement, Prudence, la pipe exige constance, fidélité et engagement. D'une certaine façon, et pour que vous le compreniez, le havane est à la romance ce que la pipe est au mariage.

La bibliothécaire se mit à rire tandis qu'elle regardait son ami avec affection.

— Et maintenant ? dit-il tout à coup. Où irez-vous ?

— En Italie, je vous l'ai dit.

— Mais vous persistez dans cette idée ? Je pensais que c'était une réponse irréfléchie. Vous ne croyez tout de même pas qu'il vous est nécessaire de vivre en Italie pour parfaire votre éducation ?

Quelque peu décomposée par la forte odeur du havane, mais résolue à n'en rien laisser voir, Mlle Prim parut un moment perdue dans ses pensées.

— Non, je ne le crois pas, dit-elle finalement. Je ne suis pas à la recherche d'une formation, Horace. Ce que je cherche, c'est la réalisation, je cherche la perfection et la beauté.

— Je comprends. Et vous croyez que vous les trouverez en Italie ?

La bibliothécaire se leva de son fauteuil et s'approcha de l'une des fenêtres. Le jardin était couvert d'un épais manteau blanc sur lequel se détachaient uniquement les branches des vieux arbres, semblables à de durs et sombres traits peints au fusain.

— Je ne sais pas, soupira-t-elle. Ce que je cherche n'existe peut-être pas, je ne le trouverai peut-être jamais, ne croyez pas que je l'ignore. Mais, cela dit, existe-t-il un endroit au monde plus imprégné de beauté que l'Italie ?

Subitement conscient de la pâleur croissante de son invitée, Horace Delàs éteignit son havane et la regarda avec une tendresse non dissimulée.

— Je veux que vous sachiez, ma chère, que j'en suis venu à vous apprécier de la façon la plus extraordinaire, et que je vous regretterai de tout mon cœur.

Émue, Mlle Prim s'approcha de son ami, s'assit sur le bras de son fauteuil et prit sa main entre les siennes.

— Je n'aurais pas pu m'adapter à cet endroit si vous n'aviez pas été là. Je n'aurais pas pu comprendre le peu que j'ai réussi à comprendre sans votre aide, votre générosité et votre compagnie. Je vous suis bien plus reconnaissante que je ne peux l'exprimer, Horace.

— Sottises, répondit-il en essayant de cacher son émotion par une énergique poignée de main. (Et après un long silence, il ajouta à voix basse :) Vous reviendrez un jour ?

Elle se tut aussi avant de répondre.

— Si seulement je le savais, Horace ! Si seulement je pouvais le savoir.

Hortense Œillet était en train de composer un superbe bouquet de roses lorsqu'elle vit arriver Mlle Prim à travers la vitrine de son magasin. Émue, elle ébaucha un sourire, cacha rapidement le bouquet derrière le comptoir et courut dans l'arrière-boutique pour mettre la théière à bouillir. Elle venait de sortir un gâteau de carottes du garde-manger lorsqu'elle entendit le tintement des clochettes de la porte.

— Je vous ai vue traverser la rue à travers la vitre, dit-elle en serrant la bibliothécaire dans ses bras. Virginia, Emma et Hermine sont en chemin. Je vais mettre le panneau sur la porte afin que personne, absolument personne, ne vienne nous déranger. Alors vous partez dans une semaine ? Vous n'imaginez pas combien je le regrette.

Mlle Prim suivit Hortense dans l'arrière-boutique. Un feu joyeux flambait dans la cheminée et la petite table à thé, qui servait également pour la comptabilité du commerce, était recouverte d'une nappe de damas bleu sur laquelle reposaient de nombreux plats. La bibliothécaire sourit et respira la bonne odeur de l'infusion.

— Ah, comme je vais regretter la vieille civilisation de Saint-Irénée ! dit-elle en faisant un clin d'œil à son hôtesse.

— Ce n'est qu'un petit goûter d'adieu, répondit celle-ci avec un sourire. Chacune d'entre nous a préparé quelque chose. Emma a apporté son biscuit au citron et cette tarte au fromage dont elle ne donne la recette à personne. Hermine s'est chargée des sandwiches au foie et à la pomme, et des canapés de *roast-beef.* Virginia, son thé de Krasnodar ; quant à moi, j'ai préparé le gâteau de carottes ainsi que les tartines de beurre et de miel. Dommage que nous n'ayons pas votre fabuleux gâteau d'anniversaire.

— Il appartient également à Mme Rouan maintenant, dit Mlle Prim en prenant place devant la cheminée, c'est un secret partagé.

— Vraiment ? Mme Rouan est une excellente femme, malgré son caractère têtu, commenta son hôtesse en posant la théière sur la table.

— Moi aussi je suis têtue.

Tandis que toutes deux bavardaient, les autres invitées commencèrent à arriver. D'abord Emma Giovanacci, pressée et essoufflée ; puis Virginia Pille, emmitouflée dans un chaud manteau en poil de chameau qui la rendait presque méconnaissable ; et enfin Hermine Treaumont, aussi délicate et exquise qu'une fleur de serre.

— Vous y avez vraiment bien réfléchi, Prudence ? dit la directrice du journal de Saint-Irénée alors que, quelques minutes plus tard, les cinq femmes savouraient les mets et devisaient avec animation à la chaleur du feu.

Toutes regardèrent la bibliothécaire avec curiosité, tandis que celle-ci avalait à la hâte un canapé de *roast-beef* afin de pouvoir répondre à la question.

— Vous aviez raison sur ce que vous m'avez dit, Hermine, comme toujours. Après l'avoir vérifié, je ne peux rester.

— J'aurais préféré ne pas avoir raison, répondit celle-ci avec une moue de regret. Je sais que je n'ai pas été très délicate l'après-midi où je vous ai tout raconté. J'y ai beaucoup pensé depuis et je crois que j'aurais dû vous avertir préalablement, en privé. Je voudrais m'excuser ici, devant toutes nos amies, et j'aimerais que vous me croyiez lorsque je vous dis qu'à aucun moment je n'ai eu l'intention de vous blesser.

Mlle Prim sourit et, s'approchant de la table, elle mit doucement sa main sur celle de son amie.

— Je n'ai jamais pensé que vous aviez voulu faire une chose pareille. Je dois avouer, maintenant que nous en parlons avec sincérité, que j'aurais préféré être avertie en privé, mais je n'ai jamais douté de votre honnêteté. Même si, dit-elle avec un clin d'œil, j'ai été très jalouse de vous.

— Vraiment ? Vous n'aviez aucune raison, je vous assure. Il m'apprécie beaucoup, mais pas d'une façon qui puisse vous inquiéter.

Hortense Œillet se leva de table et remplit la théière. L'arôme du thé de Krasnodar envahit de nouveau la pièce.

– Bon, maintenant tout ça c'est du passé, dit joyeusement Emma Giovanacci. Et au cas où l'une de vous ne s'en serait pas aperçue, il est clair qu'à Saint-Irénée d'Arnois nous avons un homme qui brise facilement les cœurs, le plus intéressant étant qu'il le fait sans en avoir conscience.

Toutes se mirent à rire tandis qu'elles remplissaient leurs tasses.

— Oh, moi je suis persuadée qu'il le sait, intervint Virginia Pille. Comment pourrait-il ne pas le savoir ? Je ne veux pas dire qu'il le fait exprès, c'est un gentleman au sens que nous donnons *encore* ici à ce mot. Mais est-il possible de ne pas se rendre compte d'une chose pareille ?

La bibliothécaire parut réfléchir à la question alors qu'elle se demandait si elle allait choisir un morceau de gâteau de carottes ou plutôt pencher pour les toasts de beurre et de miel.

— Le seul témoignage que je puisse apporter à ce sujet, dit-elle après s'être décidée pour le gâteau, c'est qu'il a toujours été délicieusement courtois envers moi. Je ne peux pas dire qu'il ait jamais joué de manière consciente avec mes sentiments, ni qu'il ait tenté de profiter de cette circonstance.

— Bien sûr, Prudence, cela va de soi. Mais c'est justement de cela qu'il *s'agit*, vous ne croyez pas ? demanda Hortense.

— À quoi faites-vous allusion ?

— Au charme de la courtoisie, naturellement. Y a-t-il quelque chose de plus puissant ?

— C'est ce que vous pensez ? dit Mlle Prim, intéressée. J'avais quant à moi l'impression que ça marchait dans l'autre sens. J'ai toujours entendu dire que les femmes sont attirées par les canailles.

La fleuriste et les autres invitées réfutèrent tout net l'affirmation de la bibliothécaire.

— Ce n'est pas certain, Prudence, du moins si nous parlons de femmes adultes et dotées d'un certain équilibre, précisa Virginia Pille lorsque le biscuit au citron lui permit de parler. Bien sûr, nous savons toutes à quoi vous faites allusion. N'importe quelle jeune fille fait l'expérience de cette obscure attirance dont vous parlez, mais les choses changent lorsqu'on devient une femme.

— Il n'est pas évident à mes yeux que ce soit exact, Virginia, répondit-elle. Cela en dirait beaucoup sur notre intelligence et notre bon sens, mais je crains que la réalité soit autre. Le monde est plein de femmes adultes prisonnières de relations épouvantables avec des hommes profondément malhonnêtes.

— La maturité à laquelle je fais référence n'est pas chronologique, Prudence, et en tout cas ces femmes ne sont pas la majorité, insista la libraire.

Hermine Treaumont se servit une autre tasse de thé avant de se rasseoir et de s'apprêter à parler :

— Je suppose que revenir toujours à la même source peut sembler une obsession, mais que me dites-vous du duel entre Darcy et Wickham ? Ou de l'affrontement entre Knightley et Frank Churchill ? Je suis convaincue que Jane Austen est la pierre de touche en la matière. Je ne crois pas que vous trouverez une seule femme au monde qui après avoir lu *Orgueil et Préjugés* penche pour Wickham plutôt que pour Darcy, ou qui, après s'être plongée dans *Emma*, soit fascinée par Frank Churchill et méprise Knightley. Je vous l'ai dit un jour, vous vous souvenez ? Tous les hommes détestent Darcy parce que, comparés à lui, tous perdent de leur éclat. Et toutes les femmes l'adorent parce que, une fois rédimé de son orgueil, il est l'idéal de ce que doit être un homme : ferme dans son caractère, sincère et honnête.

— Et riche, vous oubliez ce détail. Dix mille livres annuelles rendent n'importe quel homme séduisant, précisa Emma Giovanacci avec malice.

— Tout cela est vrai, dit la bibliothécaire les yeux brillants. Mais, malheureusement, le monde moderne pense différemment. Très peu de femmes lisent la littérature anglaise du dix-neuvième siècle, encore moins de nos jours.

Emma Giovanacci soupira doucement.

— Nous nous sommes éloignées du sujet, mesdames. La question était : notre homme est-il conscient de tout cela, comme le pense Virginia, ou s'agit-il plutôt de ce que nous pourrions qualifier de dommage collatéral de sa personnalité ?

— J'ai toujours pensé qu'il ressemble beaucoup à son père, intervint Hortense Œillet. Mais lui était parfaitement conscient de l'effet qu'il faisait aux femmes.

Mlle Prim cessa de manger et regarda son hôtesse avec une expression intéressée.

— Vous avez connu son père ?

— Naturellement, répondit la fleuriste. Je suis l'une des rares habitantes de Saint-Irénée qui vivait ici avant la création de la colonie.

— Et comment était-il ?

— Une vraie canaille, mais il faut dire que c'était une canaille séduisante et qui avait de la classe. On le trouvait séduisant jusqu'à ce qu'on se rende compte que c'était une canaille.

La bibliothécaire la regarda avec curiosité.

— Quand vous dites que c'était une canaille, que voulez-vous dire exactement ?

— Qu'il abandonnait régulièrement sa famille. Il y avait toujours une femme au milieu, même si ça ne durait jamais longtemps. Ces hommes sont ainsi, j'en ai connu beaucoup, ils ne changent jamais. Je suppose qu'il aimait sa femme, c'était une beauté et c'est encore une belle femme aujourd'hui ; mais cela ne l'empêchait pas d'avoir une amourette avec une femme différente chaque fois que son épouse tournait le dos. Ce fut très douloureux pour elle, très douloureux.

— Et les enfants ?

— Ils ont souffert d'une autre façon, car c'était un père très affectueux. Ils ont souffert quand leur mère, lasse de cette torture, a décidé de ne jamais le laisser revenir.

Mlle Prim se vit assise sous un camélia par une nuit glacée auprès d'une vieille dame qui parlait avec amertume du choix entre deux chemins.

— C'était donc ça, murmura-t-elle.

— Il est bien difficile de juger ces situations, de nombreuses femmes auraient fait exactement comme elle, mais les enfants adoraient leur père et ils ont beaucoup souffert quand tout s'est terminé. Elle n'a jamais cédé, elle ne l'a jamais laissé revenir dans sa vie et elle ne lui a pas rendu facile non plus de voir les enfants. Il est mort seul et loin d'eux tous.

Hermine Treaumont se leva pour mettre deux bûches dans la cheminée.

— Alors, que décidons-nous ? demanda Virginia Pille après avoir poussé un profond soupir. Notre homme est-il conscient de son charme ou n'a-t-il aucune idée des dégâts qu'il cause ?

Dans l'expectative, toutes regardèrent la bibliothécaire, qui avec un sourire but la dernière gorgée de sa troisième tasse de thé.

— Je dirais qu'il n'en a pas la moindre idée, dit-elle avec douceur. Et que c'est ça, justement, qui fait son charme.

5

Mlle Prim n'avait pas prévu qu'il lui serait si difficile de faire ses adieux aux enfants. Si à son arrivée à Saint-Irénée quelqu'un l'en avait avertie, elle aurait souri avec dédain et continué son chemin. Elle n'avait jamais été particulièrement encline à se laisser éblouir par la tendresse qu'inspire l'enfance. On ne pouvait dire qu'elle n'aimait pas les enfants, mais elle faisait incontestablement partie de ces gens qui ne découvrent leur charme que lorsque eux-mêmes deviennent pères ou mères. Et qui, même lorsque cela advient, constatent avec soulagement que les seules créatures qui éveillent leur intérêt et leur attention sont les leurs. Mlle Prim n'était pas l'une de ces femmes qui s'arrêtent dans la rue pour caresser un bébé, qui dans la file d'attente d'un cinéma bavardent avec un enfant accroché à la main de sa mère, qui renvoient avec joie un ballon de football à un groupe bruyant d'écoliers. Voilà pourquoi elle fut surprise lorsqu'elle se rendit compte de l'émotion qui l'étreignait à l'idée de devoir se séparer des quatre enfants avec lesquels elle avait cohabité dans cette maison au cours des derniers mois.

— Et on vous reverra jamais ? dit cet après-midi-là la petite Eksi quand la bibliothécaire eut fini d'expliquer son départ.

Assis dans la bibliothèque, les quatre enfants entouraient Mlle Prim avec le sérieux d'un conseil de guerre.

Celle-ci fit une longue pause avant de répondre.

— *Jamais* est un mot très exagéré. Qui sait ce qui peut arriver ? Peut-être nous reverrons-nous plus tôt que vous ne croyez, peut-être voyagerez-vous en Italie pour étudier Le Bernin ou Giotto et nous nous rencontrerons là-bas.

L'expression de méfiance des enfants l'encouragea à continuer.

— Imaginez, par exemple, que vous alliez voir la basilique Saint-François. Savez-vous où elle se trouve ?

— À Assise, répondit Téséris, installée sur le vieux divan de la bibliothèque.

— C'est ça, acquiesça joyeusement la bibliothécaire, elle se trouve à Assise. Imaginez que vous êtes à Assise pour voir les fresques de Giotto. Vous entrez dans la basilique supérieure, vous avancez, saisis par la beauté de ces plafonds et de ces murs couverts de scènes de la vie du *Poverello* ; et alors que très concentrés vous êtes en train d'admirer la peinture, vous entendez derrière vous une voix connue qui dit…

— … Ne vous avisez pas d'y toucher ! s'exclama Deka avec un sourire espiègle.

Mlle Prim fit un clin d'œil au garçonnet tandis qu'elle s'apprêtait à ouvrir une boîte de biscuits à la pomme. Enfoncé dans le siège de l'homme du fauteuil, c'est son frère Septimus qui parla cette fois :

— Je crois pas qu'on pourra aller vous voir à Assise, on connaît *déjà* Assise. On y est allés quand on *était* petits.

La bibliothécaire réprima un sourire et se mit à distribuer les biscuits.

— Je crois qu'on vous reverra jamais, répéta avec regret la petite Eksi, étalée sur le tapis. Vous partirez en Italie vivre des aventures et vous voudrez jamais revenir, comme la femme de Robert Browning.

Mlle Prim se mit à rire, amusée.

— Je n'en serais pas si sûre. Je ne crois pas que mon voyage ait quelque chose à voir avec celui de la femme de Robert Browning, qui d'ailleurs s'appelait Elisabeth Barrett. Elle, elle était amoureuse, elle est partie par amour, tu te souviens ?

— Et vous aussi, répondit la fillette avec conviction.

— Moi ? s'exclama la bibliothécaire, stupéfaite. M'en aller par amour ? Mais quelle idée absurde ! Je ne m'en vais pas par amour. D'où tiens-tu cette idée ?

— C'est pas moi qui l'ai eue, c'est notre jardinier, répondit la fillette.

— Il entend *tout* par la fenêtre de la bibliothèque, confirma son frère aîné. Il nous entend sûrement en ce moment.

Mlle Prim jeta un regard furtif vers la fenêtre pour s'assurer qu'elle était hermétiquement fermée.

— Le jardinier n'a pu entendre une chose qui n'est pas vraie. Croyez-vous vraiment que si je partais en Italie par amour je le dirais à quelqu'un ? En plus, il ne faut pas chercher à savoir ce que disent les autres ni raconter de commérages, ce n'est pas une bonne habitude. Je suis sûre que c'était une erreur, il ne parlait certainement pas de moi.

— Il parlait de vous, dit Deka avec la fermeté d'une pierre.

La bibliothécaire distribua une seconde tournée de biscuits tout en essayant de trouver une formule pour se tirer de ce bourbier.

— Et comment le sais-tu ? A-t-il prononcé mon nom ?

Les enfants échangèrent un regard éloquent.

— Si on vous le dit, vous vous fâcherez contre lui ? demanda Septimus avec précaution.

— Bien sûr que non.

Après une pause, pendant laquelle il parut évaluer la sincérité de la réponse, le garçon se décida à continuer :

— Ce qu'il a dit, c'est : « *Elle* va en Italie chercher un mari. » *Elle*, c'est vous, c'est comme ça qu'il vous appelle, expliqua-t-il.

Mlle Prim prit une profonde respiration, mais elle ne dit rien. La pièce resta plongée dans un calme solennel pendant quelques minutes. Puis un bruit à la porte leur fit à tous tourner la tête : les deux énormes chiens de la maison entrèrent dans la pièce, ils frôlèrent les genoux de la bibliothécaire et se couchèrent sur le tapis.

— *Elle*, murmura celle-ci.

Puis elle leva la tête et s'adressa aux enfants.

— Vous me regretterez quand je m'en irai ?

— Bien sûr ! Mais on le saura vraiment que quand vous serez plus là, répondit Septimus avec philosophie.

— On a pas eu de peine quand les autres sont partis, intervint Téséris avec douceur. Mais eux, ils n'étaient pas comme vous.

Mlle Prim fixa le feu du regard. Ses yeux lui brûlaient, une sensation de brûlure aqueuse et agréable. L'honnêteté des enfants la réconfortait, la simplicité avec laquelle ils parlaient de ce qui leur déplaisait et de ce qu'ils aimaient, le manque de duplicité qu'il y avait dans leurs jugements, l'absence de ces énormes écheveaux qui compliquaient si souvent les relations des adultes.

— *Lui* aussi il vous aime bien. Il est triste parce que vous partez, déclara Eksi en caressant le poil long et abondant de l'un des chiens.

La bibliothécaire rougit et tourna de nouveau le regard vers les flammes.

— Le bibliothécaire précédent, sûrement qu'il l'aimait bien aussi. Ce qu'il aime, c'est que le travail soit bien fait, c'est tout.

— Celui d'avant, il l'aimait pas, il frappait les chiens.

— Vraiment ? demanda Mlle Prim, horrifiée.

Les enfants acquiescèrent d'un signe de tête.

— J'aimerais bien aller en Italie avec vous, dit à nouveau Eksi. On pourrait étudier *des choses* et vous, vous pourriez chercher *ce* mari.

Pendant un instant, Mlle Prim se vit en train de se promener dans Florence. Elle se vit entrer à l'Académie d'un pas lent et rêveur, elle s'observa tandis qu'émerveillée elle admirait le *David* et elle imagina qu'une silhouette se plaçait à côté d'elle et lui disait à l'oreille d'une voix moqueuse : « Êtes-vous prête à sortir la règle et le compas de votre sac ? »

— Je n'ai aucune intention de chercher un mari, Eksi, vraiment aucune, dit-elle avec âpreté, agitée par cette vision.

— Mademoiselle Prim (la voix de Téséris lui parvint avec la texture d'un rêve), moi je crois qu'on vous reverra.

La bibliothécaire caressa la tête des deux petits assis sur le tapis, et elle regarda avec affection la fillette appuyée sur le divan.

— Tu le crois vraiment ? demanda-t-elle en souriant.

Celle-ci répondit par une inclinaison de la tête.

— Alors je suis sûre que nous nous reverrons. Absolument sûre.

Le billet de Loulou Thiberville fut une surprise pour Mlle Prim. La nouvelle que la vieille dame voulait lui dire adieu lui causa une inquiétude fébrile. C'était une personnalité imposante, elle en avait été parfaitement consciente le jour où elle avait fait sa connaissance ; et Mlle Prim pensait que les personnalités imposantes, comme les forces de la nature, étaient dangereuses et imprévisibles. Tandis qu'elle traversait Saint-Irénée en direction de la maison Thiberville, elle distribua sourires et saluts aux commerçants et aux voisins. Tous lui répondirent avec affection. Elle salua le boucher, qui lui avait expliqué comment préparer la dinde de Noël. Elle sourit au cordonnier, qui ces derniers mois avait pris soin de ses chaussures. Elle échangea quelques mots avec la propriétaire de la papeterie, qui chaque mois lui mettait de côté un paquet de son papier à lettres artisanal, car elle avait adopté l'habitude locale d'échanger de la correspondance. Elle entra dans le cabinet du médecin, qu'elle remercia du sirop pour la toux qu'il avait prescrit aux enfants deux semaines plus tôt. Et elle fit ses adieux aux deux mercières, chez qui elle achetait ses sous-vêtements depuis qu'elle savait qu'à Saint-Irénée d'Arnois la lingerie était de même ou de meilleure qualité qu'à la ville.

Le vestibule de la vieille bâtisse qu'habitait Loulou Thiberville sentait les graines d'oiseaux et les médicaments, mais également le gâteau et les toasts qu'on avait préparés à la cuisine pour accueillir la bibliothécaire. Celle-ci trouva la vieille dame allongée sur un divan près de la fenêtre. À côté d'elle, sur un guéridon, un lourd service d'argent était disposé pour le thé. Mlle Prim s'approcha et prit place sur un petit tabouret moelleux.

— Pour l'amour de Dieu, mon enfant, asseyez-vous sur une chaise ! s'exclama la dame de sa vieille voix cassée. Vous finirez par vous briser le dos.

La bibliothécaire assura qu'elle était parfaitement bien sur le siège. Elle ne courbait jamais le dos, elle avait appris enfant à se tenir droite.

— Oui, je l'ai remarqué. Vous vous asseyez correctement, au bord de la chaise et le dos bien droit. Il est réconfortant de penser qu'il y a encore des femmes qui savent s'asseoir. Ça me rend malade de voir toutes ces filles dans la rue qui marchent le dos voûté, le buste creux et les épaules en avant. C'est la faute des écoles modernes. Dites-moi, mademoiselle Prim, avez-vous appris à vous asseoir ainsi dans une école moderne ?

La bibliothécaire expliqua que l'école n'avait eu aucun rôle dans sa tenue disciplinée, que la responsable était une vieille tante de sa mère qui dans son enfance lui avait appris à marcher avec des livres sur la tête et à s'asseoir avec la délicate rigidité d'une reine d'Égypte.

— Autrefois, on enseignait cela dans les écoles. Mais à cette époque les écoles étaient encore un endroit où les enfants apprenaient quelque chose. Aujourd'hui, ce sont des fabriques d'indiscipline, des élevages de monstres ignorants et mal élevés.

Mlle Prim regarda la vieille dame avec inquiétude.

— Je ne dirais pas cela de façon aussi catégorique, murmura-t-elle.

— Naturellement que vous ne le diriez pas, c'est moi qui le dis ! Auriez-vous connu les vieilles écoles ?

Mlle Prim avoua docilement qu'elle n'avait pas connu les vieilles écoles.

— Alors vous ne pouvez comparer, vos assertions ne sont que des jugements bien intentionnés ; et les personnes qui ont des jugements optimistes, comme il semble que ce soit votre cas, non seulement n'aident pas à améliorer les choses, mais contribuent à les aggraver. Elles transmettent la fausse perception que tout va bien, alors que le monde, ne vous y trompez pas, va de mal en pis. Mais expliquez-moi, demanda-t-elle en faisant signe à la cuisinière de laisser deux plats sur une table à côté du guéridon, pourquoi nous quittez-vous ? Vous partez à cause de cette affaire dont nous avons parlé chez Hortense ?

Mlle Prim acquiesça d'un mouvement de tête. Elle espérait ne pas avoir à revenir sur le sujet. Au cours de la dernière semaine elle avait eu l'impression de n'avoir rien fait d'autre que de dire au revoir à des personnes qui ne cessaient de vouloir approfondir cette question. Comme si elle devinait ses sentiments, la vieille dame se remit à parler.

— Ne vous inquiétez pas, je ne vais pas vous demander un récit par le menu. Nous vivons dans un petit village, je suppose que vous ne croirez pas que j'ai besoin de poser des questions directes pour apprendre les choses.

La bibliothécaire, qui avait commencé à servir le thé, tressaillit.

— J'avais l'espoir que mes affaires intimes n'auraient pas été divulguées dans le village ? J'ai sans doute été naïve.

La vieille dame eut un sourire ironique et prit la tasse que son invitée venait de lui servir.

— Vous n'êtes pas naïve. Simplement, vous êtes jeune.

— N'est-ce pas la même chose ?

— Ça l'était autrefois, ça devrait l'être. Mais de nos jours, tout le monde sait.

Mlle Prim observa sérieusement le visage de la vieille dame.

— Que voulez-vous dire ?

— Eh bien que la jeunesse devrait être aussi naïve que notre nature nous le permet, fillette. Une jeune personne chemine encore dans une certaine innocence, elle regarde encore le monde avec étonnement et espoir. Plus tard, le temps passant, elle découvre que les choses ne sont pas telles qu'elle les imaginait, et elle se met à changer. Elle perd alors ce rayonnement, elle perd cette innocence, son regard se trouble et s'obscurcit. Dans un sens, c'est très triste, mais dans un autre c'est inévitable, car ce sont précisément ces douleurs qui la conduisent à la maturité.

La bibliothécaire prit un toast beurré.

— Et vous croyez que cela a changé ?

— Naturellement que ça a changé. Il faut être un névrosé ou un grand sot pour ne pas se rendre compte que ça a changé. Les jeunes gens d'aujourd'hui prolongent l'enfance au-delà du raisonnable d'un point de vue chronologique, ils sont immatures et irresponsables à un âge où ils ne devraient plus l'être. Mais en même temps, ils perdent très vite leur candeur, ils perdent leur innocence et leur fraîcheur. Ce que je vais vous dire va vous paraître étrange, mais ils vieillissent vite.

— Vieillir ? Quelle idée extraordinaire !

La vieille dame but une gorgée de thé, et d'un geste indiqua à son invitée de lui servir un morceau de gâteau.

— Le scepticisme a toujours été considéré comme une maladie de la maturité, Prudence, mais il a peu à peu cessé de l'être. Tous ces enfants ont grandi dans l'ignorance des grands idéaux, ceux qui ont forgé les vieilles générations à travers les siècles et les ont rendues fortes. On leur a appris à les regarder avec dédain ou à les remplacer par un *quelque chose* d'ennuyeux et de sentimental qui très vite les écœure et les déçoit. Et avec cela ils tuent ce que la jeunesse possède de plus précieux – je dirais la seule chose vraiment précieuse – par rapport à la maturité. Il est terrible de devoir parler de la sorte, ne croyez pas que je n'en ai pas conscience.

Mlle Prim se demanda comment une femme de quatre-vingt-quinze ans qui passait une grande partie de son temps allongée sur un vieux divan pouvait énoncer des jugements aussi péremptoires sur le système scolaire et les défauts de la jeunesse. Avant qu'elle pût dire quoi que ce soit, la dame se pencha en avant et eut un sourire finaud.

— Vous pensez que je suis trop vieille pour connaître le monde moderne et ses problèmes.

— Mais pas du tout, mentit la bibliothécaire.

— Ne mentez pas, fillette. Vous avez en partie raison, mais vous devez tenir compte d'une chose. Par ici passe une foule de personnes différentes ; elles aiment visiter le village et viennent dans la colonie comme dans un musée. Et moi je suis une femme observatrice, ma chère, à mon âge on n'a pas grand-chose d'autre à faire qu'observer.

Mlle Prim fit un geste de protestation que la vieille dame se contenta d'ignorer.

— Pourtant, cela n'est pas suffisant non plus ; il ne faut pas se fier uniquement à sa propre expérience. L'expérience d'une seule vie humaine est un champ d'étude étroit, même lorsqu'il s'agit d'une vie aussi longue que la mienne. Il est facile de se tromper, Dieu sait combien c'est facile.

Loulou Thiberville fit une pause, comme si l'air lui manquait, avant de poursuivre sa tirade.

— Parce que, au fond, c'est toujours la même chose, savez-vous ? Il s'agit toujours des mêmes sempiternelles histoires. Des vieilles erreurs colossales qui émergent encore et encore des profondeurs, tels des monstres roués à l'affût. Si on pouvait s'asseoir près de la fenêtre et regarder passer l'histoire humaine, savez-vous ce qu'on verrait ?

Mlle Prim, un peu inquiète, affirma qu'elle l'ignorait.

— Je vais vous le dire. On verrait une immense chaîne d'erreurs rabâchées à travers les siècles, voilà ce qu'on verrait. On les contemplerait parées de différents habits, dissimulées derrière des masques divers, camouflées sous une multitude de déguisements, toujours les mêmes. Non, il n'est pas facile de s'en rendre compte, certainement pas. Il faut être très éveillé et avoir les yeux bien ouverts pour détecter ces vieilles menaces pernicieuses qui reviennent encore et encore. Vous croyez que je délire ? Non, ma chère. Vous, vous ne pouvez pas le voir, la plupart des gens ne sont plus capables de le voir. Mais il fait de plus en plus sombre et je sens tomber la nuit. Ces pauvres enfants, que croyez-vous qu'ils reçoivent dans les écoles ?

La bibliothécaire battit des paupières en faisant un effort pour essayer de débrouiller le discours de la vieille dame.

— Des connaissances, je suppose.

Loulou Thiberville se redressa avec une agilité insoupçonnée.

— Vous vous trompez. Ce qu'ils reçoivent, c'est du sophisme, un sophisme putréfié et pestilentiel. Les sophistes ont pris les écoles et ils travaillent pour leur cause.

— N'êtes-vous pas un peu pessimiste ? demanda Mlle Prim avec une exquise précaution en regardant l'horloge à la dérobée.

La vieille dame la dévisagea en silence.

— Pessimiste ? Pas du tout, ma chère. Mais que doit faire une sentinelle sinon annoncer ce qu'elle observe ?

Il n'y a pas de sentinelles pessimistes ou optimistes, Prudence. Il y a des sentinelles éveillées et des sentinelles endormies.

La bibliothécaire soupira et regarda en direction de la fenêtre. Elle ne voyait pas du tout où voulaient en venir les méditations de la vieille Thiberville. Cette femme réclamait un peu plus qu'un après-midi d'attention si l'on voulait s'aventurer dans sa personnalité. Elle était trop compacte pour un thé accompagné de toasts, elle était aussi obscure et mystérieuse qu'une tasse d'épais chocolat chaud.

— Votre prochaine destination est donc l'Italie. (La vieille dame changea brusquement de sujet et emplit de nouveau la tasse de son invitée.) Dans quelle partie de l'Italie allez-vous voyager ?

Mlle Prim avoua qu'elle n'avait pas encore de réponse. Elle savait bien sûr quelle serait sa première destination : elle avait décidé de commencer par Florence, quelle autre ville sinon ? Elle passerait une partie du printemps à Florence, dont elle ferait son quartier d'opérations, et à partir de là tracerait un plan pour s'enfoncer dans le pays, connaître ses recoins, parcourir ses *palazzi*, ses villas et ses églises, lire paresseusement sous son ciel et son soleil, afin de s'imprégner de la beauté qu'elle désirait avec tant d'ardeur. Elle croyait aussi savoir quel serait le final : Rome. Mais entre les deux ? Mlle Prim n'en savait rien. Et bien qu'elle l'ignorât, ou peut-être justement pour cette raison, elle se sentait extraordinairement heureuse.

Loulou Thiberville écouta patiemment toutes ces explications. Ce n'est qu'après l'avoir fait qu'elle ferma les yeux, s'appuya un peu plus sur le divan et dit enfin :

— Vous devez aller à Norcia.

La bibliothécaire croisa les jambes et de nouveau regarda avec résignation du côté de la fenêtre. Depuis qu'elle avait annoncé son intention de se rendre en Italie, tout Saint-Irénée d'Arnois s'était acharné à lui dire où elle devait aller et ce qu'elle ne pouvait manquer de voir.

— Norcia, répéta-t-elle.

— Le berceau de Benoît, ajouta la vieille dame avec l'air de qui évoque un vieil ami.

Puis elle dit :

— Là vivent des moines avec lesquels j'ai sympathisé.

Mlle Prim garda un silence mesuré. L'idée que Loulou Thiberville s'apprête à la charger d'une commission qui l'obligerait à se rendre dans un endroit où elle n'avait nulle intention d'aller lui causa une intense sensation de malaise. Elle avait toujours pensé qu'utiliser son âge comme excuse pour obliger autrui à faire une chose était inconsidéré. En fin de compte, elle avait ses propres plans, elle avait des devoirs et des obligations. Elle n'avait aucune intention d'aller rendre visite à des moines avec lesquels Loulou Thiberville avait décidé de sympathiser, il n'en était pas question.

— Ne vous précipitez pas, dit alors la vieille dame avec cet air de reine des abeilles que la bibliothécaire avait tellement admiré lors de leur première rencontre. Je ne prétends pas vous envoyer porter un message au cœur de l'Italie. Pourriez-vous être assez aimable et m'apporter ce livre vert qui est sur l'étagère ? Et ensuite cet autre rouge posé sur le piano ?

Mlle Prim alla chercher les deux volumes : il s'agissait de deux énormes albums de photographies. Son hôtesse les prit dans ses mains fines et se mit à tourner les pages. Au bout de cinq minutes qui en parurent quinze, la vieille dame trouva ce qu'elle cherchait.

— Le voilà, dit-elle.

Et elle montra à son invitée un ensemble de photographies que cette dernière examina avec attention.

— L'endroit semble très beau, murmura-t-elle, et le monastère aussi.

— *San Benedetto*, acquiesça la vieille dame avec un doux accent italien.

— San Benedetto ?

— C'est ça. Ne dirait-on pas de la musique ?

— C'est vrai, répondit la bibliothécaire en examinant les photos. Mais ces moines… comme c'est étrange, j'imaginais qu'ils devaient tous être très vieux.

— Vous savez peu de choses de la vie, murmura joyeusement Loulou Thiberville. La tradition n'a pas d'âge, fillette, c'est la modernité qui vieillit. Avant que j'oublie : vous devez descendre dans la crypte.

— Pourquoi ? demanda Mlle Prim, que la perspective de descendre dans une crypte quelle qu'elle soit n'enthousiasmait pas le moins du monde.

La vieille dame la regarda avec la sévérité d'une institutrice devant un enfant qui s'obstine à ne pas comprendre et dont on commence à soupçonner que ce n'est peut-être pas la peine de lui expliquer.

— Regardez ça, dit-elle après avoir tourné plusieurs pages de l'album. C'est beau, n'est-ce pas ?

La bibliothécaire tourna son regard vers les photographies et approuva. Norcia possédait une place dépouillée, couronnée d'une statue de saint Benoît. À l'une des extrémités se dressait une basilique du même nom avec une façade blanche sur laquelle se détachait une rosace. « XIIIe siècle, probablement », enregistra l'esprit méthodique de Mlle Prim. Sur une autre image, on voyait une immense prairie déserte entre des montagnes sur lesquelles des milliers de coquelicots, de tournesols, de violettes et d'autres fleurs sylvestres faisaient l'effet d'un merveilleux tapis naturel.

— Quelle merveille ! s'exclama-t-elle, admirative. On dirait un haut plateau.

— Une comparaison très appropriée, car *c'est* un haut plateau, répondit son hôtesse. Il y a un hôtel charmant où vous pouvez loger dans le village, le *Palazzo Seneca*, tenu par une famille adorable. Il est parfait pour vous. Ce qu'on peut y faire de mieux, c'est se reposer, observer la vie et se mêler aux gens du cru. Vous n'imaginez pas à quel point traverser le village en allant au marché, saluer les habitants, regarder les moines cultiver la terre et chanter du grégorien entre les murs de la crypte peut vous inspirer. Ils sont en train de restaurer un autre monastère. Peut-être auront-ils besoin d'aide.

— Norcia, répéta Mlle Prim à voix basse. Qui sait ?

Loulou Thiberville la scruta avec une attention renouvelée.

— Je crois que cela vous fera le plus grand bien, Prudence. Cela apaisera cette dureté moderniste.

La bibliothécaire rit tandis qu'elle remuait les deux morceaux de sucre brun qu'elle avait mis dans son thé.

— Dureté moderniste ? Que voulez-vous dire par là ?

La vieille dame se redressa pour mieux observer son invitée.

— Regardez-moi, fillette, et dites-moi ce que vous voyez. Une douce petite vieille peut-être ?

Souriante, Mlle Prim nia de la tête.

— Je n'irais pas jusque-là.

— Et vous feriez bien. Je suis une femme dure. Et savez-vous pourquoi ? Je suis dure parce que je suis vieille. Maintenant, regardez-vous ! Que voyez-vous ?

Le sourire s'effaça lentement du visage de la bibliothécaire.

— Je ne sais pas, il est difficile de se juger soi-même.

— Je vais vous le dire : une jeune femme dure.

— Je ne sais pas sur quoi vous vous fondez pour affirmer cela, répondit avec âpreté Mlle Prim, qui ne s'était jamais considérée comme une femme dure.

— Ne vous offusquez pas, fillette, je me suis peut-être mal exprimée. Je n'ai pas voulu dire que vous, concrètement, soyez dure. Ce que je veux dire, c'est que les femmes modernes comme vous le sont dans une plus ou moins grande mesure.

La bibliothécaire ouvrit et ferma nerveusement la crémaillère de son sac avant de répliquer. D'après cette dernière explication, peut-être ne pouvait-on dire qu'elle avait été personnellement outragée, mais elle l'avait été génériquement ; et que ce soit de façon personnelle ou générique, son sens de l'honneur l'obligeait à protester. Loulou Thiberville l'écouta en silence, un léger sourire sur les lèvres, puis elle se remit à parler.

— Vous vous demandez sur quoi je me fonde pour formuler une pareille affirmation, n'est-ce pas ?

Mlle Prim répliqua que c'était effectivement sa question.

— Je me fonde sur l'anxiété, ma fille. Tout simplement sur l'anxiété.

— L'anxiété ? L'anxiété de quoi ?

La vieille dame fit une pause presque imperceptible avant de poursuivre et, lorsqu'elle parla de nouveau, sa voix résonna comme si elle n'allait jamais se taire.

— L'anxiété que vous avez toutes de démontrer votre courage, de laisser entendre clairement que vous savez ceci et cela, d'assurer que vous pouvez tout obtenir. L'anxiété de triompher et, encore plus grande, l'anxiété d'échouer ; l'anxiété d'être moins considérées, ou au contraire davantage, du simple fait d'être ce que chacune croit ou, plus exactement, qu'on vous a fait croire que vous êtes. L'anxiété inexplicable que le monde reconnaisse en vous comme un mérite le simple fait d'être des femmes. Ah, mais vous êtes fâchée contre moi, n'est-ce pas ?

Les lèvres serrées et les jointures des doigts presque blanches, la bibliothécaire ne répondit pas.

— Bien sûr que vous êtes fâchée. Et pourtant, il suffit de vous écouter parler de l'homme pour lequel vous travaillez pour se rendre compte que quelque chose de ce que je dis est vrai. Pourquoi semblez-vous si fâchée ? Pourquoi comparez-vous et enregistrez-vous tout comme si la vie se mesurait avec une équerre et un pied à coulisse ? Pourquoi avez-vous si peur de perdre votre place, si peur de rester en arrière ? Pourquoi, ma chère, êtes-vous tellement sur la défensive ?

Mlle Prim regarda la vieille dame sans savoir quoi dire. Elle essaya de se calmer intérieurement en réfléchissant à la meilleure manière de répondre à ce qu'elle venait d'entendre. Et tandis qu'elle le faisait, la voix de Loulou Thiberville résonna de nouveau, rude et lasse.

— Vous dites que vous voulez trouver la beauté, mais ce n'est pas ainsi que vous y parviendrez, mon amie. Vous n'y arriverez pas tant que vous prendrez soin de vous comme si vous étiez le centre du monde. Ne le comprenez-vous pas ? C'est exactement le contraire, tout juste le contraire. Vous ne devez pas être dorlotée, vous devez être blessée. Ce que j'essaie de vous expliquer, fillette, c'est que tant que vous ne permettrez pas que cette beauté que vous cherchez vous blesse, tant que vous ne permettrez pas qu'elle vous brise et vous abatte, vous ne pourrez la découvrir.

La bibliothécaire se leva en même temps qu'elle secouait avec brusquerie deux ou trois miettes de biscuit sur sa jupe en tweed. Elle regarda froidement la vieille dame allongée sur le divan, qui inclina sa vieille tête en guise d'adieu silencieux, puis elle sortit du salon et de la vie de Loulou Thiberville avec la ferme intention de ne jamais revenir.

6

Au cours des derniers jours de son séjour à Saint-Irénée d'Arnois, Mlle Prim essaya, dans la mesure du possible, d'éviter l'homme du fauteuil. Elle ne savait pas si c'était son imagination, mais pendant ces dernières journées de valises, de paquets et d'adieux, elle avait l'impression qu'il l'esquivait avec le même zèle. Le temps était devenu particulièrement froid, comme cela arrivait toujours à la fin février, et les champs gelés donnaient à la maison et au jardin l'aspect d'un paysage pictural inerte. Le matin de son départ, la bibliothécaire se trouvait dans sa chambre, jetant un dernier coup d'œil à ses valises. Tout était là. Les quelques livres qu'elle avait apportés avec elle, ses vêtements et ses chaussures, quelques objets personnels et les nombreux cadeaux reçus d'amis et d'habitants de tous les coins du village au cours des dernières heures. Mlle Prim contempla son volumineux équipage avec un sourire triste. Après avoir ouvert et fermé les tiroirs de la commode et des tables de nuit pour vérifier qu'il n'y restait plus rien, elle se redressa et regarda avec nostalgie vers la fenêtre. À cet instant précis, elle entendit un bruit sourd qui la fit sursauter ; une boule de neige venait d'être lancée contre la vitre. Surprise, elle ouvrit la porte de la terrasse et se pencha au-dessus du jardin ; le vent coupait la peau et s'infiltrait entre les vêtements. Dehors se tenait l'homme du fauteuil, couvert jusqu'aux yeux.

— Vous descendez ? cria-t-il.

— Si je descends ? Il fait plusieurs degrés au-dessous de zéro, ce n'est pas un jour très agréable pour se promener dans le jardin.

L'homme du fauteuil sourit, c'est du moins ce que déduisit la bibliothécaire en voyant ses yeux se fermer à demi, seule partie visible de son visage.

— Moi je crois que c'est un jour parfait, entre autres choses parce qu'il n'y aura aucun autre jour meilleur pour ce jardin et pour vous. À partir de demain, je n'aurai pas le plaisir de vous contempler ensemble tous les deux.

— C'est vrai, murmura Mlle Prim.

— Que dites-vous ? cria-t-il de nouveau.

— Je dis que c'est vrai, répéta-t-elle à voix haute. Mais le jardinier vient me chercher dans une demi-heure, je n'ai pas beaucoup de temps pour parler.

L'homme du fauteuil s'approcha de la maison pour venir se placer sous la fenêtre de son employée.

— Allons, Prudence. Allez-vous vraiment me dire que vous n'avez pas le temps de me faire vos adieux ?

Les coudes appuyés sur la rambarde du balcon, elle parut réfléchir à la question.

— Vous avez raison. Laissez-moi enfiler un manteau, je descends.

Tandis qu'elle descendait en courant l'escalier, la bibliothécaire perçut la nervosité qui s'emparait d'elle.

Bien qu'il lui déplût de l'admettre, elle n'avait pas réussi à la calmer. Malgré ces nuits de réflexion, malgré les conversations, les conseils et les confidences, malgré les larmes versées, les reproches et la pédagogie sur l'absurdité qu'avait été cette passion soudaine, elle n'avait pu se rasséréner. Elle n'était pas parvenue à apaiser cette agitation, cet accident violent qui avait entraîné au fond de l'océan l'heureux et bel équilibre qu'elle cultivait avec soin.

— Vous devriez faire plus d'exercice, vous êtes très congestionnée.

— Oh ! dit-elle en se demandant pour la énième fois pourquoi cet homme semblait incapable de faire la différence entre être sincère et dire des incongruités.

Il faisait froid dans le jardin, un froid intense et dévastateur, lorsqu'ils se mirent tous deux à marcher vers la partie sud, où une vieille serre en bois abritait des outils de jardinage, de vieux pots de fleurs vides, des objets inutiles de toutes formes et de toutes tailles, une table peinte en blanc et quatre chaises de jardin alambiquées qui étaient depuis tant d'années dans la maison que plus personne ne pouvait se rappeler combien.

— Pourquoi n'arrangez-vous pas cet abri ? demanda Mlle Prim en s'asseyant sur l'une d'elles.

— Parce qu'il me plaît tel qu'il est.

— Pourquoi ? (Quelque part au fond d'elle, la bibliothécaire entendit une rumeur de sabres.)

Il la regarda en silence, comme évaluant si c'était une question innocente ou plutôt une provocation.

— Pourquoi… quoi ?

— Pourquoi n'aimez-vous que les vieille choses ?

— Ce n'est pas tout à fait exact. Il y a des choses neuves qui me plaisent.

— Vraiment ? demanda-t-elle. Dites-m'en une.

Son hôte exhiba ce sourire que Mlle Prim avait appris à interpréter.

— Vous, par exemple.

Elle soupira, feignant l'accablement.

— Je ne sais pas si je dois prendre cela comme un compliment. Vous me voyez ravie d'apprendre que vous ne me classez pas parmi les vieilleries, mais je ne suis pas sûre de me sentir flattée d'être considérée comme une chose.

L'homme du fauteuil se mit à rire et, à cet instant, la bibliothécaire sentit les larmes lui monter aux yeux. Elle baissa la tête et, lorsqu'elle la releva, son regard rencontra le sien.

— Je regrette, dit-elle. L'idée de m'en aller me rend triste.

— Vraiment ?

Mlle Prim le regarda avec un mélange de reproche et de surprise.

— Bien sûr que je le suis, insista-t-elle, les yeux brillants d'émotion.

— Je me réjouis de l'apprendre, répliqua-t-il, parce que moi aussi je regrette que vous partiez. Vous avez été un compétiteur magnifique, et une grande compagne. Nos discussions vont me manquer.

La bibliothécaire baissa les yeux et sourit avec malice.

— Ne mentez pas. Vous savez parfaitement que je ne suis pas une opposante digne de vous. Vous avez toujours gagné dans nos discussions, vous avez toujours retourné mes arguments et vous avez toujours eu la vertu de me faire sortir de mes gonds.

— La vertu ? interrogea-t-il avec un sourire moqueur.

— La vertu, dit-elle en le regardant fixement. Lorsque je suis arrivée ici, j'avais du mal à accepter un point de vue différent du mien. J'ai bien peur de vous ressembler sur ce point.

— Eh bien moi, en revanche, je dois reconnaître qu'à force d'attaques, vous m'avez aidé à comprendre certaines choses.

Fermant les yeux à la tentation de répondre qu'elle n'avait jamais attaqué personne, Mlle Prim se redressa doucement sur sa chaise et se pencha au-dessus de la table comme si elle se préparait à écouter quelque chose de très intéressant.

— Comme quoi ? demanda-t-elle.

— Comme tout ce que vous appelez délicatesse, je suppose.

— En voilà une surprise ! s'exclama-t-elle avec satisfaction. Vous me donniez l'impression de n'avoir que mépris pour la délicatesse.

— Ce n'est pas vrai.

— Je pensais que vous la considériez, comment dire ? comme une qualité molle.

— Je la considère comme un attribut féminin. (La bibliothécaire fit une grimace.) Mais cela ne veut pas dire que je ne croie pas qu'elle peut, et même doit, être présente dans le caractère d'un homme.

— Mais elle ne l'est pas dans le vôtre.

— Non, elle ne l'est pas dans le mien. C'est pourquoi il a été très enrichissant pour moi de vous connaître.

Tous deux restèrent silencieux quelques minutes, tandis qu'ils regardaient tomber la neige à travers les baies de la vieille cabane. Ensuite, Mlle Prim se remit à parler.

— Je voudrais vous remercier.

— Pourquoi donc ?

— Pour rien et pour tout. J'ai le sentiment que je dois le faire, car à un moment ou un autre je me rendrai sans doute compte que j'aurais dû le faire, et je ne veux pas, quand cela arrivera, regretter d'avoir laissé passer cette occasion. Vous me comprenez ?

— Pas du tout, dit-il calmement.

La bibliothécaire le regarda, découragée, et elle se demanda comment il était possible que chez un même être humain puissent coexister une intelligence si brillante et cette exaspérante, dure, obtuse insensibilité. De son point de vue, ce qu'elle venait d'exprimer était parfaitement compréhensible. La moitié de l'humanité, sinon toute, avait éprouvé à un moment ou un autre l'impulsion, l'intuition, la conviction de devoir remercier quelqu'un de quelque chose. Mais beaucoup avaient laissé mourir ce remerciement sur leurs lèvres ; et Mlle Prim ne voulait pas être l'un d'eux.

— Vous êtes une personne étrange. Vous manquez absolument d'empathie, dit-elle.

— Et pourtant, vous m'appréciez, répliqua-t-il.

— La vanité est un autre de vos gros défauts, poursuivit-elle sans se troubler. Je dirais que je vous respecte, et c'est suffisamment exprimé de cette façon.

L'homme du fauteuil la contempla en souriant.

— Mais malgré tout nous sommes amis, dit-il en la regardant dans les yeux.

— Nous le sommes, répondit-elle avec douceur. (Puis, dans l'un de ces accès d'émotion qui la secouaient de temps à autre et lui faisaient dire des choses de façon abrupte et presque d'une traite, elle ajouta :) Croyez-vous vraiment que l'amour entre deux personnes différentes soit impossible ?

Il se leva et poussa la porte du vieil abri pour éviter que le vent ne fasse entrer la neige.

— Je n'ai jamais dit ça, répondit-il lentement en s'asseyant. Non, je ne crois pas qu'il soit impossible. Je dirais qu'il est très courant.

— Mais vous, balbutia Mlle Prim en se demandant quelle sorte d'étrange imprudence s'était emparée d'elle pour consentir à dire une chose pareille, vous et Hermine…

— Nous avons rompu parce que nous étions très différents ? (L'homme du fauteuil secoua la tête.) Vous n'avez pas compris, Prudence. Vous n'avez absolument pas compris ce que j'ai tenté de vous expliquer l'autre jour à ce sujet.

— Peut-être ne vous êtes-vous pas bien expliqué, répliqua-t-elle froidement, ennuyée à l'idée d'être rangée parmi les personnes qui ne comprennent rien. Peut-être avez-vous été trop énigmatique.

— Bon, eh bien alors je vais le rendre facile.

Mlle Prim se demanda si, au nom de sa propre dignité, elle ne devrait pas protester face à cette condescendance pédagogique, mais comme cela lui arrivait en général dans les conversations avec son patron, la curiosité vainquit pitoyablement sa dignité.

— Je vous écoute.

— Imaginez un instant que vous et moi, deux personnes très différentes, décidions de faire ensemble un voyage à Saint-Pétersbourg. Vous me suivez ?

— Parfaitement.

— Vous conviendrez avec moi que nous discuterions probablement pendant tout le trajet.

— Très probablement.

— Moi, je voudrais loger dans des monastères et m'entretenir avec de vieux *starets*, alors que vous insisteriez pour réserver des hôtels confortables et très propres. Je voudrais flâner dans les rues des petits villages et des bourgades insignifiantes avant d'arriver à destination ; vous, vous auriez certainement un parcours bien programmé et cela vous ennuierait de vous arrêter dans des endroits n'ayant que peu d'intérêt historique et artistique. Mais malgré toutes ces difficultés, avant ou après, vous et moi arriverions ensemble à Saint-Pétersbourg.

— Et alors ? dit la bibliothécaire, les coudes appuyés sur la table.

— Laissez-moi continuer, j'essaie de ne pas être énigmatique. Imaginez maintenant que vous et moi décidions d'entreprendre un autre voyage. Mais cette fois vous voulez vous rendre à Saint-Pétersbourg et moi je désire aller à Tahiti ? Que croyez-vous qu'il se passerait ?

Mlle Prim ébaucha un sourire triste.

— Que tôt ou tard nos chemins se sépareraient, dit-elle.

— Je vois que vous avez compris à présent.

— À moins, murmura la bibliothécaire, après une longue pause, à moins que je vous convainque d'aller à Saint-Pétersbourg et pas à Tahiti.

Il ôta ses gants et la regarda, intrigué.

— Mais c'est justement une partie du problème, Prudence. Je refuse que qui que ce soit me convainque de me rendre à Saint-Pétersbourg et, si j'avais le moindre doute que quelqu'un puisse y parvenir, je prendrais grand soin de ne pas m'y risquer.

— Mais aussi (Mlle Prim fit un effort pour trouver les mots), vous pourriez également me convaincre d'aller à Tahiti.

L'homme du fauteuil se tut pendant un instant qui parut interminable à la bibliothécaire.

— J'irais au bout du monde pour vous convaincre d'aller à Tahiti, dit-il avec une étrange intensité dans la voix. Je ferais tout ce qui serait en mon pouvoir, absolument tout, pour vous convaincre. Mais je crois que notre voyage serait un échec, un terrible échec, si avant de commencer il n'était pas clair dans votre esprit que vous voulez connaître Tahiti.

— Vous n'avez jamais voulu me convaincre d'aller à Tahiti, dit-elle à voix basse.

— Comment le savez-vous ?

— Comment je sais quoi ?

— Comment savez-vous que je n'ai pas voulu ?

— Parce que vous ne m'avez jamais forcée à rien ni n'avez fait pression sur moi pour quoi que ce soit. Vous n'avez rien fait pour me convaincre. C'est probablement pour cette raison que nous sommes amis ; vous avez toujours respecté mes opinions.

L'homme du fauteuil s'appuya sur la vieille chaise en fer de la serre.

— C'est vrai, je ne vous ai forcée à rien ni n'ai fait pression sur vous pour quoi que ce soit. Mais si je ne l'ai pas fait, c'est parce que j'ai pensé qu'il aurait été contreproductif d'essayer, pour aucune autre raison. Ne m'attribuez pas de mérites, car c'est là un mérite qui vous revient à vous, pas à moi.

— Quelle qu'en soit la raison, répliqua la bibliothécaire, vous n'avez pas tenté d'aller au bout du monde pour me convaincre de vous accompagner à Tahiti.

— Vous croyez ? demanda-t-il avec un sourire. Peut-être vous rendrez-vous compte un jour qu'on peut aller au bout du monde sans sortir d'une chambre, Prudence.

— Vous voilà de nouveau énigmatique, répliqua-t-elle, et après avoir fait une pause elle ajouta d'un air malicieux : Dites-moi une chose, si j'avais voulu aller à Tahiti, si je n'avais jamais songé à me rendre à Saint-Pétersbourg, auriez-vous osé me demander que nous fassions ce voyage ensemble ?

L'homme du fauteuil baissa la tête et ébaucha un sourire.

— Et vous ? demanda-t-il d'une voix basse en la regardant dans les yeux. Seriez-vous venue ?

La bibliothécaire ouvrit la bouche pour répondre, mais avant qu'elle ait pu le faire, un visage mûr et sévère apparut à la porte.

— C'est l'heure, mademoiselle.

Mlle Prim, le visage en feu, se leva en même temps que son patron. Celui-ci lui tendit la main et lui dit :

— À Saint-Pétersbourg il fait très froid, Prudence. Je le sais parce que j'y suis déjà allé. Mais peut-être un jour…, hésita-t-il.

La bibliothécaire se dirigea lentement et en silence vers la porte. Avant de la franchir, elle se retourna et pour la dernière fois, contempla l'homme du fauteuil, debout au milieu du vieil abri.

— Je ne crois pas, murmura-t-elle.

Mlle Prim ne se retourna pas pour voir une dernière fois la maison et le jardin. Selon ses désirs, exprimés avec la fermeté d'un ordre militaire, ni les enfants, ni la cuisinière, ni les jeunes filles du village, ni même l'homme du fauteuil ne vinrent lui dire adieu à la porte. Mlle Prim n'aimait pas les adieux. Malgré toutes ces injustes accusations de sentimentalisme, elle était tout à fait consciente de ne pas aimer les scènes émouvantes, elle ne savait pas quelle attitude adopter, ne trouvait jamais le ton juste pour les aborder. Lui n'avait pas cet embarras, médita-t-elle en se recroquevillant sur le siège arrière de la voiture, regardant à la dérobée le visage grave du jardinier. Lui savait toujours, ou presque toujours, comment se comporter. Il était capable d'avoir à chaque instant le regard, le sourire ou la solennité juste. Mlle Prim pensait que cela se devait à ses manières. Non ces manières qu'on peut acquérir en lisant des articles dans des revues hebdomadaires, pas plus que les manières qu'on trouve dans les livres sur le protocole et l'étiquette, ni même celles dont sont fières les personnes qui se vantent d'avoir de bonnes manières. Rien de cela n'avait à voir avec ce qu'il possédait, lui. Peut-être parce que ce qu'il avait et qu'elle appréciait ne consistait pas en quelque chose qu'on pouvait lire, étudier ou imiter. On n'enseignait ni n'apprenait cela, simplement on le respirait. Ce comportement paraissait si naturel, si simple, si intimement lié à celui qui l'exhibait, qu'on ne prenait conscience qu'au bout d'un certain temps, au bout de quelques semaines ou même quelques mois, de tout ce qu'il avait de paisible et d'harmonieux. Ni les hebdomadaires, ni les livres sur le protocole, ni les cours par correspondance ne pouvaient rivaliser avec cette sorte de manières. C'était un code poli par des siècles de pratique, respiré depuis le berceau, inspiré des aurores oubliées de l'amour courtois et de la chevalerie.

Alors qu'elle méditait sur tout cela, la voiture conduite par le jardinier tourna dans un virage et laissa apparaître l'énorme et solide structure de l'abbaye de Saint-Irénée. La bibliothécaire contempla ses vieux murs de pierre, elle admira la beauté de ses lignes régulières et consulta sa montre. Elle avait plus de temps qu'il n'en fallait pour arriver à la gare. Elle était partie avec près de deux heures d'avance, alors que le trajet en voiture ne prenait pas plus d'une demi-heure. Mlle Prim était une ferme adepte non tant de la ponctualité que, surtout, de la prévision. En l'honneur de la prévision, elle avait décidé de partir deux heures à l'avance et pour la gloire de la prévision, à cet instant précis, sans savoir pourquoi ni même comment, elle venait d'éprouver l'ardent désir de rencontrer le vieux moine qui habitait ces murs. Ce vieillard qu'elle avait décidé d'éviter soigneusement au cours de ce long et froid hiver à Saint-Irénée d'Arnois.

— Pourrions-nous nous arrêter un moment au monastère ? demanda-t-elle au jardinier.

— Naturellement, mademoiselle. Vous voulez peut-être acheter un peu de miel ?

— Non, répondit-elle en regardant l'homme dans le miroir du rétroviseur. En réalité, j'aimerais parler un moment avec le *pater*.

— Avec le *pater* ? demanda-t-il, surpris. Vous en êtes sûre ?

— Certaine, dit-elle en levant le menton d'un air résolu. Vous pourriez m'aider ?

— Il ne manquerait plus que ça, assura le jardinier en prenant la déviation qui bordait les champs de labour et menait directement à la porte de l'abbaye.

Après quelques démarches auprès du moine chargé de la porterie, Mlle Prim franchit la porte du monastère et fut conduite à l'hôtellerie, où on lui demanda de patienter quelques minutes. Elle contempla les murs nus de la salle en attendant qu'un jeune moine portant un tablier de travail sur son habit la salue d'un sourire et l'invite à le suivre jusqu'au potager.

— Il prend le frais, dit-il en guise d'explication, sans avoir conscience de l'incongruité de ses paroles par une matinée où le thermomètre indiquait plusieurs degrés au-dessous de zéro.

Après avoir traversé un long corridor, traversé un cloître austère et silencieux, et pénétré dans le petit potager, la bibliothécaire fut conduite vers un angle où un homme très âgé se tenait assis.

— Mlle Prim vient vous voir, dit le jeune religieux avant de faire signe à la bibliothécaire de s'approcher.

Le vieillard se redressa, il renvoya le moine avec un doux sourire et invita la visiteuse à s'asseoir près de lui.

— Asseyez-vous, je vous en prie, murmura-t-il, je vous attendais.

— Vous m'attendiez ? demanda-t-elle avec l'inquiétude de qui soupçonne qu'on la confond avec quelqu'un d'autre. Je ne sais pas si vous savez qui je suis, mon père, je m'appelle Prudence Prim et j'ai travaillé plusieurs mois comme bibliothécaire à…

— Je sais parfaitement qui vous êtes, l'interrompit doucement le moine, et je vous attendais. Vous avez beaucoup tardé.

Mlle Prim contempla le visage ridé du vieillard, son corps fragile et maigre, et elle se demanda si cet homme avait toute sa tête.

— On m'a beaucoup parlé de vous, dit-il en la regardant avec des yeux dans lesquels elle crut deviner un soupçon d'allégresse.

— On ? Vous voulez parler de l'homme pour lequel je travaille ?

— Je veux parler de tous les gens qui vous connaissent et vous apprécient.

La bibliothécaire rougit de satisfaction. Elle n'avait jamais imaginé que quelqu'un avait pu rendre visite au moine nonagénaire pour lui parler d'elle. Elle n'avait jamais pensé que sa présence pût franchir ces murs solides et pénétrer dans la silencieuse et profonde routine du vieux bénédictin. Avant qu'elle reprenne la parole, le moine dit :

— Vous partez pour l'Italie.

Mlle Prim répondit que c'était le cas, en effet.

— Pourquoi ?

— Pourquoi ?

— C'est cela.

La bibliothécaire fronça légèrement les sourcils. Elle se refusait à expliquer toutes les raisons et vicissitudes qui avaient motivé son départ. Tout cela faisait partie de sa vie privée et elle n'avait aucune raison de partager sa vie privée avec ce vieillard. Par ailleurs, comment expliquer pourquoi elle partait ? Plus encore, réfléchit-elle tout à coup, savait-elle réellement pourquoi elle partait ?

— Je suppose que je ne le sais par vraiment. Si vous posez la question aux gens qui me connaissent, vous obtiendrez des réponses variées. Les uns vous diront que je pars à cause d'un chagrin sentimental, d'autres vous expliqueront que je m'en vais parce que j'ai besoin de me détacher d'une certaine dureté moderne, et il y en aura même qui vous affirmeront que je pars à la recherche d'un mari.

Le moine sourit brusquement et son sourire, franc et serein, détendit immédiatement son invitée.

— Et vous, insista-t-il de nouveau avec bonté, pourquoi croyez-vous que vous partez ?

— Je n'en sais rien, répondit-elle simplement.

— Les personnes qui abandonnent un endroit sans raison fuient quelque chose ou cherchent quelque chose. Dans lequel de ces deux groupes pensez-vous vous trouver ?

La bibliothécaire médita longuement la réponse. Lorsqu'elle reprit la parole, elle constata que le vieillard avait les yeux fermés.

— Dans les deux, il me semble, dit-elle à voix basse, craignant qu'il se fût endormi, c'est peut-être ce que je dois vérifier.

Le moine ouvrit lentement les yeux et contempla le potager couvert de neige.

— Permettez-moi de vous poser une question, dit-il comme s'il n'avait pas entendu les dernières paroles de sa visiteuse. Comment fermez-vous les portes ? Les laissez-vous entrouvertes, les poussez-vous doucement ou les fermez-vous d'un coup ?

Surprise, Mlle Prim écarquilla les yeux, mais elle retrouva aussitôt sa contenance. Maintenant elle en était sûre, ce vieillard n'avait plus sa tête.

— Je crois que je les laisse entrouvertes ou que je les pousse doucement. Je ne les claque jamais, c'est sûr.

— Pendant leur noviciat, on apprend aux chartreux à fermer les portes en se retournant pour activer soigneusement leur mécanisme, sans les pousser ni les laisser se fermer seules. Savez-vous pourquoi on exige cela d'eux ?

Mlle Prim répondit qu'elle était incapable de l'imaginer.

— Pour qu'ils apprennent à ne pas se presser, pour qu'ils apprennent à réaliser une chose après l'autre, pour les entraîner à la mesure, à la patience, au silence et à l'observation de chaque geste (le vieillard fit une pause). Vous vous demandez peut-être pourquoi je vous raconte cela. Je vous le raconte parce que tel est l'esprit avec lequel il faut entreprendre un voyage, un voyage quel qu'il soit. Si vous l'effectuez précipitamment, sans repos ni aucune pause, vous reviendrez sans avoir trouvé ce que vous cherchez.

— Le problème, répondit la bibliothécaire après avoir réfléchi à ces paroles, c'est que je ne sais pas ce que je cherche.

Le moine la regarda avec des yeux emplis de compassion.

— Alors, peut-être ce voyage vous permettra-t-il de le vérifier.

Mlle Prim soupira. Elle avait craint que le vieux moine n'essaie de deviner les trous noirs de sa vie, elle avait craint qu'il la perce du regard et devine jusqu'au plus obscur de ses secrets. Mais cet homme n'était qu'un petit vieux aimable et fatigué, pas le terrible visionnaire ayant un pied dans chaque monde qu'elle avait craint de rencontrer.

— On m'avait dit que vous étiez capable de lire dans les consciences. On m'avait prévenue que vous me diriez des choses qui me surprendraient et me troubleraient, dit-elle soudainement.

Le vieillard tressaillit sous son vieil habit, et il parla ensuite avec une étrange douceur.

— Il y a bien des années, je n'étais alors qu'un jeune homme, j'ai eu un maître. Il m'a enseigné que le prêtre, tout prêtre, doit toujours se comporter comme un homme parfaitement éduqué.

La bibliothécaire battit des paupières sans comprendre.

— Vous êtes venue ici avec la crainte que je vous dise quelque chose qui vous étonne, vous trouble ou vous agite. Quelle sorte de courtoisie serait la mienne si j'avais œuvré ainsi la première fois que vous venez me voir, sans m'avoir seulement demandé conseil ? N'ayez pas peur de moi, mademoiselle Prim. Je serai ici pour vous. Je serai ici à attendre que vous trouviez ce que vous cherchez et que vous reveniez disposée à me le raconter. Et vous pouvez être sûre que je serai avec vous, sans bouger de ma vieille cellule, y compris pendant que vous le chercherez.

— On peut aller au bout du monde sans sortir d'une pièce, murmura la bibliothécaire.

— On m'a dit que vous accordez beaucoup de prix à la délicatesse, que vous avez la nostalgie de la beauté, poursuivit le vieillard. Cherchez donc la beauté, mademoiselle Prim. Cherchez-la dans le silence, cherchez-la dans le calme, cherchez-la au milieu de la nuit et cherchez-la aussi à l'aurore. Arrêtez-vous pour fermer les portes tandis que vous la cherchez, et ne vous étonnez pas si vous découvrez qu'elle ne vit pas dans les musées ni ne se cache dans les palais. Ne vous étonnez pas si vous découvrez finalement que la beauté n'est pas un quoi, mais un qui.

La bibliothécaire regarda le visage du vieux bénédictin et elle se demanda ce qu'il aurait pu lui apprendre si elle avait accepté de venir le voir plus tôt, comme le lui avait suggéré son ami Horace Delàs. Ensuite, le froid intense lui fit regarder sa montre. Il se faisait tard et le train attendait.

— Je suis désolée, je vais devoir m'en aller, dit-elle. Je vous remercie de vos paroles, mais il se fait tard et je dois arriver à temps à la gare.

— Allez, dit le vieillard, vous ne devez pas arriver en retard. Ce n'est pas une manière de commencer un voyage aussi important que celui que vous allez entreprendre.

Mlle Prim se leva et prit congé avec une chaleureuse courtoisie. Puis elle se mit à avancer vers le bâtiment de l'abbaye, mais avant d'arriver au bout du potager, elle revint sur ses pas et demanda au vieillard qui était toujours assis sur son banc :

— *Pater*, je voudrais vous demander quelque chose. Pendant tous ces mois, j'ai entendu dire bien des choses sur l'amour et le mariage. On m'a donné de nombreux conseils, on m'a exposé une multitude de théories. Dites-moi, quel est à votre avis le secret d'un mariage heureux ?

Le moine ouvrit les yeux comme si c'était la première fois qu'il entendait une question pareille. Souriant, il se leva avec difficulté et s'approcha lentement de la bibliothécaire.

— Comme vous le comprendrez, je ne peux connaître grand-chose à ce sujet. En réalité, aucun homme consacré à Dieu depuis sa prime jeunesse, comme c'est mon cas, ne peut le connaître. Les personnes qui vous ont donné ces conseils savent ce qu'est le mariage et peuvent en dire bien plus que je ne peux en dire. Et cependant…

— Cependant ? demanda Mlle Prim, douloureusement consciente de la vitesse de la trotteuse de sa montre.

— Cependant, je crois pouvoir vous dire ce qui constitue le cœur surnaturel du mariage, ce sans quoi il ne peut être plus qu'un château de cartes disposées avec plus ou moins de chance.

— Et c'est ? insista la bibliothécaire, poussée par le désir fébrile non plus de laisser les portes entrouvertes, mais de les claquer.

— Et c'est, chère enfant, que le mariage n'est pas une affaire de deux, mais de trois.

Sans voix devant cette réponse, Mlle Prim ouvrit la bouche pour répliquer, mais le souvenir de la montre l'en empêcha. Elle serra la main du vieux moine, fit demi-tour et abandonna en toute hâte l'abbaye de Saint-Irénée en direction de la gare.

NORCIA

Prudence Prim gravit les dernières marches menant hors de la crypte de la basilique Saint-Benoît et, après avoir retiré le cordon cramoisi qui séparait l'entrée du reste de l'édifice, se retrouva à l'extérieur. La fraîcheur du matin l'atteignit au visage alors qu'elle descendait les marches et pénétrait sur la place principale de Norcia. Les étals du petit marché étaient encore fermés ou commençaient peu à peu à s'étirer en attendant de proposer aux premiers passants leurs petits souvenirs d'artisanat local. Dans les boutiques de *norcicerie*, pleines à craquer de toutes sortes de charcuteries, *prosciutti*, mortadelles, saucissons et autres produits tels que lentilles, pâtes de toutes formes et de toutes couleurs, riz, mais aussi les plus délicieuses truffes, les commerçants levaient les rideaux, tiraient les verrous, ouvraient les portes et décoraient leurs devantures de paniers et d'échantillons de marchandises destinés à attirer le chaland. L'hôtel de ville, orné du drapeau de l'Italie flottant au vent et, face à celui-ci, l'édifice imposant qui abritait le Musée ecclésiastique de Castelluccio, étaient des lieux délicieusement familiers. Et il n'y avait pourtant que seize semaines qu'elle vivait là.

C'était un vendredi matin et Mlle Prim, comme elle en avait l'habitude, tourna à l'angle de la basilique, descendit la rue et se dirigea vers la petite terrasse du bar Venecia pour y prendre son petit déjeuner. Pleine d'entrain à l'idée de savourer une copieuse collation, elle s'assit à une table, prit la carte et caressa du regard les propositions de *prosciutto* et de tête de sanglier. Lorsque le garçon vint prendre sa commande, arborant le sourire affable avec lequel il l'accueillait chaque matin, la bibliothécaire soupira, satisfaite.

— *Buongiorno, signorina.*

— *Buongiorno,* Giovanni.

— *Capuccino ?*

— *Capuccino*, acquiesça-t-elle. Et un peu de cet excellent *prosciutto* que vous avez toujours.

L'homme la regarda avec une moue dubitative.

— *Prosciutto ?* Je ne crois pas, vous devez vous tromper.

Mlle Prim le regarda d'un air étonné. Elle ouvrit la bouche, prête à répliquer, mais au lieu de cela ébaucha un sourire confus.

— Bien sûr que non, Giovanni, suis-je distraite !

— Quelques toasts avec du fromage frais et de la confiture ?

— Ce sera parfait.

La bibliothécaire s'installa sur sa chaise et ferma à demi les yeux. Elle était arrivée début mai, juste à temps pour jouir de la splendeur du printemps. Ce printemps qui chaque année inondait de fleurs le Piano Grande des monts Sibyllins, une immense plaine entourée de montagnes qui s'étendait tel un lac silencieux à quelques kilomètres de Norcia. Conseillée par la propriétaire de son hôtel, un matin la bibliothécaire était montée sur le haut plateau pour contempler la beauté grandiose de ce tapis infini tissé de milliers de coquelicots, de pâquerettes, de trèfles et de violettes, de pissenlits, de renoncules jaunes, roses et rouges, de gentianes bleues, de campanules et de bien d'autres espèces sauvages. Ce matin-là, Mlle Prim avait foulé le tapis, puis elle s'était assise dessus, elle s'était promenée, émerveillée, au milieu des fleurs, agenouillée et, qui l'aurait dit ? s'y était même couchée. De là, elle avait aperçu avec des yeux éblouis la minuscule bourgade de Castelluccio qui, tel un royaume perdu sur une terre enchantée, émergeait de cette splendeur comme une île émerge de la mer.

Pourtant, cette explosion de nature ne fut pas l'aimant qui parvint à la retenir. Ce ne furent pas les vieilles montagnes des Sibyllins, le rouge intense des coquelicots ni les sveltes cyprès plantés dans les champs de blé. Pas plus que les regards sereins des moines ou l'austère luminosité de leurs chants. Ce fut beaucoup plus que tout cela et un peu de tout cela qui la fit s'arrêter en ce lieu.

Elle avait traversé l'Italie du nord au sud et d'est en ouest. Elle s'était imprégnée de la grandeur des villes et de la splendeur des paysages. Elle s'était extasiée devant les rivages éclatants de la Ligurie et d'Amalfi ; elle s'était promenée sur les rives lombardes, abandonnée à l'harmonie de Florence, à la beauté de Venise, à l'esprit de Rome. Elle avait été saisie par le tumulte de Naples et avait perdu toute notion du temps sur les côtes des Cinque Terre ; elle avait joui de la luminosité de Bari et déambulé sous la sobriété de Milan. Pendant deux longs mois elle avait parcouru des ruelles, des ports, des palais, des champs et des jardins, erré dans des villages de Toscane et s'était promenée sur les terres du Piémont. Mais ce n'est qu'en Ombrie, seulement dans ce coin de l'Ombrie, qu'elle avait enfin décidé de s'arrêter et de défaire ses valises.

— Quelle chose si petite et si grande est le bonheur, murmura-t-elle tandis qu'elle dévorait les tartines de fromage frais et de confiture, et buvait lentement le capuccino.

Il lui fallait organiser la journée. Elle avait pensé consacrer la matinée à répondre au courrier – Mlle Prim était l'un des rares clients de l'hôtel, sinon l'unique, qui envoyait et recevait encore du courrier par la poste – et l'après-midi à visiter Spoleto. Quelle agréable perspective que de pouvoir passer les heures assise à une terrasse, à observer les gens, à lire par moments un peu de poésie – depuis qu'elle était arrivée en Italie, elle n'était capable de lire que de la poésie – et à respirer la douce chaleur de cet air estival. Elle attaqua la seconde tartine et d'un signe appela le serveur, qui depuis le seuil du café regardait la matinée avancer avec un sourire bienveillant.

— *Capuccino, signora ?*

— *Capuccino,* Giovanni.

— Hier le facteur a laissé ici du courrier recommandé pour vous, dit Giovanni quelques minutes plus tard en posant sur la table le café odorant, une autre tartine grillée et un plateau contenant trois enveloppes.

— Merci.

— *Prego.*

Mlle Prim ouvrit la première enveloppe, lut le courrier et le posa sur la table. Elle but une gorgée de capuccino, ouvrit la deuxième enveloppe, lut la lettre et la laissa sur la table. Elle prit la tartine, la porta à sa bouche, ouvrit la troisième enveloppe, lut et laissa la tartine sur la table. Pendant quelques minutes, elle ne fit que lire la feuille qui se trouvait dans l'enveloppe. Puis elle déplia une page de journal qui avait été jointe à la lettre, elle l'étala sur la table et l'examina avec attention. C'était une page de petites annonces de *La Gazette de Saint-Irénée*. À la fin de la troisième colonne, un texte était entouré d'un cercle rouge.

> *Cherche institutrice hétérodoxe pour école très peu orthodoxe. Capable d'enseigner le* trivium *– grammaire grecque et latine, rhétorique et dialectique – à des enfants de six à onze ans. De préférence sans expérience de travail. Titulaires de diplômes d'enseignement supérieur et doctorats s'abstenir.*

Lorsque son regard se posa sur les deux dernières phrases, le cœur de Mlle Prim se mit à battre plus vite. Puis elle respira lentement et ses battements retrouvèrent un rythme normal. Et voilà, c'était enfin arrivé : le moment était venu. Pendant ces mois de voyage, elle avait entretenu une correspondance régulière avec quelques-uns de ses amis de Saint-Irénée. Aucun d'eux ne l'avait mentionné, elle pas plus qu'eux ne l'avaient évoqué. Mais d'une façon ou d'une autre, tous attendaient que ce moment arrive. Tant de lettres expédiées et reçues, tant d'anecdotes dont se souvenir, tant de petits événements enfermés dans des feuilles de papier qui allaient et venaient du nord au sud, et reliaient la bibliothécaire au lieu dont elle avait eu tant de mal à se séparer et qu'elle avait si peur de retrouver.

Tout avait tellement changé au cours de ces mois. Elle se surprenait parfois à se rappeler avec quelle indignation elle avait quitté Saint-Irénée en ce mois de février si froid. Avec quelle colère elle était sortie de la maison de Loulou Thiberville, la chère Loulou Thiberville, avec qui elle avait échangé tant de lettres ce dernier mois. Comment ne pas écrire à Loulou après être descendue dans la crypte pour la septième fois ? Comment ne pas écrire après avoir marché, s'être agenouillée et même, qui l'aurait dit, s'être couchée sur le tapis aux mille couleurs que cachaient les monts Sibyllins ? Comment ne pas lui expliquer que c'était là qu'elle avait appris à regarder, à scruter l'horizon, à fermer les yeux et à voyager dans le passé, à identifier des monstres et à esquiver des icebergs, à comprendre et apprécier le labeur ardu de la sentinelle ?

Souvent aussi, elle échangeait des lettres avec son cher Horace qu'elle admirait tant. Comment ne pas parler à Horace du jour où, pour la première fois, elle avait réussi à contempler Giotto sans essayer de le disséquer ? Comment ne pas lui raconter que dans certains villages de la région les enfants jouent encore au football sur le parvis des églises, exactement comme tous les enfants jouaient dans tous les village d'Europe avant que l'Europe oublie les parvis et les jeux ? Comment ne pas parler à Horace du silence des après-midi de Spoleto, de la beauté des ruelles de Gubbio, de la tranquillité des jardins qui entourent le couvent de San Damiano ? Son ami lui manquait, elle regrettait cette amabilité rude et chevaleresque, elle en avait la nostalgie. Mais elle savait aussi qu'il n'était pas la seule chose ni la seule personne qu'elle regrettait.

— *Capuccino, signora ?*

— Non, merci beaucoup, Giovanni. La note *per favore.*

Mlle Prim régla son petit déjeuner, ramassa les trois enveloppes et quitta la terrasse du bar Venecia, tout comme les autres jours. Elle traversa la place principale de Norcia et s'arrêta pour parler avec le *carabiniere*, à qui elle demanda des nouvelles de son épouse et de sa mère, tout comme les autres jours. Elle s'arrêta un moment à la boutique du monastère de Saint-Benoît, acheta quelques objets, les paya et s'en alla avec un sourire sur le visage, tout comme les autres jours. Puis elle se dirigea vers son hôtel, stratégiquement situé à un pas de la place, elle entra à la réception et attendit patiemment que la responsable eût terminé de s'occuper d'un couple d'amoureux japonais qui demandait avec des gestes et des rires comment se rendre à Assise. Mlle Prim les regarda et elle sourit aussi.

Tutti li miei penser parlan d'amore[1].

Depuis qu'elle avait entrepris ce voyage, des poèmes lui revenaient constamment à la mémoire. La poésie inondait son esprit avec la même vigueur que les fleurs sauvages fertilisaient le Piano Grande. Elle ne jaillissait pas d'elle ; depuis toujours, Mlle Prim vouait suffisamment

1. « Toutes mes pensées parlent d'amour. » Dante Alighieri, *Vita nuova.*

de respect à la poésie pour ne pas consentir à ce que celle-ci jaillît d'elle. Mais depuis qu'un matin, en regardant la mer de Santa Margherita Ligure, elle avait murmuré avec étonnement et confusion : « *E temo e spero ; ed ardo e son un ghiaccio*[1] », elle se sentait envahie par des poèmes oubliés, des poèmes étudiés, des poèmes appris, disséqués et analysés. Si à Santa Margharita Ligure ce fut Pétrarque, à Naples ce fut Boccace. Si à Florence ce fut Virgile, à Venise vint le tour de Juvénal. Et le plus curieux, c'est qu'en aucune de ces invasions lyriques Mlle Prim n'éprouva le désir d'étudier, de disséquer ou d'analyser. La poésie paraissait s'être emparée d'elle et l'avoir fait sans traces d'études, de dissections ou d'analyses. Ce n'était pas elle qui jouissait des vers ; c'étaient les vers qui jouissaient d'elle. Ils tombaient sur son esprit – ou était-ce sur son âme ? – juste à l'aube, lorsqu'elle se levait pour contempler le lever du soleil. Ils la surprenaient à midi, tandis qu'elle regardait les bénédictins cultiver la terre, puis poser ponctuellement leurs houes pour prier l'Angélus. Ils la berçaient à la tombée du jour, lorsqu'elle s'asseyait dans les cafés et lisait jusqu'à ce que le manque de lumière et la fraîcheur la tirent de sa concentration.

Dans cette fébrile fureur poétique, Mlle Prim avait tenté de faire appel à ses auteurs préférés. Mais tout ce qui arrivait maintenant à ses lèvres, c'étaient des vers isolés de Ronsard, des tercets de Dante ou des *stanzas* de Spencer. Au début, l'impossibilité de réciter exactement ce qu'elle voulait réciter l'avait contrariée, mais

1. « Et je crains et j'espère ; et je brûle et je suis glace. » François Pétrarque, *Canzoniere.*

très vite elle avait constaté que cette vieille métrique exerçait un pouvoir balsamique sur son âme. Qui pouvait rester tendu ou préoccupé lorsque, de temps à autre, résonnaient dans son esprit les échos de la reine Gloriana et de ses chevaliers ? Comment pouvait-on ne pas sourire sans arrêt alors qu'à chaque pas une voix lui soufflait que l'année, le mois, le jour, la saison, l'endroit et même l'instant étaient bénis ? Impossible de lutter contre cela, et elle n'avait d'ailleurs aucun désir de le faire. Les images poétiques qui l'avaient toujours émue par leur humanité terrible et désespérée ne se fixaient plus dans son esprit, ne s'emparaient pas d'elle, mais elles fuyaient et se perdaient dans la luminosité du jour. Et alors revenait la beauté et revenait l'harmonie ; et Mlle Prim s'abandonnait. Et avec sa reddition, Dante, Virgile et Pétrarque revenaient aussi.

— Vous devez prendre cette route, expliquait à ce moment, pour la énième fois, la réceptionniste au couple japonais. (Subitement consciente qu'une autre cliente de l'hôtel attendait toujours, elle fit un geste d'excuse de la main.)

Mlle Prim soupira avec bienveillance, elle s'assit sur une chaise et sourit à nouveau.

Elle avait appris à fermer les portes. Elle avait appris à les ouvrir doucement et à les refermer avec précaution et exactitude. Et quand on apprend à fermer les portes, pensa-t-elle en regardant le couple d'amoureux, d'une certaine façon on apprend à ouvrir et fermer correctement tout le reste. Lorsqu'on faisait les choses correctement, le temps paraissait s'étirer indéfiniment. Il se figeait, s'attardait, s'arrêtait brusquement comme une horloge qui n'a plus de remontoir. Et alors les petites choses, les choses nécessaires, même les routinières, en particulier celles qu'on fait avec les mains – qu'il est mystérieux que l'homme puisse faire de belles choses avec ses mains ! –, devenaient de simples œuvres d'art à la fin de la journée.

Elle avait abandonné tout effort visant à atteindre par elle-même la vertu parfaite. Elle avait découvert combien cet effort peut être épuisant, combien il était inhumain et absurde de vivre tyrannisée par cet effort. Maintenant qu'elle connaissait son affligeante imperfection, maintenant qu'elle était consciente de sa fragilité et de sa contingence, elle ne portait plus sur les épaules l'énorme poids du marteau et du ciseau. Non qu'elle se fût rendue à l'imperfection ou s'y fût habituée, mais elle ne supportait plus la charge toute seule, elle ne tirait plus le joug avec ses seules forces, elle n'était plus étonnée de se découvrir dans une mauvaise passe. Elle savait aussi que tout cela ne durerait pas, qu'après cette douceur viendraient les puits, les grottes, les tunnels et les défilés. Mais pour le moment elle ne recevait que des cadeaux et se contentait d'apprendre à les accepter.

— Non, *signori*, ce n'est pas cette déviation. Je crois que je vais vous donner cette carte, elle l'explique mieux.

La semaine précédente elle avait reçu un appel d'Auguste Oliver, son ancien patron. Il avait besoin d'elle de toute urgence, elle lui manquait, il voulait qu'elle revienne travailler avec lui. Naturellement, elle ne serait plus secrétaire, une femme comme elle n'aurait jamais dû travailler dans le département de l'administration, elle avait trop de talent et trop de capacités pour continuer à prêter ses services à des tâches administratives. Mlle Prim avait ri en silence. Pendant quarante longues secondes elle n'avait pas pu dire un mot, car elle n'avait rien fait d'autre que rire silencieusement. Puis elle avait dit non et avait raccroché.

Elle ne voulait pas retourner travailler là-bas. Elle ne supportait pas l'idée de retourner se plonger dans cet endroit étroit et obscur, de s'enfermer dans cette cellule monotone et grise dans laquelle elle avait passé une bonne partie de sa vie. Elle ne voulait pas retourner entendre des conversations mesquines, elle ne désirait pas en faire partie, elle ne voulait même pas les susciter. Et bien évidemment, elle n'avait aucune intention de retourner jouer à ce jeu sordide de propositions et de faux-fuyants avec son chef.

Il y avait aussi la question de l'air. Mlle Prim avait maintenant *besoin* d'air. Elle avait besoin de le sentir sur son visage lorsqu'elle marchait, elle avait besoin de le renifler et de le respirer. Elle se surprenait parfois à penser à tout le temps qu'elle avait vécu sans avoir besoin d'air. À la ville, les matins d'hiver, elle sortait de chez elle couverte jusqu'aux sourcils, elle marchait rapidement jusqu'au métro, descendait les escaliers au milieu de dizaines de personnes et entrait en jouant des coudes dans les wagons. En sortant du métro, elle remontait les escaliers au milieu d'une foule, courait jusqu'à la porte de son bureau et y passait la journée entière. Et pendant ce temps, où était l'air ? À quel moment de sa vie avait-elle oublié l'existence de l'air ? Marcher sans avoir à courir, un plaisir aussi simple que se promener sans hâte, flâner, errer, et même fureter. Quand une chose si simple, si humble, était-elle devenue un luxe ?

Non, elle ne voulait pas retourner, elle ne voulait pas retourner.

— C'est ça, *signori*, passez une bonne journée.

Le couple japonais prit congé de la réceptionniste avec un sourire. Celle-ci regarda la cliente qui attendait et lui indiqua par un autre geste d'excuse qu'elle était à sa disposition. Mais la cliente ne bougea pas.

— Puis-je vous aider, *signora* ?

Mlle Prim, le regard perdu sur le piano qui trônait dans l'entrée, ne répondit pas.

— *Signora ?* insista la réceptionniste. Puis-je vous aider ?

— Il est arrivé un imprévu, dit-elle enfin en s'approchant lentement de la réception, et je crains de devoir partir dans une heure. Je regrette beaucoup les dérangements que cela peut occasionner pour l'hôtel. Pensez-vous que vous pourriez préparer mon compte tout de suite, s'il vous plaît ?

— Bien sûr, répondit l'employée avec une expression de consternation. J'espère qu'il ne s'agit pas d'une mauvaise nouvelle.

— Une mauvaise nouvelle ? Oh non, bien sûr que non, sourit la bibliothécaire, qui à ce moment avait l'esprit occupé par une galerie de miroirs.

La réceptionniste lui rendit son sourire avec sympathie.

— En fait, poursuivit Mlle Prim, les yeux brillants tandis qu'elle visualisait une porte fermée avec une infinie patience, c'est plutôt une bonne nouvelle, une nouvelle extraordinaire. Je dirais même (et elle soupira sans cesser de sourire) que c'est une étrange et merveilleuse nouvelle.

L'amor che move il sol e l'altre stelle[1], murmura la réceptionniste une demi-heure plus tard en regardant cette délicate et belle jeune femme franchir le seuil de l'hôtel et se diriger vers le taxi qui l'attendait à la porte, le menton levé, un doux sourire sur les lèvres.

1. « L'amour qui déplace le soleil et les autres étoiles. » Dante Alighieri, *La Divine Comédie*.

Table

Cet ouvrage a été imprimé en France
par CPI Bussière
à Saint-Amand-Montrond (Cher)
pour le compte des Editions Grasset
en septembre 2013

Mise en pages PCA
44400 Rezé

PAPIER À BASE DE FIBRES CERTIFIÉES

Grasset s'engage pour l'environnement en réduisant l'empreinte carbone de ses livres. Celle de cet exemplaire est de :
1 kg éq. CO_2
Rendez-vous sur www.grasset-durable.fr

N° d'édition : 17988. — N° d'impression : 2004591.
Dépôt légal : octobre 2013.